FOLIO POLICIER

Sonja Delzongle

Le hameau des Purs

Nouvelle édition
revue par l'auteur

Gallimard

Née en 1967, Sonja Delzongle a exercé le métier de journaliste pendant six ans, tout en commençant à écrire, riche de sa culture franco-slave et de sa passion pour le noir. C'est avec *Dust* (Folio Policier n° 796) qu'elle fait une entrée remarquée dans le monde du thriller. Suivent *Quand la neige danse* et *Récidive*.

Sonja Delzongle vit aujourd'hui à Lyon et se consacre à ses romans.

À mon petit père, Coco le rebelle,
premier lecteur de ce roman.
À Maman.
Aux anges qui passent,
heureusement plus nombreux que les démons…

« Et cette terre ici, garde la cicatrice,
L'herbe ne pousse plus où ils furent immolés. »

ROGER VIDAL
Les Purs du Mont-Sur

L'INCENDIE

Notes du 25 juin 1989

Les maisons ont toutes brûlé en même temps. L'incendie a fait sept victimes parmi les Purs. Les pompiers sont arrivés trop tard. Sur le sol, ils ont découvert des résidus de matière inflammable. Son ampleur et sa soudaineté indiquent qu'il s'agit d'un incendie criminel. Il y avait eu une série de plaintes contre les membres de la communauté, une enquête avait été ouverte, avant que l'incendie ne ravage le hameau, la nuit du 21 juin dernier. Y a-t-il un lien entre les événements ?

Josserand m'a confié le dossier et j'ai dû accepter, malgré mes réticences. Bien que mon passé soit étroitement lié à cet endroit.

Par ailleurs, l'Empailleur sévit toujours dans la région. Cela va faire douze ans qu'il choisit ses victimes, à la même date. Presque autant d'années que je n'étais pas retournée au hameau.

A. G.

1

Contrainte d'être matinale ce jour-là, Audrey venait d'arriver sur les lieux de l'incendie avec sa Clio rouge dans laquelle elle avait fourré à la hâte un sac de voyage, son appareil photo et son ordinateur portable enfermé dans sa housse. Il était près de six heures. Elle avait réservé un modeste hôtel au village, à cinq kilomètres du hameau. Elle n'avait pas eu de mal à retrouver la route et, de mauvaise humeur, avait bien vite coupé le sifflet à la pétasse du GPS.

Elle avait tenté de faire comprendre à Josserand que l'idée de revenir traîner ici, même si c'était pour le travail, ne l'enchantait guère. Lui déplaisait fortement, même. Mais les arguments du rédacteur en chef du journal pour lequel elle travaillait depuis deux ans, qui savait toucher le point sensible d'Audrey, c'est-à-dire son ambition, avaient eu raison de cette appréhension.

À contrecœur, elle sortit le Nikon de son étui et commença à prendre des photos de la scène. Plans larges, plans serrés des maisons calcinées.

Évita les types de la police technique et scientifique vêtus de combinaisons bleues, en train de faire leurs prélèvements au coton-tige. Partout ailleurs, les gendarmes occupaient le terrain.

Audrey dut enjamber des poutres et divers débris de mobilier. Une fumée âcre se dégageait encore des restes carbonisés et piquait les yeux.

Au bout du hameau, le chemin emprunté tant de fois qui menait chez Léman, à la vieille baraque en pierres grises ; une baraque isolée, où il vivait avec la Crochue, sa grand-mère, depuis l'accident de voiture qui avait tué ses parents et sa petite sœur de deux ans dans le virage de la Femme Morte. On disait que, par les nuits de pleine lune, le spectre d'une femme y piégeait les automobilistes, les envoyant à la mort.

Heureusement, Audrey et ses parents n'étaient jamais tombés sur elle. Chaque fois que son père passait de nuit à cet endroit, elle fermait les yeux de toutes ses forces pour ne pas risquer de « la » voir et criait à son père de fermer les yeux lui aussi. « Tu veux nous envoyer dans le fossé pour de bon ! » répondait-il en riant. La mère d'Audrey ne disait rien, mais, comme sa fille, elle préférait garder les paupières closes.

Audrey avançait prudemment sur ce sol brûlé que ses pieds, nus dans de grossières sandales de cuir, avaient foulé au fil des saisons. Ses démons ensevelis dans la terre du hameau, sous les cendres. Dans l'épaisseur de la forêt, les parfums d'humus, de résine et de champignons. Sur les traces de Léman, qui lui apprenait la nature, la faune et les hommes bien mieux que n'importe quel manuel scolaire.

Elle avait fini par aimer l'odeur entêtante de vieux savon, de chou bouilli et de cire d'abeille dont étaient imprégnées toutes les pièces de la maison Grimaud. Ces découvertes, ces trésors que la vie urbaine ne lui offrait pas, elle les avait trouvés ici, dans cette campagne austère. Au cœur du temps suspendu.

Après avoir fait encore quelques clichés du cercle calciné dans lequel cinq maisons avaient été détruites par le feu, Audrey se retrouva devant la maison Grimaud. Construite sur le même modèle que les autres, elle était située sensiblement à l'écart, ce qui l'avait sans doute sauvée des flammes. La porte était fermée à clef et les fenêtres avaient été aveuglées au moyen de panneaux de bois. Cela faisait des années que ses habitants l'avaient désertée. Se sentant observée, Audrey fit quand même le tour, dans l'espoir de trouver une ouverture qui lui permettrait de pénétrer dans la maison.

Après quelques minutes d'inspection et de tâtonnements, elle avisa l'un des panneaux, plus branlant que les autres, et s'y attaqua. Au moment où elle parvint enfin à le décrocher, une voix sévère dans son dos l'arrêta net.

— Eh, vous là ! Qu'est-ce que vous faites ? Vous vous croyez où ?

Après une brève hésitation, Audrey finit par répondre le plus courtoisement possible au flic qui l'avait apostrophée, en lui montrant sa carte de presse.

— Audrey Grimaud, je travaille pour *Le Quotidien*, on m'a envoyée sur l'incendie, mais il se trouve que j'ai également passé une partie de mon enfance ici, dans la maison de mes grands-parents. Celle-là même.

Le flic s'était approché, méfiant. Tignasse brune en bataille, jean brut et cuir marron. Son bras était ceint d'un brassard orange. Il avait tout au plus la quarantaine.

— Lieutenant Lagarde. Vous vouliez entrer ? Ça va pas être possible…

— Pourquoi, la maison se trouve sur la scène de crime ? fit la journaliste sur un ton mi-figue mi-raisin.

— Non, légèrement en dehors, mais… Attendez, j'appelle le chef.

Il sortit un petit portable à clapet et joua avec le clavier.

— Chef, il y a une reporter du *Quotidien* qui dit avoir vécu dans la maison close, enfin, aux volets clos, celle qui est inhabitée, vous voyez laquelle. La maison des Grimaud. Oui, elle m'a montré sa carte de presse.

Audrey n'entendit pas la réponse, mais elle ne perdait rien de ce que reflétait l'expression de Lagarde. Il referma le clapet.

— C'est bon, vous pouvez y aller. De toute façon, il va pas tarder.

— Vous m'aidez ?

— Quoi ? À casser la vitre ?

— Je n'ai pas les clefs, vous voyez une autre solution ?

— Je reviens, dit-il en s'éloignant en direction de la camionnette de logistique.

Il revint en effet, muni d'un trousseau digne des geôles du Moyen Âge.

— On va faire ça proprement.

Il glissa plusieurs clefs avant d'arriver à la bonne. Après une légère résistance, la serrure finit par se dégripper.

— Tenez, ça peut vous servir.

Il lui tendit une grosse torche.

Audrey entra avec la sensation d'avoir un sac de pierres dans le ventre.

Le sol en lave du séjour était recouvert d'une pellicule de poussière. On se serait cru dans un grenier à l'abandon. Partout, des toiles d'araignées reliaient les meubles entre eux ; commode, fauteuils, chaises, horloge étaient comme recouverts d'un linceul grisâtre. Le jour timide se faufilant par l'ouverture de la porte éclairait suffisamment la pièce pour qu'Audrey puisse se passer de la lampe torche dans un premier temps. Elle jeta un regard circulaire.

La bibliothèque remplie de vieux ouvrages qui habillait un mur entier était toujours à sa place. Combien de fois Audrey était-elle venue se servir en livres qu'elle feuilletait sans savoir encore lire… Pour leur contact, leur odeur. Lorsque ses grands-parents étaient trop occupés, les livres étaient sa seule compagnie, avec Dickens, le chat de la maison, un chartreux au pelage gris-bleu fourni. Rien n'était vraiment prévu pour les loisirs à la maison du hameau. Pas même un tourne-disque et encore moins la radio ou la télévision. Les Purs avaient banni tous ces appareils qui incarnaient les inventions technologiques du vingtième siècle.

Les villageois prenaient les Purs pour des marginaux, réunis dans un monde à part, replié, inquiétant. Ils ne s'aventuraient jamais au hameau. Et inversement, les Purs passaient rarement au village, éloigné d'une quinzaine de kilomètres. C'était toute une expédition lorsqu'ils s'y rendaient. Toujours en groupe et en carriole, ils allaient acheter les journaux autorisés. Les femmes en robes longues et grises ou bien fleuries, bordées de dentelle blanche, les hommes vêtus de chemises à carreaux et coiffés de chapeaux sombres à larges bords. Tous chaussés de godillots noirs et lourds. Les gens s'écartaient sur leur passage. Autour d'eux, les murmures, la méfiance, les moqueries des gamins ou des commères.

Même en plein jour, le hameau semblait inhabité, dans les souvenirs d'Audrey. Vêtus de leurs tenues désuètes, les Purs le traversaient comme des ombres et rentraient chez eux. Tous travaillaient pour leur propre compte ou celui d'une famille voisine. On pouvait se planter des heures en plein centre du hameau sans apercevoir âme qui vive. Ils sortaient peu, en dehors des réunions, et restaient chez eux, derrière les rideaux. Les murs épais et silencieux des maisons. Les cheminées immenses où l'on pouvait se tenir debout à cinq. Sans électricité, avec des bougies et des lampes à pétrole pour seul éclairage, on vivait au rythme de la nature. En hiver, la nuit tombait à quatre heures et demie. L'été, les journées étaient un peu plus longues, mais les bois de conifères et de feuillus, proches, semblaient absorber la lumière et projeter leur ombre épaisse tout autour.

Était-il possible que les gens des environs, excédés, effrayés à l'idée que leurs enfants puissent être « contaminés » par la pensée et le mode de vie des Purs, aient fini par mettre le feu ? Ou alors avaient-ils, sans aucune preuve tangible, spontanément établi un lien entre la communauté du hameau et les meurtres en série ? Pensaient-ils sérieusement que l'Empailleur puisse être l'un des membres de la secte ?

Alors qu'elle se dirigeait vers la chambre qui avait été la sienne, dans la lumière rattrapée par la pénombre, Audrey entendit un craquement sur sa droite. Elle s'immobilisa quelques instants, pétrifiée, bloquant sa respiration. Rien d'autre ne se produisit. La maison replongea dans son silence de poussière.

Elle alluma la torche de Lagarde et fit encore quelques pas. La chaleur de la lampe torche dans sa paume lui donna du courage.

Arrivée devant la porte de la chambre, elle la poussa d'une main hésitante. D'un dénuement total, cette pièce lui apparut toujours aussi désespérément grande. L'unique fenêtre avait été également obstruée par un panneau. C'était la seule façon de protéger la maison des rôdeurs et des cambrioleurs.

Audrey avança jusqu'à son ancien lit où, par les nuits froides, elle se glissait, grelottante, entre les draps glacés et s'amusait à souffler de petits nuages blancs. Heureusement, les couettes bourrées de duvet d'oie et le corps tout chaud de Dickens lui avaient sauvé la vie quand Grand-ma Grimaud oubliait de lui apporter la bouillotte. Même si, blotti contre ses pieds gelés, tout au fond du lit, le chat venait lui aussi chercher la chaleur animale. Bien calée sous sa couette, Audrey lisait à la lueur de sa petite lampe torche, jusqu'à tomber d'épuisement. Plus d'une fois, elle s'était réveillée en sursaut, le livre sous sa joue, sentant au front la brûlure de la lampe qu'elle n'avait pas eu le temps d'éteindre.

Après avoir soulevé un nuage de particules en tapotant le couvre-lit, la jeune femme sortit de la chambre. Malgré ces souvenirs, cette pièce lui était devenue étrangère depuis bien longtemps.

Accolée à la maison, une sorte de petite dépendance à laquelle on pouvait accéder aussi de l'intérieur. L'atelier du grand-père Abel. Là où elle le regardait tailler, sculpter ses pipes aux formes bizarres, en tête de lutin ou d'animaux, qu'il revendait ensuite au moment des rassemblements entre Purs. C'était là aussi qu'il devait échapper à l'ennui mortel de cette existence qui lui était apparue comme une évidence.

Quant à Audrey, elle avait découvert au hameau un autre monde, à l'opposé de ce qu'elle connaissait déjà, un monde où elle allait, aux premières heures, ramasser les œufs, sortir l'âne au pré, nourrir les lapins, faire des tours de carriole, tirer l'eau du puits ; un monde où l'on vivait sans électricité ni luxe ou mots superflus. Et elle était obligée de cacher sa lampe torche qui aurait été une entorse à cette austérité.

Et puis, il y avait eu ces moments de grâce, des instants uniques, ces vraies rencontres, Léman, Isobel, le vieil Hippolyte et Gauvin, le jeune autiste.

Audrey s'apprêtait à rebrousser chemin vers la sortie quand, cette fois, elle entendit distinctement un bruit au-dessus de sa tête. Des pas lourds et réguliers. On marchait, là-haut. Personne n'avait pu rentrer avant elle. Quelqu'un s'était donc introduit à sa suite. Elle ressentit un picotement dans la nuque. Elle s'arrêta. Les pas s'arrêtèrent en même temps. Puis reprirent. Elle tenta de se raisonner.

Ne croyant pas aux maisons hantées, elle trancha en faveur d'un rôdeur et, dans le contexte des meurtres, fut prise d'angoisse à l'idée que ce pouvait être lui. L'Empailleur. Il avait dû la repérer, observer son manège et entrer, malgré la présence des équipes de police et de gendarmerie. Au contraire, ça devait l'exciter. Une femme seule dans une maison aux fenêtres aveugles à l'écart des autres, plongée dans l'obscurité…

L'espace d'un instant, elle se vit, écorchée, dépecée, éviscérée, terminant en épouvantail cousu main au fil de pêche dans le champ d'un fermier du coin.

Audrey franchit en courant les quelques mètres qui la séparaient de la porte d'entrée. Visiblement, Lagarde, qui l'attendait dehors, n'avait rien remarqué.

— On dirait que vous avez croisé un fantôme.

— Je n'ai fait que l'entendre ! souffla la journaliste, hors d'elle. Tenez, votre lampe, merci.

— Y a pas de quoi. Et pour le fantôme, ne vous inquiétez pas.

Le lieutenant Lagarde afficha un large sourire et tendit le doigt en direction du toit.

— C'est lui que vous avez dû entendre… C'est vrai, le chef, c'est pas une ballerine !

Audrey porta son regard vers le toit et distingua une silhouette d'homme. Il semblait absorbé par ce qu'il voyait autour de lui, depuis son perchoir.

— Le commissaire, Franck Tiberge. Un conseil, si un jour vous devez écrire son nom dans votre papier, oubliez le « c » de Franck, sinon il va piquer une crise.

Indifférente à cette dernière remarque, Audrey enchaîna :

— Et on peut savoir ce qu'il fait sur le toit ?

— Avec Tiberge, on peut jamais vraiment savoir. Il a ses petites manies, ses TOC. Là, il prend un peu de hauteur.

— Tiberge. Ce nom me dit quelque chose.

— Surtout si vous connaissez la région. Vous avez sûrement entendu parler du père Tiberge ?

— Bien sûr, le fermier qui a découvert une des œuvres de l'Empailleur dans son champ.

— Au début, l'Empailleur ne laissait que les

peaux de ses victimes, vides et aplaties. Puis il s'est mis à les bourrer de terre, de mousse ou de pierres, à les remplir comme des outres et à les recoudre avec du fil de pêche. Le jour où le père Tiberge, le plus gros fermier de la région, propriétaire d'une vaste exploitation familiale et d'un cheptel de près de deux cents têtes, a découvert le premier épouvantail sanglant dans un de ses champs, il a failli en mourir. Le commissaire est l'un de ses trois fils.

Le soir, au fond de son lit double, dans la chambre exiguë de l'Hôtel de la place, douchée et vêtue de son t-shirt de nuit, gris foncé et trop grand, ayant appartenu à Pierre, son ex, Audrey eut droit à un luxe inespéré, une séance de télévision. À condition de placer l'antenne au bon endroit.

Après quelques manipulations, elle obtint une image à peu près correcte juste à temps pour les régionales.

La présentatrice, une tête inconnue qui remplaçait la permanente pendant les vacances d'été, déversait en continu les informations du jour. Audrey écoutait d'une oreille distraite tout en corrigeant son papier.

« … Suite à l'incendie criminel, c'est maintenant confirmé, qui a ravagé le hameau où vivait une communauté de type sectaire, blablabla. Les enquêteurs sont sur les lieux depuis deux jours, blablabla. Pour l'instant, aucun lien n'est établi entre l'incendie du hameau et la série de meurtres irrésolus qui endeuille la région depuis une dizaine d'années, mais aucune hypothèse n'est à exclure, blablabla. On se demande comment un tel acte a pu toucher cette communauté étrange mais discrète, réunie sous le nom de Purs, dans ce petit hameau tranquille et sans histoires. »

La jeune femme eut une pensée pour son père, Faldonis Grimaud. Il était né au hameau et y avait grandi. On lui avait enseigné les règles du clan. Plus tard, il avait décidé de s'affranchir de cette austérité et de rejoindre la vraie vie. Il était parti suivre ses études de droit en ville, y était devenu avocat et avait fait un mariage tardif avec la mère d'Audrey. Elle fut leur seule enfant. Pour s'être uni à une étrangère, Faldonis avait été définitivement exclu de la communauté. Lorsque Audrey allait passer ses vacances au hameau, chez Abel et Grand-ma Grimaud, ses parents se contentaient de la déposer et de venir la chercher sans s'y attarder plus d'une heure.

Audrey était tolérée par les Purs à la seule condition de se plier à leur régime de vie, de s'habiller comme eux et de ne pas entrer en contact avec d'autres enfants. Affublée de grosses chaussures et d'une robe longue passée de mode, elle se déplaçait comme une grosse oie maladroite. Mais si elle supportait cet accoutrement d'un autre temps, en revanche, elle souffrait de solitude, n'ayant pas le droit de jouer avec les enfants du hameau.

La jeune journaliste sombra sur ses notes, enveloppée par la brume des souvenirs qui l'entraînait doucement vers ce petit hameau de son enfance, « tranquille et sans histoires ». Le hameau des Purs.

Ce soir-là, le Visiteur la laisserait en paix. Il n'entrerait pas dans sa tête y former une boule incandescente dont les violentes pulsations se mêleraient aux siennes jusqu'à la nausée. En s'endormant, elle remercia le ciel pour cette trêve.

Notes du 5 juillet 1989

Frank Tiberge. Commissaire Tiberge. C'est le flic qui supervise l'enquête. Le chef de Lagarde et des autres. De taille moyenne, quelques fils d'argent aux tempes, un regard vif et clair. La cinquantaine séduisante. Trop grosse affaire pour mettre un jeunot dessus. Grande expérience des faits divers sordides et aussi des femmes, d'après ce que j'ai pu constater.

Un flic et une journaliste se retrouvent sur la même affaire, se regardent en chiens de faïence, se jaugent et finissent, au bout d'une semaine de proximité, par un échange de bons procédés qui inclut quelques nuits dans cette petite pension deux étoiles de C., village où ils sont amenés à séjourner ensemble. Pour les besoins de l'enquête. Le sexe fait partie du jeu, parfois. Malgré notre différence d'âge (il pourrait être mon père).

Depuis que je couche avec lui, j'ai l'impression que ma peau est imprégnée en permanence d'un mélange de tabac, d'after-shave et de cuir. Une vraie odeur d'homme. De flic.

Nous ne sommes pas amoureux, non, ce ne serait pas de mise, mais simplement curieux, avides d'informations, complètement flic et complètement journaliste. Ça nous entraîne sur les mêmes rails, dans le même wagon-lit. Quoi de plus banal ?

Ce qui l'est moins, c'est cette histoire qui nous réunit et nous ramène sur les traces de notre passé. Dire que nous étions, à quelques années d'écart, dans le même coin. Les parents de Frank avaient une ferme proche du village, mais ne se sont jamais mêlés de ses histoires et encore moins de celles de l'étrange communauté du hameau.

Frank Tiberge est né et a grandi dans cette ferme. Il connaît la région comme sa poche et si je lui parle de la burle, je vois à son regard qu'il a vécu les rudes hivers du pays sous les tourbillons glacés de ce vent qui ne souffle nulle part ailleurs.

Ce passé est plus éloigné de lui. Ça fait plus de trente ans qu'il est parti de la ferme, dont ses deux frères aînés ont repris l'exploitation. Lui, il voulait autre chose. Les gens comme lui et moi veulent toujours autre chose. C'est aussi ce qui nous rapproche. Le manque. Un manque indéfinissable, qui ne semble pas avoir d'origine tangible. Un manque qui fait de nous les naufragés d'un vaisseau fantôme.

Un soir, je lui ai tout raconté de ce passé dont je me sens lestée comme avec d'énormes pierres qui m'entraîneraient tout au fond d'un lac.

A. G.

LE HAMEAU

2

Trois ans avant la découverte de la première dépouille de l'Empailleur, un soir de l'été 1976, j'avais surpris au hameau une vive discussion par une fenêtre ouverte. Les Purs s'étaient réunis dans l'une des dix maisons. Une vingtaine dans la grande pièce. Autour d'une vaste table de ferme. Cette fois, ils ne s'exprimaient pas en anglais, comme le voulait la tradition lors de certaines assemblées.

Une voix s'était élevée. Une voix d'homme. Plus forte, dominatrice, arrogante. Autour d'elle, le silence.

— La petite. Elle n'est pas d'ici. Elle ne fera jamais partie des nôtres. Je m'oppose à ce qu'elle revienne au hameau.

— Tu oublies, mon frère, qu'elle est la petite-fille du frère Abel. Un ancien maître, intervint une autre voix, moins assurée.

— Mais elle est avant tout la fille de l'Autre.

L'Autre. Je devinai qu'il s'agissait de mon père.

L'Autre. Du vinaigre dans la bouche de l'homme. J'avalai ma salive. Une boule cuisante dans ma gorge. Si on me surprenait, là, à écouter, je serais aussitôt renvoyée chez mes parents. Chez l'Autre. Faldonis Grimaud. Celui qui les avait trahis.

— Nous devrions voter, reprit la voix dure.

— En l'absence d'Abel ? coupa quelqu'un d'autre, sur le côté gauche de la table.

— Qu'importe ? Nous sommes ce soir assez nombreux. La petite, sa présence devient malsaine. C'est mauvais pour nos enfants. Il faut que ça cesse. Je propose de voter.

Plusieurs coups furent soudain frappés sur la pierre du sol. Une canne, peut-être. Une quatrième voix se fit entendre, sévère et vieille.

— J'interdis ce vote, mes frères. Et toi, frère Raoul, comment oses-tu enfreindre nos règles d'hospitalité ? Ne les avons-nous pas assouplies à l'égard des non-Purs avec lesquels nous pouvons parfois avoir un lien de parenté ? Quelle image veux-tu donner ? Agis ainsi et tu ne feras qu'alimenter les rumeurs qui se resserrent autour de notre communauté.

— Frère Hippolyte a raison. Nous devrions consulter le frère Abel. Lui faire part de nos craintes. Il entendra.

Je reconnus la troisième voix.

— Personne n'ira lui dire, de mon vivant, personne ! coupa la voix à la canne.

Entre-temps, la nuit était tombée, m'enveloppait doucement. Me rendait invisible. Je ne pouvais pas voir davantage mon protecteur. Le frère Hippolyte. Son timbre appuyé, autoritaire. Mais je savais qu'il possédait une canne. Aucun autre ici ne marchait à l'aide d'une canne.

Chacun rentra chez soi. J'avais regagné la maison bien avant que le premier à sortir de la réunion n'ouvrît la porte. L'incident fut clos. Pour un temps indéterminé. La « petite » était en sursis.

Mais je me sentais trahie. Personne, au hameau, ne m'avait jamais manifesté la moindre attention. Ce soir, c'était la première fois que je devenais leur centre d'intérêt. Même si je n'avais pas tout saisi, j'avais bien compris que l'intruse, l'indésirable, c'était moi.

J'allai m'enfermer dans ma chambre où je m'endormis en pleurant. Le lendemain, Abel subit un interrogatoire en règle.

Je m'étais glissée par la porte entrouverte de son atelier. L'odeur de sciure, de vernis à bois. Les lunettes posées sur le bout du nez, il me regarda par-dessus ses verres en demi-lune.

— Papé ?

— Oui, ma petite. Que veux-tu ?

Mon cœur se serra sur ce mot, « petite ». Ils m'avaient appelée « la petite », eux aussi.

— Pourquoi c'est différent, ici ?

— Où ça ? Chez nous, à la maison ?

— Non. Au hameau, c'est différent.

Abel Grimaud fronça un sourcil. Comme lorsqu'il façonnait une de ses pipes.

— La campagne, c'est toujours différent de la ville, tu sais.

Je me sentis rougir. Ne voulais pas être prise pour une idiote.

— Non, c'est pas ça. Ici, on dirait un peu le Moyen Âge.

Le Papé éclata de rire. Ses lunettes sautèrent. Ses yeux délavés à travers les verres.

— Et que connais-tu du Moyen Âge, mademoiselle Grimaud ?

Je baissai les yeux. Du Moyen Âge, je n'en connaissais que le terme, quelques lectures, des aventures, des chevaliers, des croisades. J'aimais ça. Ne répondis rien. Ça m'était venu tout seul. Cette comparaison.

Abel souffla sur le morceau de bois qu'il taillait et reprit de sa voix chaude :

— Qu'est-ce qui est si différent, pour toi, ici ?

— Ben, plein de choses. Il n'y a pas de télévision, de radio, ni de chaîne stéréo.

— Et tu penses qu'il est difficile de vivre sans ?

Je réfléchis quelques secondes.

— Un peu.

— Non, tu vois, la preuve. Nous ne sommes pas les seuls à vivre de cette façon, à la campagne. Le Gars, là-haut, et sa grand-mère, tu crois qu'ils ont tout ce luxe inutile ? Pourtant, ils ne nous ressemblent pas. Mais plus tard, tu comprendras certains choix. Des décisions importantes dans le sens du meilleur. Ça s'appelle des choix de vie. Au hameau, nous vivons comme il nous sied le mieux, en fonction de nos principes.

J'écarquillai les yeux. Prenant conscience qu'il s'adressait à une enfant de neuf ans, Abel se racla la gorge. Des mots plus simples.

— Nous avons tous choisi de vivre comme ça,

ici. Cette vie nous convient, vois-tu. C'est pourquoi nous sommes ensemble pour former une communauté.

— Mais pourquoi vous n'aimez pas les autres ?

Il pointa l'index sous mon nez.

— Et toi, pourquoi dis-tu une chose pareille ? Ce sont peut-être les autres qui ne nous aiment pas. Tu y as pensé ?

Non, je n'y avais pas pensé. En attendant, ce n'était pas par les « autres » que je me sentais menacée. Mais je ne lui soufflai mot des propos que j'avais surpris. De peur d'être punie pour avoir écouté sous les fenêtres. J'avais au moins un allié. Deux. Hippolyte et sa canne. Les coups sur le sol.

— Papé, pourquoi Hippolyte, il marche avec une canne ?

— Drôle de question ! Tu es bien la fille de ton père. Il nous posait toujours des questions bizarres.

— Quelles questions ?

Le Papé se gratta la tempe. Ses doigts épais. Des doigts de manuel. De sculpteur de pipes.

— Il demandait si, autrefois, à la place du hameau, il y avait la mer.

— Et alors ?

— Il y a très longtemps, sans doute. À l'époque où les océans et les mers recouvraient une bonne partie de la planète. Mais pour répondre à ta question, le frère Hippolyte marche avec une canne parce qu'il a des problèmes à la hanche.

— C'est grave ? Il est malade ?

— Non, mais il est vieux, ma petite fille, simplement vieux, très vieux. La canne l'aide à avancer.

— Vieux comment ?

Abel écarta les bras d'un mètre. À la verticale.

— Comme ça ! Il a cent neuf ans.

Je croyais que seuls les arbres pouvaient atteindre cet âge. Et les dinosaures ou les tortues.

— Il est aussi vieux qu'un arbre ! me suis-je exclamée.

— Cent neuf ans, c'est jeune, pour un arbre. En revanche, pour un humain…

Je ne sus jamais à quoi pensait Abel à cet instant. Il se tut, absorbé dans un monde à lui. Les Purs craignaient-ils la mort ? Cent neuf ans. Cela me paraissait miraculeux. Il devait être druide ou quelque chose comme ça.

Abel Grimaud était plus jeune que le vieil Hippolyte, il aurait même pu être son fils. Pourtant, il mourut un an avant lui. Il venait d'avoir quatre-vingt-deux ans. Grand-ma Grimaud le trouva un matin dans son atelier, penché sur la table de travail, la tête dans les copeaux de bois. Le cœur avait lâché. Le téléphone sonna à l'aube, chez nous, en ville. Lorsqu'il sonnait à ces heures, c'était toujours pour de mauvaises nouvelles.

Abel ne termina jamais la pipe qu'il était en train de façonner dans du bois de rose. Toutes étaient alignées dans des boîtes spéciales. On aurait dit des lutins à grosse tête qui dormaient en chien de fusil. Nous avions interdiction de les toucher. Certaines étaient en écume de mer. Les plus fragiles. À l'époque, je me figurais encore qu'on était allé récupérer cette écume dans la mer, où les vagues se déchaînaient et crachaient de la mousse blanche. Abel, malicieux, me laissa dans l'erreur, s'en amusant sans doute secrètement.

Mon grand-père fut enterré dans le petit cimetière des Purs. Il se trouvait à une centaine de mètres du hameau, dans une clairière. Entouré d'un mur de pierres grises, il n'abritait qu'une dizaine de tombes éparses. Abel était mort vers la fin de l'automne, en pleine année scolaire. J'avais accompagné mes parents. Au collège, j'avais dit que mon grand-père habitait en pleine campagne. Loin de la ville. C'était tout.

Ma première rencontre avec la mort. J'avais onze ans. Allongé dans le cercueil ouvert, la tête reposant sur un coussinet en velours sombre, il semblait dormir. Son front reposé, ses paupières closes. Un masque de cire. Ses mains croisées sur le ventre, comme dans un profond sommeil. Les veines qui couraient, rivières de sang, désormais asséchées. Je voulus les toucher, suivre leur trajectoire qui se perdait dans la chair morte. Un des Purs qui gardait le cercueil placé dans la chapelle ardente me repoussa la main d'un geste sec.

— On ne touche pas les morts.

Sa voix m'a fait frémir.

J'ai levé sur lui un regard apeuré et je suis partie rejoindre mes parents dehors. Ma mère au bras de mon père. Tous deux vêtus de noir. C'est ça, la mort, du noir et des gens qui pleurent.

De retour à la maison, Ma Grimaud prit la pipe

inachevée, renifla doucement et me la tendit d'une main tremblante.

— Pour te souvenir de lui. Le Papé. Il t'aimait beaucoup. Il n'a pas souffert, a-t-elle murmuré. Plus pour elle.

Je pris la pipe, la gorge serrée. Il n'avait pas eu le temps de la polir. Ses formes rondes et douces, son galbe sensuel. Celui d'une femme. Je me dis qu'en portant une pipe à ses lèvres, c'était comme si un homme y portait le corps réduit d'une femme. Je comprenais mieux pourquoi les hommes aimaient fumer la pipe et la caresser rêveusement.

Avec le départ d'Abel Grimaud se tournait une page de mon enfance. Je le percevais très fort, malgré mon jeune âge.

— Tu penses que je pourrai revenir au hameau, comme avant ? ai-je demandé à ma grand-mère.

Elle semblait avoir vieilli de dix ans. Sa peau sèche, ses cheveux qui fuyaient sous sa coiffe. Elle marchait comme si elle avait peur de tomber à chaque pas.

— Pourquoi ne le pourrais-tu pas, ma petite fille ?

Elle aussi ignorait tout du complot qui m'avait visée deux ans auparavant. J'avais grandi, vieilli avec ce secret. Hippolyte était toujours en vie. Deux années de plus. Cent onze ans. J'étais sous sa protection. Sauf que je le connaissais mieux, désormais. Comme s'il avait senti que quelque chose lui arriverait, Abel m'avait conduite à lui quelque temps avant son attaque.

Le frère Hippolyte, sa canne. Je le voyais enfin de près. Tout frêle, unc brindille d'homme. Un seul coup de vent l'aurait emporté. Un duvet blanc et disséminé recouvrait son crâne nu. On aurait dit un vieux poussin. Oui, il y avait quelque chose de juvénile chez ce vieillard. Son air amusé, son regard espiègle et vif, ses yeux noirs. Nous nous liâmes d'amitié.

Je n'étais pas son unique protégée. Il avait pris sous son aile le jeune Gauvin, un adolescent qu'une méningite avait laissé un peu attardé. Débile léger, disait-on. Niais ou simple d'esprit, corrigeaient ses proches, par pudeur. Le visage de Gauvin, ses grands yeux clairs, son innocence.

— C'est lui, c'est Gauvin le plus pur de nous tous, l'agneau de Dieu, m'avait confié le frère Hippolyte. Mais gare, le loup est dans la bergerie, avait-il ajouté, mystérieusement.

Un jour, après la mort d'Abel, il me parla d'autre chose. Il était assis dans son fauteuil, les jambes recouvertes d'une couverture en laine à gros carreaux. La fameuse canne contre sa cuisse.

— Le Gars. Tu vas avec lui, certains jours.

Sa voix était douce mais ferme. Comme pour prévenir un mensonge de ma part.

— Oui, ai-je répondu en jouant nerveusement avec mes cheveux.

— Et tu n'as pas peur ?

— Non. Pourquoi j'aurais peur ?

— Lui et la vieille, sa grand-mère. La Crochue, on l'appelle. Tout ce qu'on raconte sur eux…

— C'est pas vrai. Ce qu'on raconte, c'est pas vrai.

Je tirai les manches de mon pull. Un tic de gamine.

— Comment en es-tu sûre ?

— Ben, on dit aussi que le Gars, quand il se déplace, il est toujours avec plusieurs corbeaux. On dit qu'ils le suivent en volant au-dessus de sa tête. Comme un nuage noir.

— Et alors ? C'est pas vrai, ça ?

— Non. Il y en a qu'un. Juste un corbeau, sur son épaule. Parfois, il vole très haut, au-dessus, mais il est seul. Le Gars l'a trouvé, il était blessé. Le Gars, il l'a soigné. Et voilà.

— Hmmm. Parce que tu suis ton docteur, toi, quand il te soigne ?

Je ris.

— C'est pas pareil ! Le docteur, on le paie assez cher, c'est pas pour le suivre, en plus. Le Gars, personne le paie et il soigne des animaux. Les animaux, ils savent ça. Ils sont connaissants.

— Re-connaissants, corrigea Hippolyte doucement.

— Ben oui.

Le vieillard ferma les yeux quelques instants. Comme pour dormir un peu ou reprendre des forces. Mais il les rouvrait toujours.

— Et elle, la grand-mère du Gars ? Tu l'as vue ?

Sa question me surprit, cependant je répondis sans ciller.

— Une ou deux fois.

— Et… elle est comment ?

— Toute petite et toute tordue.

Le bout de son nez touchait la pointe de son menton et ses mains étaient déformées par des rhumatismes. En réalité, il ne s'agissait pas de simples rhumatismes, mais d'une maladie qui déformait le corps, lentement, comme un cep de vigne. La pauvre vieille se tenait en équerre, sans plus pouvoir se redresser.

— Je veux dire, comment elle va, elle te parle un peu ? Elle est bien malade, à ce qu'on raconte.

— C'est vrai. Le Gars il m'a dit qu'un jour elle allait mourir.

— On meurt tous un jour, a dit Hippolyte dans un petit rire.

— Mais elle, elle va bientôt mourir.

Le vieillard parut soudain très agité. Il reprit sa canne, la tourna plusieurs fois dans une main. Ses yeux s'embuèrent. Il sortit son mouchoir et essuya son œil gauche qui coulait.

— Ah, fichue cataracte !

— C'est quoi ?

— C'est ce qu'on peut avoir à mon âge, entre autres. Une maladie des yeux.

Je devins très sérieuse.

— Ah ? Alors vous aussi vous allez mourir ? lui ai-je demandé comme ça, direct.

— Oui, bien avant toi ! Mais tu sais, on ne meurt pas de toutes les maladies qu'on attrape.

— Sauf que la grand-mère du Gars, elle est malade et elle va mourir.

— Parce qu'elle est gravement malade.

— Elle est vieille aussi.

— Oui, tu as raison. La vieillesse, c'est un peu une somme de maladies. Mais va, ce n'est pas une conversation pour une fillette. Va, tu entends ?

Son menton tremblait légèrement.

Il accompagna ces mots par de légers coups de canne sur mes fesses. Je me sentis soudain très triste. Si je perdais mon unique protecteur…

J'étais sur le seuil, prête à disparaître, lorsqu'il me rappela.

— Petite… Si tu la vois, la grand-mère, dis-lui… dis-lui bonjour de ma part, de la part du frère Hippolyte.

— Vous la connaissez, alors ?

— Un peu. Va, laisse-moi maintenant.

Impatience de vieillard. Imprévisible vieillesse. Une somme de maladies qui pourrissent le corps comme un vieux tronc, mais aussi somme de souvenirs et de choses inavouées qui minent l'âme.

3

À l'approche des vacances d'hiver qui suivirent la mort d'Abel, j'insistai pour passer une semaine au hameau, auprès de Grand-ma. Ce ne furent pas des démonstrations de joie, mais elle sembla contente de me voir. Son visage me parut tiré par le chagrin, usé d'avoir pleuré de l'intérieur.

L'atelier du Papé était comme il l'avait laissé. Les copeaux épars, la poussière de bois, les flacons de vernis, les outils. Seule l'odeur avait changé. S'était alourdie. Une odeur d'absence. Une odeur morte.

J'avais gardé la pipe inachevée. Une précieuse relique. Le travail des outils sur le bois de rose, le passage de ses doigts. Les échos du vivant.

La maison ne résonnait plus des bruits familiers venant de l'atelier. Même la cuisine qui, autrefois, retentissait gaiement des sifflements de cocottes, de marmites, du cliquetis d'ustensiles divers s'était tue. Grand-ma Grimaud n'y passait plus tout son temps. Elle l'occupait à nettoyer, dépoussiérer, laver les sols au savon noir, cirer, ranger, déranger. Gestes d'automate.

Un frère de la communauté venait lui apporter son courrier. Le clan disposait d'une boîte postale au village. Les hommes allaient y récupérer tour à tour le courrier et le distribuaient ensuite aux familles du hameau. Cela évitait le passage d'une personne étrangère.

À la veille de Noël, Grand-ma Grimaud reçut une lettre. Une enveloppe épaisse, bleu ciel, avec la mention « Par avion ». Sa réaction fut étrange. Elle détacha le timbre soigneusement, me le donna pour ma collection et s'enferma dans sa chambre.

Le tampon datait d'une semaine environ et le timbre venait d'Israël. Jérusalem. J'avais déjà entendu parler de Jérusalem, du conflit qui opposait depuis longtemps le pays aux territoires occupés de Palestine. Des heurts permanents sur la bande de Gaza. Mais sans savoir exactement pourquoi, les seuls noms de Jérusalem ou d'Israël me faisaient rêver. Je leur trouvais une musicalité particulière qui m'évoquait une terre de merveilles et de paix, une terre lointaine et parfumée où se mêlaient le soleil et l'eau. Pourtant, le timbre ne représentait rien de tel, mais plutôt des femmes qui travaillaient dans un kibboutz.

Grand-ma resta dans sa chambre quelque temps. Lorsqu'elle en ressortit, ses yeux étaient gonflés et rouges. Il n'y avait plus trace de la lettre.

— Tu es triste ? lui demandai-je, inquiète.

— Non, ça va. J'ai dû prendre froid.

— C'est la lettre ?

— Quelle lettre ?

— Celle du timbre que tu m'as donné.

— Ah oui… Ce n'est rien. Va, maintenant, va, j'ai des choses à faire. Toi aussi, non ? Tu n'as pas de devoirs ?

— Je les ai finis.

Comme le vieil Hippolyte, Grand-ma voulait m'écarter de ses souvenirs trop lourds. Se colleter seule avec eux.

Depuis que j'étais entrée au collège, les enfants de la communauté me fuyaient encore plus qu'avant. Leurs parents les retiraient du système scolaire à la fin de l'école primaire. Encadrés par des frères instruits, ils suivaient ensuite des cours par correspondance. Ainsi, au moment où se façonnait leur personnalité, où l'envie de se rebeller pouvait les prendre, dispensait-on à ces enfants l'enseignement exclusif des Purs. Leurs valeurs et leurs principes hors du monde.

À la mort d'Abel, l'hostilité à mon égard était devenue palpable. Il avait même été décidé cette fois-là que tant que durerait mon séjour parmi les Purs, j'étais désormais assez grande pour me plier à certaines règles s'appliquant aux femmes. Les vêtements, déjà. Je devais m'habiller comme les femmes de la communauté. Un assemblage de nippes, austère et désuet. Les vieilles chemises passées de mode, les robes ou jupes traînant sur les chevilles, les pieds nus dans les chaussures et la tête couverte.

Je ne voulus rien entendre. Grand-ma se fâcha et me menaça de me renvoyer chez mes parents. Et m'enferma dans ma chambre jusqu'au soir, la panoplie de la parfaite petite Pure jetée en boule dans un coin.

— Comme ça, au moins, tu auras tout ton temps pour réfléchir ! me lança-t-elle avant de retourner à sa poussière.

Le soir venu, je réapparus dans la pièce à vivre, le regard sombre, vêtue des pieds à la tête comme une vraie Pure. Gabrielle, assise devant la cheminée, son tricot sur les genoux, se retourna. Un sourire soulagé.

— C'est bien. Je vois que tu es raisonnable.

Elle hocha la tête.

Je m'étais résignée pour elle, pour ne pas lui causer de tort avec ceux du hameau. Dans mon esprit, il y avait Grand-ma Grimaud et le clan. Je ne comprenais pas qu'elle en fasse partie. Elle aurait dû venir vivre chez nous. En ville. S'habiller comme les dames citadines de son âge. Se maquiller. Sortir au restaurant, au cinéma, faire les boutiques avec sa petite-fille. J'étais triste de son sort. Pour elle, la mort ne serait qu'une formalité. Elle avait cessé de vivre depuis longtemps.

Nous ne reparlâmes plus de l'épisode de la lettre. Je conservai précieusement le timbre d'Israël et le regardais, parfois, le soir, à la lumière de ma lampe de poche. Le kibboutz, les femmes au dos courbé, les traits tirés par l'effort, leurs cheveux serrés dans un foulard. C'était ça, Israël ? Et je m'endormais, le timbre à la main.

Tant que Gabrielle et le vieil Hippolyte seraient de ce monde, j'aurais une place au hameau, si fragile fût-elle.

4

L'année suivante, l'hiver au hameau fut plus rigoureux que les autres. Les poêles et les cheminées carburaient du matin au soir. La nuit, les braises rougeoyaient comme des yeux de fauve. Les murs de pierres, le sol étaient gelés. La chaleur de l'été qu'ils avaient emmagasinée s'était évaporée. Cet hiver-là, je retrouvai la burle. Le vent du Nord. Le vent glacial des plateaux. Celui qui rend fou et peut durer des jours. Il soulève la neige dans ses tourbillons incessants. Des congères de plusieurs mètres de haut bloquent les issues. Les portes, les fenêtres. Alors, on ne peut plus sortir des maisons.

On dit aussi de la burle qu'elle fait voler les pierres. Mourir les oiseaux en plein vol. Et si un avion était pris dans la tourmente, il n'aurait aucune chance de s'en sortir. On disait même que plusieurs avions de ligne y avaient déjà disparu.

Ce vent vous coupait le souffle. Dans la gorge et les poumons, une pluie d'aiguilles glacées. Les membres, leurs extrémités, se durcissaient sous le froid sec. Du bois mort à la place des mains, des pieds. La couperose marbrait le visage, la peau devenait violacée et douloureuse. Sous les assauts du vent, on entendait les arbres gémir, la neige craquer. Et s'il venait à te pénétrer, il te transformait en statue de glace. C'était ce que les gens disaient de ce vent-là. La burle. Elle hurlait contre les murs comme une meute de loups.

J'avais aidé Grand-ma à calfeutrer les fenêtres avec des chiffons, de vieux pulls de laine, tout ce qui nous tombait sous la main.

La nuit venue, blottie sous ma couette, je frissonnais, et pas seulement de froid. Dickens n'était pas non plus très rassuré. Il n'aimait pas ce vent qui durait et l'empêchait de sortir.

La burle souffla cinq jours entiers. De courtes accalmies permettaient aux hommes de déblayer la neige accumulée. Avec leur toit enneigé, les maisons du hameau ressemblaient à d'énormes champignons de couche.

Nous demeurâmes confinées entre les épais murs de pierres, passant la plupart du temps assises contre la cheminée, moi à lire quelque roman ou nouvelle et Grand-ma à tricoter ou exécuter des points de croix. Son châle en laine sur les épaules.

Les Purs étaient autorisés à lire la presse écrite, excepté les journaux sportifs, seulement quelques minutes par jour, debout. Aussi Grand-ma Grimaud ne lisait-elle pas du tout, préférant les activités manuelles.

J'aimais regarder fuser dans le conduit de la

cheminée des éclats incandescents. Les bûches qui pétaient sous les flammes.

Les quelques fois où je venais au hameau en hiver, je voyais peu le Gars. Léman. Là, à cause de la burle, prisonnière des congères, j'ai passé le plus clair de mon temps à la maison, sans pouvoir aller et venir. Mais je le sentais qui rôdait. Le crissement étouffé de ses pas dans la neige mêlé aux feulements du vent. Les croassements sinistres de son corbeau domestiqué. La burle ne le retenait pas à l'intérieur. Par tous les temps, il allait poser ses pièges dans la forêt. Prendre quelques lapins. Et pêcher aussi. Il allait au petit lac, cassait la glace d'un coup de pioche et passait sa ligne à travers le trou. Par ce froid, les animaux étaient des proies faciles. Ils avaient faim. Les appâter devenait aisé. Affamés, ils se livraient sans méfiance.

Le Gars et la Crochue n'étaient pas des Purs, mais vivaient encore plus à l'écart du monde. Avec ce que ramenait le Gars de son braconnage, ils n'achetaient presque rien pour se nourrir.

Léman était très grand pour son âge, quatorze ans, lorsque je l'avais rencontré la première fois. J'en avais tout juste sept à l'époque. Il avait un physique plutôt singulier, avec son air taciturne, sa bouche repoussante, difforme, et ses yeux, gris-vert comme un ciel d'orage. La même lumière, les éclairs, les nuages sombres, le vent. Sur ses cheveux, quelques reflets brûlés. Il ne souriait jamais, sauf quand il venait d'attraper un animal au piège. Son sourire se déchirait alors sur une sorte de rictus effrayant.

Pour les autres, il était juste le Gars. J'étais la seule à l'appeler par son prénom. Léman. Comme le lac. Un lac profond et froid.

Au hameau, on évitait de l'évoquer, même de prononcer son nom, mais au village, il se racontait beaucoup de choses sur lui et la Crochue. Beaucoup trop pour que ça sonne vrai. Abel disait que là-bas, au village, le bruit courait que la vieille l'avait volé à ses parents et qu'avec ses pouvoirs elle les avait tués en provoquant l'accident de voiture dans le virage de la Femme Morte. Il n'existe pas de frontières pour les rumeurs. Comme le vent et la poussière, elles soufflent et se répandent partout. Mais, outre ces commérages propres à une petite commune, Abel Grimaud m'avait également raconté plus tard ce qui s'était réellement passé. Comment les parents et la petite sœur de Léman furent tués dans cet accident auquel seul Léman avait survécu à cinq ans à peine. C'est sa grand-mère, la Crochue, qui l'avait recueilli et élevé.

Une fois qu'il eut grandi, devenu presque adolescent, peu à peu le bruit que Léman couchait avec la Crochue avait contaminé la région. Ils n'auraient en réalité aucun lien de parenté… « Les vaches et la Crochue, c'est tout ce qu'il a à se mettre sous la dent ! » Les hommes ricanaient méchamment, avachis sur le zinc devant leur verre de prune. « Moi, si je le vois s'en prendre à un poil de mes bêtes, je sors le fusil à pompe, je lui fourre le canon dans la bouche et je lui fais sauter la cervelle ! » avait déclaré l'un des fermiers du coin. Ils se montaient la tête entre eux et se persuadaient mutuellement de ces abominations. Un dangereux vase clos, propice aux haines les plus féroces.

Le Gars était devenu un gibier à abattre. Ceux du village restaient à l'affût en permanence et profiteraient de la moindre occasion pour mettre leurs menaces à exécution.

« Méfiez-vous de la Crochue, elle peut vous jeter un sort avant même que vous n'atteigniez vos fusils ! » leur soufflaient les femmes, plus prudentes. « Il faut la brûler alors, c'est ce qu'on faisait aux sorcières, non ? »

Léman finit par ne plus aller au village et s'enfonça dans une existence solitaire, coupée du monde. Son caractère devint plus ombrageux encore et son comportement, plus étrange.

« Ce ne sont sans doute que des rumeurs, avait dit Abel pour conclure son récit sur le Gars, mais dans le doute, ma petite fille, abstiens-toi de le prendre pour ami… »

En vérité, je préférais ignorer ces racontars. Pour moi, Léman n'était qu'un adolescent taciturne et différent des autres. Et au fond, ça m'intriguait.

D'ailleurs, l'apprivoiser ne fut pas facile. C'eût été plus simple d'approcher un loup.

Comme ces êtres tout d'instinct qui parlent peu, le Gars lisait dans les regards, sur les visages. Il détectait le moindre frisson sur la peau. C'est ainsi qu'il devinait les âmes et parfois leurs secrets.

Lors de mon dernier séjour au hameau, je lui avais transmis les salutations d'Hippolyte pour la Crochue. Ses mots pleins de mystère. Léman avait alors esquissé un sourire. Mais son sourire s'était aussitôt transformé en cette grimace effrayante qui déformait sa bouche. On aurait dit qu'il était atteint d'une légère malformation, une sorte de bec-de-lièvre. Sa lèvre supérieure était comme attachée à la base du nez et dès qu'il parlait ou souriait, elle découvrait sa gencive. J'évitais de le regarder dans ces moments-là. C'est peut-être pour ça qu'il souriait rarement et parlait si peu. Ce jour-là, il parla un peu plus.

— Tu sais ce qu'il lui veut, Hippolyte, à ta grand-mère ? ai-je demandé, curieuse.

Léman se frotta le nez. Il faisait souvent ça quand il s'apprêtait à parler. Peut-être pour cacher sa lèvre.

— Non. Il est juste amoureux.

Il eut un petit rire.

— Il a bientôt cent onze ans, il peut plus être amoureux, ai-je répliqué.

— Sauf s'il l'est depuis longtemps. À l'époque, il était plus jeune.

— Tu me fais marcher.

— Pourquoi ? Je m'en fous, de leurs histoires.

— Et ta grand-mère ?

— Quoi ?

— Tu crois qu'elle était amoureuse d'Hippolyte ?

Le regard de Léman s'assombrit.

— Elle m'a jamais dit, la vieille. Mon père, j'ai jamais su avec qui elle l'avait fait.

— Alors tu n'as jamais connu ton grand-père, ai-je dit.

— Non. Elle l'a peut-être fabriqué toute seule, mon père. Comme la Vierge Marie.

Il ricana. Il avait oublié sa lèvre. Ses dents, ses gencives découvertes, rouges. Je détournai les yeux.

— De toute façon, la vieille et le vieux, ton Hippolyte, là, ils auraient jamais pu se marier. Les Purs, ils se marient tous entre eux.

Je sursautai.

— Même entre frères et sœurs ?

— Ça se pourrait, ouais. Entre cousins et cousines, ça, c'est sûr.

— C'est crade !

Le Gars m'a alors regardée bizarrement. Je me rappelai à cet instant les rumeurs à son sujet. Sur les cochonneries qu'il était censé faire avec la Crochue.

— C'est ta vraie grand-mère ?

— Je t'en pose des questions à la con ?!

J'ai cru qu'il allait me frapper. Mais il a juste serré le poing au bout de son bras qui pendait le long de sa cuisse. Comparé à moi, il était grand. Me dépassait d'une tête et demie. Avec ça, notre différence d'âge m'en imposait.

Nous étions au bord du lac. Il a remballé son matériel de pêche et a enfourché son vélo, le regard furieux. J'ai eu conscience de lui avoir dit quelque chose de grave.

Je ne l'avais plus revu avant l'hiver au hameau. L'hiver de la burle. Malgré la neige qui entravait les pas et en dépit des sévères lois des Purs, le Gars était revenu dans les parages.

Dans le froid silencieux, j'entendais les frôlements de son épaisse parka, de ses bottes l'une contre l'autre. Le chuintement mouillé de ses semelles dans la neige.

Comme je devais le découvrir plus tard, la raison de ses errances si près du hameau se nommait Isobel. Une fille du hameau sourde et muette de naissance. Le vieil Hippolyte m'avait un jour conduite chez ses parents qui me réservèrent un accueil correct. Peu démonstratifs et plutôt distants, ils semblaient cependant contents que leur fille, de quatre ans plus âgée que moi, ait un peu de compagnie. Ils désespéraient tant de la voir si seule qu'ils avaient accepté l'idée d'Hippolyte. Même si je n'étais pas des leurs. Son handicap l'avait toujours maintenue à l'écart des autres enfants, de leurs jeux. Elle s'était peu à peu refermée sur elle-même. Un monde de silence. Pour compenser l'absence de sons et de mots, son corps était devenu très expressif. Ses yeux et ses mains parlaient à la place de sa bouche. Langage des gestes, rapide, silencieux. Ses mains qui dansaient.

Mais elle avait un autre handicap. Une beauté rare, une beauté d'ange. Blonde, céleste, dérangeante. Cela, surtout, la rendait très différente des autres filles qui en étaient jalouses. Même ses parents se trouvaient désemparés et ne savaient quelle attitude adopter face à ce don du ciel qu'ils jugeaient inutile et dangereux, pouvant susciter convoitise et concupiscence chez les hommes. Le couple était plutôt quelconque, sans ressemblance particulière avec leur merveille.

Alors que tous deux avaient les cheveux bruns et les yeux d'un marron noisette, la blondeur lumineuse d'Isobel, son regard gris-bleu auraient pu même semer le doute sur sa filiation.

Hippolyte discuta un peu avec les parents qui lui offrirent un thé, puis se retira sur un regard bienveillant à mon intention.

— Je vous confie la petite, jusqu'à ce soir. Elle n'est pas d'ici, mais c'est une chance pour Isobel. Je suis sûr qu'elles ont beaucoup à se dire.

La « pas d'ici » est donc restée seule avec Isobel qui l'entraîna dans sa chambre. Une chambre dépouillée, réduite au strict nécessaire. Comme chez les grands-parents. Un lit, une table de chevet, une lampe à pétrole, un vieux poêle en faïence, des poupées de chiffon. Hormis les poupées, on aurait plutôt dit une cellule de nonne.

Enfant un peu timide, je redoutais les rencontres et particulièrement les entrevues arrangées. En revanche, les gens différents, atypiques, m'ont toujours attirée. Malgré mon caractère sauvage, j'ai donc été tout de suite conquise par Isobel. Tout au long de cette journée, je n'ai cessé de regarder ses mains bouger. Deux petits animaux vifs et agiles. Des écureuils, bondissant de sa bouche à son ventre, de son épaule à son menton.

Je n'ai jamais autant parlé à quelqu'un. Dans son silence. Écouté, aussi. Sa musique intérieure, ses lèvres qui remuaient sans un son. En scaphandrier descendant lentement dans les abysses, je pénétrai un autre monde. Ou encore en astronaute évoluant en apesanteur dans une nouvelle atmosphère.

En vérité, j'étais fascinée par Isobel. Je n'étais, pour ma part, à classer ni dans les jolies ni dans les moches. Pour autant mon physique n'était pas commun. Il accrochait, intriguait. J'étais un élément en formation. On ne savait pas encore si le résultat serait une perle ou un caillou, un volcan ou un bout de terre calcinée.

Isobel, elle, était déjà belle comme pouvait l'être une femme ayant atteint une certaine maturité. Ses seins formés, logés dans un soutien-gorge, la courbe de ses hanches suscitaient le désir.

Ce jour-là nous sommes restées ensemble à rire, discuter, jusqu'au soir. Elle me montra de vieilles photos du hameau, d'elle petite. Le hameau, la forêt, la route du village. C'était tout ce qu'elle avait connu. Malgré mon attachement à toute cette nature environnante, je fus triste pour elle. Elle ne pouvait imaginer la ville. Le charme sauvage d'une nature hostile et belle, je le savourais précisément grâce à ma vie citadine. À ma connaissance des zones urbaines, le bruit permanent, la pollution, les lumières étouffant la nuit. Je pouvais changer d'air, comparer les deux univers. Mais Isobel… le sien se limitait au hameau et à ses environs. Je me disais qu'à sa place j'en souffrirais sans penser alors qu'elle y était née et que, ne connaissant pas autre chose, ça ne lui manquait sans doute pas.

Lorsque je voulus revenir le lendemain, sans Hippolyte, je trouvai la porte close. À l'intérieur, ça respirait, ça chuchotait. Mais pas de signe d'Isobel. La tête basse, je rebroussai chemin.

En passant devant la maison qui séparait celle d'Isobel de celle de mes grands-parents, j'aperçus, très furtivement, le rideau qui bougeait. On en avait soulevé un coin, puis rabattu ce même pan de tissu au moment où j'avais machinalement levé les yeux vers la fenêtre.

Je rapportai ma mésaventure à Grand-ma. Elle se contenta de hocher la tête. Ses lèvres minces, serrées sur des mots qui auraient été de trop. Elle ne pouvait rien dire. Il n'y avait rien à dire. Jamais je ne ferais partie de ce monde. Mais l'autre, celui dans lequel je vivais, était-il davantage le mien ? Où que je sois, je me sentais étrangère, éloignée, différente. Apatride.

Isobel aurait pu être mon double. Du moins l'avais-je espéré très fort. Mais que pouvait-elle contre les lois de son clan ? Elle était née Pure et le resterait sans doute toute sa vie. Son handicap la rendait si différente qu'il la retiendrait à jamais prisonnière du hameau. Où irait-elle ? Quelle place aurait-elle ailleurs ? Ici, au moins, elle avait une famille, un soutien. Tout avait été prévu pour une existence autarcique. Pour que celui qui voudrait quitter le clan ne puisse jamais revenir. Pour que ceux qui seraient tentés de le faire en soient découragés ou empêchés. Dans ces conditions extrêmes, rares étaient les traîtres, les dissidents ou les rebelles aux lois de la communauté.

Le vieil Hippolyte est mort avant que je me sois décidée à lui parler de ma déconvenue avec Isobel. Seule Grand-ma avait été dans la confidence.

Me plaindre à Hippolyte m'aurait fait passer pour ingrate. Du moins le voyais-je ainsi.

Isobel est donc sortie de ma vie, jusqu'à ce jour où elle y a fait son retour inattendu par l'intermédiaire de celui que j'aurais le moins pressenti, Léman.

5

Grand-ma Grimaud s'était endormie sur sa galette à broder devant la cheminée. Après avoir avalé en quelques jours *Oliver Twist*, je me retrouvai là, à ne savoir que faire de moi-même. La respiration tranquille de ma grand-mère. Les soupirs du bois qui brûlait. Je me levai de mon fauteuil pour aller chercher un autre livre dans ma chambre. Lire, dessiner ou dormir contre le petit corps tout chaud de Dickens, il n'y avait que ça à faire.

La veille, nous avions confectionné des sablés. Au début, j'avais regardé faire Grand-ma. Ses doigts s'enfonçant dans la pâte. L'odeur de lait et de farine. Elle voulut m'apprendre à casser les œufs d'une main. Comme elle faisait, d'un geste sec du poignet, en secouant le contenu de la coquille brisée net dans un saladier. Je la regardais exécuter ce tour de magie. Ensuite, ce fut à moi. L'œuf fut littéralement broyé, me laissant les doigts dégoulinants et visqueux. « Tu apprendras, ça viendra, tout vient, en répétant encore et encore », me disait-elle. Mais il y a des choses que j'ai eu beau répéter, ça n'est jamais rentré.

Je vis au passage la porte de la chambre des grands-parents entrouverte. L'entrée ne m'en avait jamais été interdite officiellement, mais il allait de soi que je n'avais pas à y pénétrer. Intimité de couple, de vieilles personnes. Cette fois, je me crus autorisée à y entrer. Poussai doucement la porte. Une forme noire sur le lit. Mon cœur fit un bond en même temps que Dickens qui fila entre mes pieds. Bonheur de chat toléré sur les coussins et les couvre-lits.

Je ne savais pas vraiment ce que je cherchais. Une enveloppe, une lettre d'Israël, peut-être. Aucun objet n'était sous clef, chez les grands-parents. Au contraire de leur vie.

Je ne mis pas longtemps à découvrir l'album. L'enveloppe bleue s'y trouvait, coincée entre deux pages. Serrant mon trésor contre moi, ayant cette fois parfaitement conscience de ma faute, je sortis sans faire de bruit et allai m'enfermer dans ma chambre. M'installer sur le lit, les jambes croisées, avec mon larcin, pendant que Grand-ma dormait, me procura un plaisir coupable. Sommeil profond, sommeil de vieux. Ses ronflements réguliers.

Les pages de l'album tournaient presque toutes seules. Les photos noir et blanc ou un peu rosées, sépia. Le visage du hameau dans les années 1930, puis 1940. Rien n'avait vraiment changé. Toits sombres, pierres grises. Jardins clos. Les grands-parents, plus jeunes. Leurs sourires. Le regard attendri d'Abel Grimaud sur sa femme. Elle, tenant un bébé dans ses bras, enveloppé d'une étoffe blanche. Le petit Faldonis. Mon père. Je le vis grandir au fil des photos. Des portraits. La plupart réalisés en studio par un photographe professionnel. Sauf celles du hameau.

Enfin, l'enveloppe bleue, là, entre les pages du milieu. Je la pris. Elle était bombée, lourde de son contenu. La partie où avait été collé le timbre était soigneusement déchirée. Pour moi.

Je dressai l'oreille. Silence et ronflements sourds. J'inspirai profondément. Mes mains tremblaient un peu. C'était elle, la mystérieuse lettre d'Israël qui avait arraché des larmes à Grand-ma. Le papier en était très fin, l'écriture élégante, à la plume, penchée à droite, les lettres bien formées. Je dépliai le courrier avec précaution.

À l'intérieur, la photo d'un homme jeune, la trentaine, peut-être, en costume sombre et chemise blanche. Derrière lui, une maison de pierres grises. La maison des grands-parents. J'étouffai un cri de surprise. Que faisait la photo de mon père au hameau dans un courrier en provenance d'Israël ? Je la retournai. Elle était annotée, au dos. La même écriture que celle de la lettre. Et ces mots : « *Votre dévoué David Jacobson, 1942* ». Ce ne pouvait donc être mon père. La ressemblance était pourtant stupéfiante. Excepté une fine moustache à la Clark Gable que mon père ne portait pas, le même regard brûlant, les sourcils foncés qui se rejoignaient, les cheveux ondulés et noirs, jusqu'à la forme du visage, le menton carré.

Mes idées se bousculaient, s'embrouillaient. Je passai de la photo à la lettre, de la lettre à la photo, ne sachant sur laquelle m'arrêter.

La lettre se présentait ainsi :

Ma chère Gabrielle,

Ayant appris par un mot de Faldonis le décès brutal d'Abel, mes pensées, bien sûr, se sont aussitôt portées vers vous, mes bienfaiteurs. Elles ne vous ont, d'ailleurs, que rarement quittés.

Je tenais à vous faire part de mon immense tristesse devant la disparition d'un homme d'exception. Un grand homme et une si belle âme. Tout comme la vôtre, ma si chère Gabrielle. Au péril de votre vie vous avez sauvé la mienne, celle de tous ces enfants dont j'étais l'instituteur. Je ne vous le rendrai jamais assez.

Et Abel, dans son infinie bonté, en homme digne, qui m'a donné l'opportunité de connaître mon fils. Qu'il repose en paix dans nos mémoires.

Vous devez, depuis son départ, vous sentir bien seule. Mais au moins, ce qui me rassure pour vous, est la présence de Faldonis et celle de sa fille, ma petite-fille, que je n'ai pas eu la chance de connaître.

Ma vie est loin de vous, ainsi le voulait le destin qui nous a quelque temps rapprochés pour nous éloigner définitivement, mais vous resterez à jamais dans mon cœur.

Votre dévoué David Jacobson

En même temps qu'émue par la tournure et l'authenticité de la lettre, je suis restée abasourdie. Mes larmes, une à une sur le papier. Goutte-à-goutte salé. Et ce que je venais de comprendre, à demi-mot.

— Alors, ma petite, cette lettre te fait pleurer, toi aussi.

La voix de Grand-ma. Je me retournai brusquement dans sa direction. À la porte entrouverte de ma chambre, son visage amaigri, son châle à fleurs sur la tête. J'ignore combien de minutes elle était restée, comme ça, sans rien dire, à me regarder fouiller dans son intimité.

— Pardon, Grand-ma… Je suis désolée, je l'ai trouvée dans l'album photo, ai-je dit tout bas.

— Mais si tu n'étais pas entrée dans ma chambre, tu ne serais pas tombée dessus.

Je ne répondis rien. Mes yeux se fermèrent sur ma honte. De quel droit avais-je fait ça ?

Elle entra dans la pièce et s'approcha du lit. Je décroisai les jambes et m'assis correctement au bord. Elle reprit en silence la photo, l'album grand ouvert devant moi. Glissa la lettre pliée en quatre dans l'enveloppe bleue et se redressa péniblement.

— Tu l'aurais su un jour, je pense. Mais pas comme ça. Par tes parents. Comme ton père l'a appris de la bouche d'Abel. Tu comprendras, plus tard…

— Je peux déjà comprendre, coupai-je, d'un ton indigné.

— Peut-être. Mais à ta façon. Ce sont des affaires de grandes personnes. Toi aussi, un jour, tu auras les tiennes et tu ne voudras pas forcément que tes enfants et petits-enfants connaissent tout de toi et de tes secrets. Il faut savoir le respecter.

Je n'insistai pas, me sentis soudain vide. Et seule, immensément seule. La famille, ses secrets, ses mensonges, ses vérités qui, quand elles ne tuent pas, font des ravages. Une famille qui ne retient plus ses secrets, c'est comme une digue qui se rompt sous la pression de l'eau.

Ce jour-là, je crus être emportée par une lame, un tourbillon de boue noirâtre. Les cauchemars étouffants, des visions d'enfants aux yeux hagards, mes cris, un réveil en sueur, la chambre glacée. La nuit.

Deux jours après, Grand-ma reçut un télégramme de mon père disant qu'ils ne viendraient me chercher que dans une semaine. La neige bloquait les routes, isolant la région du reste du monde. Les congères, hautes de trois mètres. Les arbres gelés, nus, squelettes calcinés. Et les empreintes de pas dans la neige.

La même semaine, on retrouva le corps sans vie d'Hippolyte devant la fenêtre de sa chambre, grande ouverte. Le vieillard était tout bleu et nu comme un ver dans son fauteuil, face à la fenêtre, face au froid glacial. Il était resté ainsi, immobile, livré au vent qui s'engouffrait sans obstacle. La burle l'avait pris, transformé en statue de glace.

L'annonce du suicide du vieil Hippolyte, dont le cent douzième anniversaire devait avoir lieu un mois après, consterna la communauté entière. La tristesse me submergea. J'étais triste pour lui, mais aussi pour moi. Je venais de perdre mon unique protecteur et confident.

La maison d'Hippolyte fut fermée, les fenêtres aveuglées au moyen de panneaux de bois. Son corps inhumé au petit cimetière où je ne fus pas autorisée à me rendre.

Après la découverte de l'album et de la lettre de David Jacobson, et surtout la mort de mon vieil ami, cette humiliation fut de trop. Grand-ma me trouva devant la cheminée, à contempler les restes calcinés de mon déguisement de Pure que quelques flammes achevaient de dévorer.

— Pourquoi as-tu fait ça, inconsciente ?

Grand-ma en colère, ses bras levés. Pour les frusques, c'était trop tard. Je souriais avec insolence.

— Tu es possédée, ma parole ! Mais qu'est-ce qui t'est passé par la tête ?

La vieille femme s'écroula dans le fauteuil, la tête dans les mains.

— Je n'en peux plus… Je n'ai plus la force ni la patience de m'occuper d'une gamine qui n'en fait qu'à sa tête !

Lui prendre la main, demander pardon. Cela m'était impossible. J'étais meurtrie de l'intérieur. Il y avait la version de l'histoire qu'on voulait bien me servir et la réalité familiale, très différente. Honteuse. Bientôt, je ne viendrais plus au hameau. Je me mis à pleurer. Ma tête pendante et mes larmes de sel.

— C'est bien fait ! C'est que des chiffons, des trucs horribles ! J'ai pas à m'habiller comme ça, je ne suis pas comme vous, je ne suis pas une Pure !

D'ailleurs, si j'ai pu revenir, c'est pas grâce à toi, mais grâce à Hippolyte ! ai-je crié, en courant m'enfermer dans ma chambre.

La porte claqua sur moi. Le pas lourd de Grand-ma. La poignée ovale qui tourne, sa bouche terriblement pincée, ses traits décomposés par une colère sourde.

— Ah non, ma petite fille, pas de ça chez nous ! Faldonis saura comme tu t'es mal comportée. Et tu veux que je te dise une chose, si tu as pu passer des vacances ici, ce n'est certainement pas grâce à ce vieux fou d'Hippolyte ! Demande un peu à ton père, avant de parler sans savoir. Ce n'est même pas grâce au Papé, et encore moins à moi, tu as raison. Je n'ai aucune autorité, ici, aucun pouvoir de décider quoi que ce soit. Même pour ma petite-fille. En réalité, tu peux remercier ton père. C'est parce qu'il est avocat et qu'il défend les droits des nôtres, traînés au tribunal par les renégats. Ceux qui sont partis, qui ont choisi de ne plus faire partie de notre communauté.

— Et pourquoi, alors, ils sont contre ceux d'ici ? ai-je demandé, le nez qui coulait.

Je passai ma langue sur mes lèvres et aspirai ma morve.

— Tiens, mouche-toi au lieu d'avaler ça, c'est dégoûtant, tu vas te rendre malade.

Avec un pincement au cœur, je reconnus le mouchoir à carreaux d'Abel. Grand-ma le gardait dans une poche, bien plié, propre.

Elle poursuivit :

— C'est trop compliqué. Mais comme ils ont

choisi une autre vie, ceux qui sont partis n'ont plus le droit de revenir au hameau. Ce ne sont plus des Purs, tu comprends ?

— Comme Papa, alors.

— En quelque sorte, oui. C'est pourquoi, d'ailleurs, tes parents ne viennent ici que pour te déposer et te chercher. Ils n'ont pas le droit de rester. Ta maman n'est pas une Pure. Mais eux vivent ensemble, ailleurs. En revanche, lorsqu'un couple de Purs se sépare parce que l'un des deux veut quitter le groupe, il peut y avoir des problèmes avec la garde des enfants. Alors, il arrive que celui qui part ne puisse plus voir les siens restés vivre au hameau. L'affaire est portée devant le tribunal. Les juges décident. Mais chaque partie a un avocat qui la défend.

Ce n'était pas seulement trop compliqué, c'était violent. Je me mouchai.

— Ton père a donc accepté de défendre les Purs.

— Même s'il est parti ? Et eux, ils lui font confiance ?

Grand-ma détourna un instant le regard vers la fenêtre. Ses yeux se durcirent. Comme si elle avait surpris quelqu'un tout près, de l'autre côté.

— Ton père est un excellent avocat, reprit-elle. Il fait son travail. Il a accepté de les défendre, parce qu'il a vécu ici. Ça ne va pas plus loin.

Puis sa voix se radoucit.

— Si tu veux, on fait des crêpes pour ce soir. Il y a de la bonne confiture d'abricots que j'ai préparée l'été dernier pour la saison froide. Et du miel aussi.

L'idée m'enchanta. J'avais cette capacité à vite oublier les moments pénibles. La vie devant soi et tellement de choses avec.

Cette fois, je réussis à casser un œuf d'une seule main, au deuxième essai. Les jaunes, enrobés de leur blanc visqueux, venaient se loger comme des poussins dans le petit cratère que mes doigts avaient façonné dans la farine tamisée. Je versai le lait et l'eau pendant que Gabrielle remuait. Son poignet encore solide, les muscles de ses avant-bras sous sa peau distendue. La force tranquille des vieilles cuisinières.

Elle fit fondre du beurre dans une petite casserole en fonte, attendit qu'il refroidisse un peu et le versa doucement dans la pâte. Je respirai l'odeur du mélange cru. La farine, les œufs, le lait. Pendant que je remuais le tout avec une sensation de volupté, Grand-ma descendit à la cave chercher une bouteille de bière. Elle l'ouvrit et en versa la moitié dans la pâte. But l'autre moitié d'un trait, à mon grand étonnement.

— C'est pour rendre la pâte plus légère, les crêpes sont meilleures.

Les petites bulles à la surface du mélange clair et onctueux.

Si Abel avait pu partager notre festin, ce soir-là…

J'ai avalé au moins une dizaine de crêpes. La confiture étalée, je les roulais et les mangeais à la main. La gelée ambrée sur mes doigts. Le goût fort et résineux du miel de sapin. Je regardai Gabrielle qui finissait sa crêpe au sucre. Elle était seule depuis presque un an, maintenant, et je ne l'ai jamais entendue s'en plaindre.

— Grand-ma, pourquoi tu restes encore ici ? ai-je demandé en m'essuyant la bouche.

Elle s'arrêta de mastiquer. Fit grincer son dentier.

— Et où veux-tu que j'aille, ma petite fille ?

Il me fallait poursuivre, aller jusqu'au bout de mon raisonnement.

— Chez nous, en ville. Ici, il fait trop froid. Là-bas, y a pas la burle.

Un sourire écarta ses lèvres, toujours sèches malgré le beurre des crêpes.

— La burle, on la connaît depuis toujours. Et tu vois, j'y ai survécu. On survit toujours à ce qu'on connaît.

— Mais toute seule tout ce temps, ça ne doit pas être drôle.

— Tu crois que ça l'était plus, avant ?

— Avec le Papé tu veux dire ? sursautai-je.

— Qui d'autre…

Un frisson sur ma nuque. Je n'aurais jamais pensé que Grand-ma ait pu être malheureuse avec Abel.

— Le Papé, tu l'aimais ? demandai-je, inquiète de la réponse.

— Beaucoup, oui. Mais il n'était pas toujours facile.

— Et M. Jacobmachin ? Tu l'aimais comme le Papé ?

Son menton trembla légèrement. Ses mains se crispèrent sur la toile cirée qui recouvrait la table en bois massif.

— Ça n'a rien à voir. Abel est le seul homme que j'ai aimé.

Sa voix soudain très lasse. Un peu rayée. Elle était prête à céder.

— Tu sais, Abel, c'est lui, mon vrai grand-père.

Elle hocha la tête, ses doigts lissant la toile cirée. Son air abattu. On aurait dit une bête à l'attelage.

— Je sais, ma petite fille, je sais.

— Et Papa, c'est qui, alors, son vrai père ? Le Papé ou M. Jacobmachin ?

— Jacobson. David Jacobson.

Je ne sais pas si elle répondait ainsi à ma question ou si elle ne faisait que me reprendre sur le nom. À sa façon, elle me confirmait ce que j'avais deviné. Depuis la photo et la lettre. Cette ressemblance trop évidente. Et puis, une chose inattendue se produisit. Grand-ma commença :

— Peut-être sais-tu qu'ici, au hameau, nous avons abrité des enfants juifs pendant la Seconde Guerre mondiale. Comme d'autres Français. Beaucoup d'enfants juifs furent ainsi sauvés. Une nuit, un groupe est arrivé au hameau. David Jacobson, à l'époque tout jeune instituteur, et sept enfants. Conduits par des résistants. C'était novembre, il faisait froid. Les pauvres petits étaient gelés, ils avaient faim. Ils avaient dû marcher longtemps, à travers des bois, sur des chemins de pierres, des champs, des broussailles. Ils étaient si jeunes. Leurs vêtements déchirés et leurs chaussures trouées lorsqu'ils en portaient, leurs grands yeux d'animaux apeurés, difficile de les oublier.

Le regard de Grand-ma se voila. Suspendue à ses mots, je respirais une fois sur deux.

— Les petits ont été regroupés dans une maison du hameau. On leur a aménagé un sous-sol. Leur instituteur, David Jacobson, est venu chez nous. À la moindre alerte, il se cachait dans la cave. Ils sont restés presque une année entière comme ça, des réfugiés, des fantômes. Au moins, ils étaient à l'abri. La guerre touchait à sa fin ; pour eux, le moment était venu de partir.

Gabrielle s'interrompit. Son menton tremblait. Je posai doucement ma main sur la sienne. Je laissai aller mon index le long des veines bleues qui saillaient sous les plis de sa peau.

— Mais le Papé avait une idée derrière la tête. Nous n'avions pas d'enfants. Nous n'en aurions jamais eu. Le Papé ne pouvait pas. C'était comme ça. La nature.

— Comment tu sais que ça venait de lui ?

Grand-ma me fixa comme si elle s'était soudain rendu compte de sa maladresse. Elle ne pouvait plus faire machine arrière. Son bras balaya l'air d'un geste résigné.

— Après tout, tu as peut-être l'âge d'apprendre quelques vérités sur ta famille. Avant de rencontrer Abel Grimaud, j'ai fait une erreur de jeunesse. Je suis sortie avec un garçon du hameau qui a profité de mon innocence. J'étais une oie blanche, à l'époque.

Imaginant Grand-ma avec un cou démesuré, un bec et un plumage blanc, je me mis à rire.

— Tu peux rire, ça oui. Les jeunes filles

d'aujourd'hui, elles en connaissent beaucoup plus long que nous à l'époque. Ça leur évite des catastrophes. J'ai vu que je pouvais avoir des enfants sans problème, mais c'était trop tard.

— Tu en as eu avec lui ?

Elle hésita.

— Un seul. Je l'ai perdu dès sa naissance. Le garçon en question a été sévèrement puni par Dieu. Il est mort d'une maladie. Après, je me suis mise avec Abel, ton grand-père. Tu penses, un homme de quinze ans de plus que moi, ça m'en imposait. Je me sentais protégée. Nous avons bien essayé d'en avoir, des enfants. Sans résultat. Je pense qu'il en souffrait plus que moi. Quand David Jacobson nous a remerciés, à la veille de son départ, en se demandant comment il pourrait nous rendre ce que nous avions fait pour lui, Abel le lui a dit.

— Dit quoi ?

Je criai presque.

— Il lui a dit qu'il ne pouvait pas me donner d'enfant.

— Et alors ?

Gabrielle baissa la tête. Elle semblait si petite, si fragile.

— Il lui a demandé de le faire à sa place.

J'étais consternée. Tout s'embrouillait.

— Mais tu dis que tu ne l'aimais pas, l'instit !

— J'ai refusé l'idée du Papé. Et puis je l'ai vu tellement triste que j'ai fini par accepter.

— Et lui ? Jacobson ?

Pour la première fois depuis le début de son récit, Grand-ma sourit franchement.

— Eh bien, il était plus jeune que moi, mais je crois qu'il était aussi un peu amoureux !

Ces mots qui chantaient semblèrent lui redonner une nouvelle jeunesse. Elle était presque belle. Comme sur les photos de l'album. Un éclat dans ses yeux. Plus tard, en repensant à cet instant, sa façon à elle de polir les mots, tendrement, je me dis qu'elle n'avait pas dû être tout à fait indifférente au charme ténébreux du jeune instituteur.

Ma question fusa comme un missile.

— Vous l'avez fait ici ?

— Cette nuit-là, la dernière que David Jacobson a passée au hameau, parmi nous, Abel est parti de la maison. J'ignore où il est allé, il ne me l'a jamais dit. En tout cas, il n'était pas au hameau. Quand il est revenu, il avait les yeux rouges et sentait l'alcool. Il m'a juste dit sans me regarder : « Il y a intérêt à ce que ça ait marché. » Comme si je portais l'entière responsabilité d'une réussite ou d'un échec. C'est la seule fois de sa vie où il a bu.

Quelle que fût la vérité, Abel Grimaud était mon grand-père. Il n'y en aurait jamais d'autre. Un homme digne d'amour. Un cœur bienveillant et généreux.

— Et l'instit ? ai-je demandé.

— Il est reparti.

— Et il a continué à t'écrire.

À cette seconde, je contenais en moi toute la jalousie qu'aurait pu légitimement éprouver mon grand-père.

— À *nous* écrire, corrigea Grand-ma. Finalement, Abel était plus lié avec ce jeune instituteur que je le fus jamais moi-même.

— Et les enfants ?

— Les pauvres petits. Tous des orphelins.

— Qu'est-ce qu'ils sont devenus ?

Sans répondre, Gabrielle pointa l'index dans ma direction.

— Attends, je vais te montrer quelque chose.

Elle disparut dans sa chambre et revint quelques instants plus tard avec une photo noir et blanc aux coins légèrement cornés. Les sept enfants et leur instituteur, David Jacobson. Trois filles et quatre garçons qui souriaient pour la photo. L'un d'eux semblait plus foncé de peau. Mais leur regard trahissait une blessure profonde. Pourtant, rien ne les distinguait des enfants des Purs. Ils étaient habillés de la même façon. Il faisait beau.

C'est alors que se manifestèrent pour la première fois les symptômes de ce dont je devais souffrir durant toute mon adolescence et les années qui suivirent. Souffrir, car la fulgurance de ces visions que l'on nommait « flashes à caractère médiumnique », ou plus simplement « visions », me brisait chaque fois un peu plus. Mes parents m'emmenèrent consulter aux quatre coins de la France, jusqu'aux États-Unis, et me confièrent à des sommités en neurologie et même à des psychiatres. Ni scanners ni IRM ne révélèrent d'anomalie cérébrale. Les médecins leur expliquèrent que de telles manifestations pouvaient s'accentuer à l'adolescence puis disparaître, ou presque, avec la régulation hormonale. Une série de séances d'hypnose régressive me soulagea quelque temps. Mais les flashes revenaient toujours, me prenant chaque fois au dépourvu.

Je vis l'image se tordre à la lumière vacillante de la lampe à pétrole. Je crus à un effet d'optique. La lueur d'une flamme atténue les contours, rend les objets et l'environnement moins précis que la lumière électrique. Mais le phénomène s'intensifia. Jusqu'au vertige. Je fermai les yeux pour chasser la vision. Elle persistait dans l'obscurité de mes paupières. Autour des enfants, un halo sombre. Leurs visages pâles et effrayés, leur bouche ouverte, leurs mains tendues vers moi qui cherchaient à m'agripper. Leurs lèvres devenaient bleues, comme sous l'effet d'un froid intense. Ils s'avançaient lentement vers moi, pétrifiée. Leurs regards creux de morts-vivants.

J'ai crié. J'eus l'impression d'être précipitée dans le vide. Une chute interminable. Je ne vis plus les enfants, je ne vis plus rien.

6

Des chuchotements et des frôlements me firent émerger d'une cave humide. J'avais froid, des frissons secouaient mon corps. Sur le front, un linge chaud, mouillé. Je reconnus la couette, l'espace de ma chambre, des voix mêlées, des murmures précipités. Une lampe à pétrole posée sur la table de chevet.

Lorsque mes yeux s'adaptèrent à la pénombre, je distinguai deux silhouettes. Celle de Grand-ma. L'autre appartenait à un homme. Son chapeau noir aux larges bords, son manteau de skaï sombre, mouillé aux épaules. Ou bien était-ce du cuir. Mais surtout sa voix. Je ne pouvais pas me tromper. Je n'avais jamais vu l'homme de près, mais cette voix, aussi froide et dure que la burle, je la reconnaissais. Celle qui me condamnait, qui plaidait pour mon exclusion du hameau.

Je m'enfonçai sous la couette et attendis, cachée. Gabrielle avait perçu la contraction brusque de mon corps.

— Elle s'est réveillée. Dieu soit loué ! Vous allez pouvoir l'examiner.

Je feulai. Une peur intense me saisit. S'il voulait me tuer ? Me faire disparaître ? Je tenais fermement la couette rabattue sur ma tête.

— Allons, laisse le médecin te voir. Tu es trempée, tu dois avoir de la fièvre.

— Elle s'est évanouie, dites-vous ? À table, juste après le repas ? Qu'a-t-elle mangé ?

La voix me transperçait de part en part. Je ne voulais pas voir cet homme.

— La même chose que moi. Des crêpes à la confiture et au miel.

— La pâte était-elle assez cuite ?

— Comme d'habitude. Mais, à quoi pensez-vous ?

— La fermentation. Il existe des cas d'indisposition après avoir mangé de la pâte mal cuite. Des malaises digestifs. A-t-elle vomi ?

— Non. Je vous l'ai dit, après le dîner, je lui ai montré une photo et elle s'est soudain tenu la tête, comme assaillie par une douleur violente, ensuite, elle a perdu connaissance.

— Soulevez la couette.

Je m'y agrippai de toutes mes forces. Grand-ma gronda.

— Allons, allons, ne fais pas la sotte. Il faut que le docteur t'examine. Lâche cette couette et montre-toi.

Docteur ? Cet homme insensible ? Ce n'était pas la voix d'un docteur. Surtout l'autre jour. Par la fenêtre. La voix forte et coupante.

Mais je fus impuissante et dus lâcher prise. Après la voix, le visage. Je faillis m'évanouir une seconde fois.

Il était noir. Le visage, le cou, les mains, toute partie visible de son corps, de sa peau, était noire. Ses narines écrasées, ses lèvres charnues et molles. Quelques poils frisés et grisonnants au menton, comme des restes de laine. C'était donc lui. Le seul Noir de la communauté. Je l'avais déjà aperçu de loin sous son large chapeau, traverser le hameau, mais ne lui avais jamais parlé. Établir le lien entre lui et mon détracteur contribua à l'effet de surprise. La surprise de découvrir que celui qui parlait d'exclure une enfant avec autant de virulence était issu d'une ethnie ayant le plus souffert d'exclusion et d'ostracisme. Dans ma naïveté, je croyais les Noirs ou les personnes victimes de discrimination et de maltraitances au fil des siècles incapables d'intolérance ou de fanatisme. Je devais apprendre que ça n'avait rien à voir et que ces comportements étaient avant tout inhérents à l'être humain, indépendamment de ses origines.

Je me tortillai sous la couette. Seule ma tête en émergeait.

— Il faut que je puisse voir le reste aussi. Tu n'as pas qu'une tête, j'imagine.

— Laisse-toi examiner par le frère Bonaventure, petite mule !

Grand-ma était à bout de patience. Je me livrai à contrecœur à l'examen et aux palpations. Les yeux, le nez, la gorge, les ganglions du cou, l'abdomen, le bas du ventre. Le cercle métallique et glacé du stéthoscope sur ma poitrine.

Il allait forcément me trouver une maladie et me renvoyer chez mes parents.

— Tu as mal quelque part, à la tête, au ventre ? demanda-t-il.

Ses prunelles noires roulaient dans le blanc des yeux où les vaisseaux tissaient des filets pourpres.

— Respire à fond. Ne respire plus. Respire.

Il enleva les branches du stéthoscope de ses oreilles, me prit la tension.

— Cette petite va très bien. Qu'elle boive du chaud : thé, tisane, soupe. Elle n'est pas habituée à nos hivers.

Je le regardai, stupéfaite. À l'évidence, il ne souffrait pas du froid. Était-il né sous ces climats rudes ?

Alors qu'il semblait sur le point de partir, il fit quelques pas vers Grand-ma.

— Je peux vous demander quelle photo vous lui avez montrée ? demanda-t-il d'une voix étrangement basse.

Gabrielle parut très embarrassée, mais s'exécuta. Visiblement, le médecin occupait une place prépondérante dans le groupe.

Lorsqu'il vit la photo des enfants, son visage se ferma. Ses lèvres avaient perdu leur couleur brune. Les bords du chapeau projetaient une ombre inquiétante sur son visage. Le blanc de ses yeux, leurs minuscules vaisseaux rouges.

— Ma sœur, il y a des choses qui ne concernent

que la communauté. J'aimerais que cela soit respecté. Sans exception.

Toute petite à côté de lui, Gabrielle l'accompagna à la porte, mais j'entendis sa réponse.

— Il s'agit de ma petite-fille, de mon sang. Elle a l'âge de connaître l'histoire de ses grands-parents, celle du hameau.

Le ton montait.

— Ce n'est pas une question d'âge. Nous ne pouvons tolérer que…

— Écoutez, frère Bonaventure, je vous remercie d'être venu aussi vite que possible. Mais pour le reste, je régis mes affaires de famille comme je l'entends.

— Nous en reparlerons, ma sœur. Nous en reparlerons. À bientôt.

La voix de Bonaventure était devenue nettement menaçante. Après avoir entendu la porte de la maison se refermer sur lui, je me suis levée. Je l'ai trouvée assise à table, prostrée. Je n'avais encore jamais vu Grand-ma dans un pareil état. Ses épaules, ses mains tremblaient.

— Ça va mieux, Grand-ma.

Elle sursauta. Ne m'avait pas entendue arriver. Mes pieds nus sur la pierre.

— Mets des pantoufles, malheureuse, ou tu vas tomber malade pour de bon !

Je me suis approchée de ses épaules, de sa nuque pâle, mouchetée de grains de beauté.

— Il est vraiment méchant.

— Ne dis pas ça. Il est venu pour toi. Malgré… Elle s'interrompit.

— Malgré quoi ?

— Son aversion pour les non-Purs.

Elle savait donc. Elle connaissait l'homme, ses positions.

Je me remémorai ce que m'avait dit un jour Léman. Nous avions eu une conversation au sujet des Purs.

Notre différence d'âge se faisait sentir au travers de ces discussions. Il en savait plus que moi et avait un vocabulaire plus étendu. Sa vie en marge du monde lui permettait de mieux l'observer. Il lisait, aussi. Sa grand-mère lui avait appris avant qu'il aille à l'école. Il en était parti à quatorze ans, mais continuait à lire des manuels d'histoire et découvrait la philo depuis peu.

— Les Purs, c'est une secte, avait-il déclaré.

J'ignorais alors ce que c'était. Mon père ne m'en avait jamais parlé. Léman m'expliqua. À sa façon.

— Une secte, c'est un groupe qui attire des gens de l'extérieur pour les enfermer avec eux. Un peu comme un piège à mouches, tu vois ?

Je voyais, oui, je voyais les pauvres mouches alléchées par un liquide sucré se poser à la surface, en aspirer quelques gorgées, puis s'y enfoncer, ivres, les pattes prises dans le breuvage poisseux, et agoniser lentement. Mais je n'avais pas l'impression que ce fût pareil au hameau. Les gens ne semblaient pas pris au piège. Vivre en décalage et dans un autre temps, dans leur monde à eux, ça oui. Selon leur propre volonté.

— Mais au hameau, c'est pas ça, lui dis-je.

Le front plissé du Gars. Sa lèvre supérieure qui découvrait sa gencive.

— Ça dépend des sectes. Il y en a qui sont beaucoup plus dangereuses. En général, il y a toujours un gourou, un chef. Les gens du groupe l'admirent et font tout ce qu'il veut. Ils lui donnent du fric. Tout ce qu'ils ont. Il y en a même qui se suicident ensemble, parce que le gourou leur promet que ça va être mieux après. Mais lui, il fait semblant. Il garde le contrôle sur les esprits, le pouvoir absolu.

Le tableau qu'il brossait restait malgré tout bien éloigné de ce que me renvoyait l'existence au hameau. Sauf lorsqu'il aborda un point précis.

— Une secte, tu sais quand tu entres, tu sais pas quand tu sors. En général, c'est pour la vie. Et ceux qui se rebellent, ils ont intérêt à partir loin. C'est comme la drogue, une fois que t'as décroché, il y en a toujours qui viennent te chercher pour te rappeler que c'était vachement bien. Tout ce qui n'est pas comme eux, ils n'en veulent pas. La secte, ça peut couper des familles en deux. Il y a des gens qui ne revoient jamais leurs enfants. Comme un lavage de cerveau. Mais c'est bien fait, leur truc, ça te donne l'impression d'avoir une grande famille. T'as plus qu'à te laisser porter et faire des prières, des sacrifices ou des trucs comme ça.

J'en avais des frissons dans tous les membres.

— Et puis même dans la religion, t'as plein de communautés qui ont l'air de rien, sauf que c'est des sectes. Des vraies sectes.

Léman détestait la religion. Pour moi, Dieu ne représentait pas grand-chose. Mes parents n'en parlaient jamais.

Je souhaitai bonne nuit à Grand-ma en la serrant contre moi. Elle se dégagea de mon étreinte en repoussant gentiment mes bras. On ne s'abandonnait pas à la moindre effusion, au hameau. L'austérité régnait. Pas seulement dans la façon de se vêtir, mais aussi d'aimer.

Je retournai dans la chambre, me glissai sous la couette où mes orteils rencontrèrent une boule de poils toute chaude. Dérangé dans son sommeil, Dickens miaula, mais ne céda pas pour autant du terrain.

J'éteignis la lampe à pétrole. Je ne pus lire, ce soir-là. Une vision ne me quittait pas. L'image imprécise des sept enfants avec leur instituteur sur la photo. Pourtant, dans mon souvenir, l'un d'eux se détachait avec une netteté effrayante. Comme les pupilles sombres sur le blanc des yeux. Oui, l'un d'eux, celui qui ne souriait pas, cet enfant-là était noir.

7

Le lendemain matin, après une nuit calme, j'avais totalement récupéré. La burle avait cessé depuis trois jours déjà, mais laissait derrière elle un sol gelé, dur. Les branches des arbres ne tenaient plus sous les kilos de neige et se brisaient. Tassées, les congères ressemblaient à des glaçons géants souillés de terre et de poussière. D'immenses stalactites pendaient des toits, la pointe en bas. On aurait dit des poignards alignés. En l'absence de vent, il faisait moins froid, mais l'hiver s'était installé pour trois mois.

— Il faut que tu sortes un peu. Le vent ne souffle plus. Ça te fera du bien, dit Grand-ma sans pour autant se l'appliquer à elle-même.

La proposition m'enchanta. Je commençais à étouffer, enfermée si longtemps. Mon idée était d'aller retrouver le Gars. Je m'habillai et me chaussai chaudement, enroulai autour de mon cou et de ma bouche une écharpe bleue en grosse laine tricotée par Grand-ma et sortis. Le froid me coupa la respiration. Au bout de quelques pas, ça allait mieux.

En route, longeant les murs gris, je tombai sur Gauvin. À ma vue, il gesticula, poussant de petits jappements. Ses manières étaient un peu brutales. Il arrivait à former des phrases, mais la plupart du temps s'exprimait par onomatopées.

— Hé, hé, hé, oh oh !

— Salut, Gauvin, ça va ?

— Oh oh oh !

Il tapa de joie dans ses mains.

— Il fait froid, par ici !

— Hou hou ! Oui !

Je le dépassai. Il me tira par la manche comme pour jouer.

— Quoi ? J'ai pas le temps, Gauvin, je vais voir le Gars.

— Nonnn ! lâcha-t-il dans un terrible effort.

Son regard épouvanté. Je ne compris pas pourquoi l'idée que j'aille voir Léman semblait l'angoisser autant. Les réactions de Gauvin demeuraient la plupart du temps un mystère.

— Qu'est-ce qui se passe avec le Gars ? Tu veux venir avec moi ?

Il poussa un cri et se mit à courir dans la direction opposée. Je continuai mon chemin en levant les yeux au ciel. Le froid me mettait du rouge aux joues et me revigorait.

Au bout de cinq cents mètres, le long de la petite route, j'aperçus la maison de la Crochue. De la fumée s'échappait de la cheminée noircie. Malgré tout ce qu'on racontait, je n'avais pas peur. Je venais de la ville et ces histoires de sorcière ou de pouvoirs magiques n'avaient aucune prise sur moi. Ça faisait un moment aussi que j'avais compris qui se cachait derrière le père Noël. Le Gars, je savais qu'il ne me toucherait pas.

Je frappai à la porte. La Crochue ouvrit, pliée en deux. Son habituel chignon était défait ; ses cheveux filasse, d'un gris sale, d'où émergeait un visage ravagé, pendaient de chaque côté. À l'intérieur, un écœurant mélange d'odeur de potage, de poisson et de vieille pisse.

— Si tu cherches Léman, il n'est pas là. J'étais en train de me remonter le chignon. Assieds-toi.

— Je veux pas déranger.

— Allez, pas de chichis, prends la chaise et assieds-toi, là. Tu voudras bien un peu de soupe ? Ça te réchauffera.

« Les grands-mères sont toutes pareilles, me dis-je. Tant qu'elles ne vous ont pas gavé comme une oie, elles ne sont pas tranquilles. »

Je la regardais se contorsionner, les bras derrière la tête pour refaire son chignon. Ses doigts déformés. Ses jambes arquées. Née sur un tonneau, on disait. Pourtant, elle était encore étonnamment adroite de ses mains. Elle ressemblait vraiment à une sorcière. Seulement, je ne l'avais jamais vue se déplacer à cheval sur un balai. Le ragoût ne m'inspirait guère.

— Non merci, j'ai pas froid.

Et Gabrielle m'avait promis des lentilles gratinées au fromage et aux petits oignons dans de la graisse d'oie. Un de mes plats préférés au hameau.

Face à la large cheminée dont était dotée chaque maison de la région, j'attendis.

Quelques minutes plus tard, je perçus un pas lourd. Léman rentrait. Il secoua la neige de ses semelles et fit irruption dans la pièce. Il avait encore grandi et changé en peu de temps. Son corps avait gagné du muscle, son menton et ses joues étaient recouverts de poils épars. Il ressemblait presque à un homme. Sa voix aussi était plus grave. Avec quelques ratés. À côté de lui, je me sentais toute gamine. Bientôt, il n'éprouverait plus aucun intérêt à m'avoir dans les pattes.

Sur le bout arrondi de ses bottes fourrées à la couleur incertaine, des taches de sang comme des pétales tombés par hasard. Il se déchaussa, les rangea soigneusement derrière la porte et s'avança vers nous.

— J'ai relevé les pièges. Pas grand-chose. Fait trop froid.

Il jeta sur la table l'unique fruit de son braconnage. Un lapin de garenne au pelage cendré. Semblable à celui des chats du hameau.

Le lapin mort, allongé sur le flanc. Ses yeux vitreux, ses pattes antérieures broyées, portant la marque du piège. Il avait dû souffrir, avant de crever. J'eus pitié.

— Tu veux que je te montre comment on le nettoie ?

Je n'étais pas très emballée, mais n'osai refuser. Sa lèvre se souleva d'une façon obscène.

— Allez, fais pas la chochotte ! À ton âge, ça fait longtemps que je vidais le poisson et les lièvres. Et même les hérissons.

Je voulus répliquer qu'à la ville, c'était le

boucher ou le poissonnier qui le faisaient et que ça ne me servirait à rien d'apprendre. Je ne dis rien pour les hérissons, mais réprimai un frisson de dégoût. Le Gars avait déjà saisi un couteau de cuisine et maintenait le lapin par les pattes arrière au-dessus d'une bassine. La lame étincela.

— D'abord, le saigner. Sinon, ça vire, à l'intérieur.

La pointe du couteau plongea dans les chairs de l'animal. Le sang chaud pissait dans la cuvette. Léman en versa une louche dans un bol.

— Tiens, tu veux goûter ? Ça te donnera des forces, t'es toute pâle. On dirait un zombie.

J'étais sur le point de vomir. La Crochue s'était endormie sur son ragoût.

— J'ai pas envie.

— Tant pis. Cul sec, à la bonne vôtre !

Il avala le breuvage d'un trait et rota. Ses lèvres rouges. Du sang aux commissures. Je me sentis mal à l'aise.

— T'es pas un peu vampire ?

— Les vampires, ça n'existe pas.

— Alors pourquoi t'aimes boire du sang ?

— Du sang de lapin. Parce que c'est bon pour la santé. Tu aimes le boudin ?

— Aux pommes, j'adore !

— Et alors, qu'est-ce que tu crois que c'est ? Du sang cuit. Simplement, il est assaisonné et parfois épicé, c'est tout.

Je le regardai avec inquiétude.

— T'es sûr ?

— Ben ouais ! Sors un peu de ta ville !

Je me jurai de ne plus jamais manger de boudin aux pommes.

Une fois l'animal saigné, Léman le coucha les pattes en l'air sur une épaisse planche en bois. Chacun de ses gestes était précis, pensé, habituel. Sans précipitation.

Il reprit le couteau dans la main gauche. Enfonça la lame quelque part à l'extrémité d'une des pattes arrière et y fit une petite entaille. Il porta ensuite à ses lèvres l'orifice obtenu et, comme dans un vulgaire ballon, se mit à souffler de toutes ses forces. La peau du lapin se gonfla aussitôt et se décolla.

— Et maintenant qu'il est au chaud, on va déshabiller Bugs Bunny ! Ferme les yeux, si tu veux pas le voir tout nu !

Léman ricana. Il attacha le pauvre animal par les pattes arrière à un crochet de boucher, tête pendante. Ses doigts plongèrent sous le pelage et d'un coup sec vers le bas, il tira la peau du lapin qui vint toute seule. Comme un gant retourné. Alors apparut, luisant à la lumière du feu de cheminée, le velours rouge de la chair.

Je n'avais encore jamais vu de corps écorché.

La chair sanguinolente, un réseau bleu de veines et de vaisseaux sanguins, les côtes saillantes et les yeux. Des yeux de poisson de chaque côté du crâne à vif.

Léman serra le manche du couteau dans sa paume. La lame suivit une trajectoire sans obstacle jusqu'au bas du ventre. Celui-ci s'ouvrit comme une poche trop pleine, laissant jaillir les viscères.

Tous les gestes du Gars étaient déliés, exécutés avec une aisance surprenante.

— Ça te fait rien de faire ce truc dégoûtant ?

— Et le boucher ? Tu crois que ça le dégoûte ?

— Ouais, mais t'es pas un boucher…

— Qu'est-ce que t'en sais ?

L'étincelle farouche dans ses yeux. Il n'avait pas l'air de plaisanter.

8

Quelques minutes plus tard, après que le couteau eut fait son travail de dépeçage, le lapin éventré, éviscéré, découpé en morceaux, les pattes détachées, s'est retrouvé à mijoter en sauce dans une marmite accrochée au-dessus d'un bon feu de cheminée. Le Gars avait ajouté une lampée de vin blanc et avait bu le reste à même la bouteille. La Crochue se réveillait par intermittence et retombait dans une somnolence traversée de soubresauts sonores.

Je pensais à Hippolyte. Il avait un lien avec la Crochue, dont j'ignorais la vraie nature. Léman ne semblait pas en savoir plus que moi.

— Tu restes à déjeuner ? demanda-t-il.

Cette fois ça sentait bon. La sauce au vin et aux oignons frits. Seulement, Grand-ma n'était pas prévenue. Elle avait déjà dû préparer les lentilles. Comment pouvaient-ils vivre sans téléphone, sans électricité et tout le reste ?

— Je ne peux pas, la grand-mère…

— Ben quoi ? T'es pas perdue.

Je n'aurais pas aimé manger en face de Léman. L'avoir dans mon champ de vision en train de mastiquer. Avec sa lèvre retroussée sur la gencive.

— Elle a déjà préparé le déjeuner.

— Elle a qu'à le réchauffer ce soir.

Je baissai la tête, fixant le bout de mes après-skis.

— Je peux pas. Une autre fois.

Léman ne répondit pas, mais se renfrogna. Il se mit à aiguiser le couteau de cuisine après l'avoir simplement essuyé sur sa manche. Ses mains violacées, gonflées par le froid et les intempéries. Sa peau crevassée et couverte d'engelures. Pourraient-elles un jour toucher une femme, caresser une peau douce ? Je pensai à Isobel que je n'avais plus revue. Sûr qu'elle plairait à Léman, me dis-je.

— Tu la connais, Isobel ? sortis-je de but en blanc. Une fille du hameau.

Le raclement de la lame sur la pierre à aiguiser s'arrêta net. Les yeux de quartz me transpercèrent.

— Quelque temps avant de mourir, Hippolyte m'a emmenée chez les parents d'Isobel. Il voulait qu'on fasse connaissance. On est restées ensemble tout l'après-midi. On s'entendait bien. Elle est vraiment très belle.

Le frottement du métal contre la pierre avait repris son rythme régulier.

— Alors, tu la connais ? demandai-je.

— Jamais vue, grogna-t-il.

— Elle est sourde. Et elle parle avec ses mains.

— Au moins, elle risque pas de saouler. Pas comme toi.

Je fus piquée au vif.

— Je saoule, moi ?

— Ouais, tu saoules, comme toutes les grognasses.

Devant ma mine déconfite, Léman éclata de rire.

— Je blaguais, gamine !

— Isobel, je l'ai plus revue.

Il tendit le cou vers moi, les doigts serrés sur le manche du couteau. Ses phalanges étaient devenues blanches. Pour un peu, on aurait aperçu le cartilage à travers la peau.

— Pourquoi ?

— J'y suis retournée après, mais ils ont pas voulu m'ouvrir.

Son front se plissa en stries profondes. De longues expositions aux intempéries avaient vieilli sa peau prématurément.

— Ouais, je comprends, lâcha-t-il, assombri.

— Pas moi, ai-je répondu, même si j'en avais vaguement perçu la raison. Je croyais m'être fait une nouvelle amie.

Léman piqua la pointe du couteau dans le bois patiné de la grande table de ferme et vint se planter devant moi.

— Je sais, c'est pas bien, c'est injuste, mais tu vois, c'est ça, leurs lois. Tu fais pas partie du clan. Ils restent entre eux. Alors, ton Isobel, c'est pas demain la veille que tu la reverras.

Sa voix dérapa.

— Déjà que t'as une sacrée chance de pouvoir passer tes vacances au hameau ! Tu ferais mieux de les passer ailleurs.

— J’aime bien, ici.

— Il y a rien, « ici ». La terre, les arbres, la burle.

Tout ce qu’il énumérait était précisément ce qui l’ancrait lui-même dans ce coin du monde, reclus, isolé. Quoi qu’il en dît, Léman était relié à cette terre, ces arbres noirs, cette nature hostile et rude. C’était aussi ce qui me plaisait.

— Alors pourquoi tu pars pas ?

D’un coup de menton, il me désigna la Crochue, recroquevillée sur son siège, si près de l’âtre que je crus bien qu’elle allait rôtir.

— Et la vieille ? Tu veux que je l’emmène où ? Tiens, elle a encore pissé !

Aux pieds de la Crochue, une flaque jaunâtre s’élargissait, mouillant ses pantoufles. Le Gars saisit un seau et une serpillière et commença à éponger.

— Bouge tes pattes, la vieille !

Dans un demi-sommeil, la Crochue s’exécuta, traînant ses charentaises dans l’urine. L’odeur âcre s’intensifia. Léman repoussa le siège sans douceur.

— Il faudrait lui mettre des couches, suggérai-je tout bas.

— Faudrait, ouais ! Tu vois pourquoi je pars pas ? Sans moi, elle crève !

Derrière la violence des mots transparaissait tout le dévouement de Léman pour celle qui l’avait élevé. Il s’en occupait désormais comme de son propre enfant. De la même façon qu’elle avait pris soin de lui lorsque, orphelin à cinq ans, il était livré à la merci du monde et qu'il aurait pu être placé dans un foyer. Mais je savais que même si sa grand-mère venait à mourir, le Gars ne quitterait pas ces lieux.

Une fois qu'il eut terminé de laver le sol, Léman revint s'asseoir. Il sortit un sachet contenant du tabac brun, du papier à cigarettes et s'en roula une. Ses doigts épais tassaient les fibres disposées en une ligne régulière dans le creux de la feuille, qu'il maintenait entre le pouce et l'index. Comme une gouttière. Il fit ça vite et proprement. Passa la langue sur les bords du papier une fois roulé pour sceller la cigarette. Elle était fine, pas trop serrée, pour permettre une meilleure combustion.

— T'en veux une ?

Je regardai la vieille. Ses yeux en boutons de bottine me fixaient. On aurait dit des trous vides, des stigmates noirs. Son visage malmené. Il me rappelait quelqu'un. Trop vaguement pour que je puisse faire le rapprochement. Un magma de rides en brouillait l'expression.

— T'en fais pas, elle dira rien. Elle dort souvent comme ça, les yeux ouverts.

Il siffla en crachotant quelques cheveux de tabac.

— C'est parce qu'elle a toujours peur qu'on vienne me chercher.

— Qui ça ?

— Les services sociaux.

— T'es pas majeur ?

— Dans un mois. Après, tranquille.

Je n'allais pas attendre ma majorité pour goûter à la clope.

— Je veux bien.

La majorité. Je savais ce que l'atteindre pouvait représenter. Une forme de liberté revendiquée à la moindre occasion, mais cela restait abstrait. Que ferait Léman une fois qu'il aurait l'âge légal de s'émanciper ? Se détournerait-il définitivement de l'adolescente que je commençais à peine à devenir ?

Je pensai à sa petite sœur. Morte si petite. Avait-il souffert de la perdre ? Avait-il eu le temps de s'attacher suffisamment à ce bébé de deux ans pour que son absence fût une déchirure ? La réponse était peut-être dans l'espèce d'amitié protectrice qu'il éprouvait pour moi.

Il cala sa cigarette au coin des lèvres et entreprit de m'en rouler une avec une application qui ne collait pas à ses manières rudes. Sans un mot, il me la tendit. Le papier, encore humide de sa salive. Je n'aurais pas pu tomber amoureuse de lui. L'aimer ou même être troublée par lui ne m'a pas effleurée une seconde. On se voyait, ça nous suffisait. Quand on ne se voyait pas, pendant des mois, il ne me manquait pas. Et je présume que je ne lui manquais pas non plus. S'il pouvait m'arriver de souhaiter sentir sa présence, c'était parce qu'il appartenait étroitement à un univers que j'aimais. Il était le bois, la terre, le feu, l'air chargé d'humus, le lac, les résineux, leur odeur forte, les chemins, les pierres. Le vent glacé.

Un coup sec à la fenêtre me fit sursauter. Je me retournai sur ma chaise, mais ne vis rien. D'autres petits coups suivirent. Ici, dans le silence feutré de la neige, le moindre bruit prenait une dimension singulière.

— C'est Yersin, dit Léman en se levant pour ouvrir la fenêtre.

En même temps qu'un courant d'air glacé, le corbeau qu'il avait trouvé blessé arriva droit sur nous par la fenêtre ouverte en un affreux battement d'ailes avant de se poser sur la table. Je n'étais jamais rassurée en sa présence. Il était énorme. Son plumage lustré aux reflets bleus. Ses griffes recourbées, prêtes à serrer sa proie ; son bec claquait comme un avertissement. Ses yeux vifs et profonds, deux petites perles noires, m'évaluaient pour savoir si je représentais une menace.

— Allez, dis bonjour, Yersin.

Le corbeau secoua la tête en faisant un pas sur le côté. En un coup de bec, il pouvait me crever un œil ou me trancher une carotide. Je me tortillai sur place.

— Faut pas avoir peur, il va pas te manger. Tiens, bouge pas. Reste tranquille.

Le signal secret que Léman a dû lancer à son volatile domestiqué m'a certainement échappé. En un bond, Yersin fut sur mon épaule et s'y lova confortablement. Bouger, je ne risquais pas. Je restai tétanisée, osant à peine respirer. Il était lourd et pesait sur mon épaule menue.

Les corbeaux ont presque disparu de nos villes et de nos campagnes. Ce qu'on prend pour des corbeaux sont en fait des corneilles, au plumage noir également, mais beaucoup plus petites. Un corbeau blessé s'apprivoise très facilement.

À l'instar de ses congénères, celui-ci paraissait doté d'une intelligence étonnante. Selon les éthologues, certaines espèces chez les oiseaux sont en effet capables de manifester un semblant de raisonnement.

Yersin entreprit de fourrager délicatement dans mes cheveux frisés avec la pointe de son bec. Les mimiques de l'oiseau et mon air terrorisé déclenchèrent l'hilarité de son maître.

— Tu lui plais.

Les paupières rabattues en bouclier, je n'osai plus proférer un son.

— Tu sais, la petite, c'est pas la peine de les fermer, tes yeux. S'il veut, avec ou sans les paupières, il te les crève en une seconde. Et surtout, si je lui dis de le faire… Bon, Yersin, ça suffit, viens voir papa, tu fais peur à la souris des villes !

Là encore – je doutais fort que l'animal ait compris le sens de ces mots –, l'oiseau changea de perchoir. Cette fois, il trônait sur la tête du Gars et semblait content. Je préférais de loin le pelage chaud et le corps détendu de Dickens sous mes pieds nus.

— Tu savais pour le type, au hameau, l'homme à la peau noire ? ai-je demandé timidement.

— Un Noir ? s'esclaffa-t-il. T'es sûre que c'était pas un ramoneur ?

— Il est venu quand je suis tombée dans les pommes. J'ai vu son visage, ses mains.

Léman me regarda d'un air circonspect.

— T'es tombée dans les pommes ? T'as été malade ?

— Il dit que non. C'est le toubib du hameau. Mais sa voix est dure. Et puis, je pense que s'il pouvait, il m'empoisonnerait ou un truc comme ça.

— Toi ? Il t'en veut ?

Je lui racontai toute l'histoire. La discussion que j'avais surprise lors d'une de leurs réunions au hameau. Cette voix sans visage qui s'était élevée contre ma présence. La réaction d'Hippolyte. Puis la mort du vieillard dans des circonstances malgré tout étranges. Je lui parlai ensuite de la photo des enfants juifs en prenant soin de taire l'histoire de Jacobson et des grands-parents. Mon vertige devant la photo. Les questions et les mots menaçants de Bonaventure en apprenant que Mamé me l'avait montrée.

Le Gars écouta avec beaucoup d'attention. Le corbeau était venu se percher sur son épaule après un épouillage en règle.

— Ben dis donc, il s'en passe des choses, au hameau ! siffla-t-il en hochant la tête.

— C'est dangereux, tu crois ?

— Tu te fais un film, la petite. Ce sont des allumés, c'est tout.

— Et Isobel ? Pourquoi je peux pas la voir ?

— Ce que tu peux être bourrique ! Ils veulent pas, t'as pas compris encore ? Ils ont peur.

— De moi ?

— De la contamination, l'influence des non-Purs. Ça pourrait lui donner envie de partir…

— Elle est muette et sourde comme un pot, elle irait où ?

— Elle serait mieux ailleurs, avec des gens

comme elle, dit-il d'une voix sombre. En ville, il y a tout ce qu'il faut pour eux.

— Alors c'est lui le chef, le toubib noir ?

— Il doit faire partie du noyau dur. Isobel, t'es pas près de la revoir, gamine.

En dépit de sa lucidité, Léman semblait très affecté. Ses poings serrés sur la table. Les muscles de ses mâchoires roulant sous la peau.

— Tu ferais mieux de rentrer, dit-il brusquement. Demain, je te montrerai quelque chose. On se retrouve à la croix de pierre.

C'était un mémorial aux villageois morts à la guerre. Il se trouvait au bord du chemin du cimetière des villageois.

Je me levai, enfilai mon manteau et sortis. Les lames du froid se plantèrent aussitôt dans ma gorge. Je tirai l'écharpe en laine sur ma bouche et mon nez. Le Gars m'avait suivie du regard par la fenêtre. Je le sentais, comme une pointe dans le dos.

Je pris le chemin dans le sens inverse, marchant dans mes pas et dans des empreintes plus grandes. Celles de Léman. Je vis les taches rouges sur la neige. Des fleurs de sang. Elles avaient bruni. Poisseuses comme un jus de baies.

9

Le lendemain matin, je retrouvai Léman à l'endroit convenu, là où se dressait la croix de pierre. Plus haute encore que lui, d'un gris sale, couverte d'auréoles jaunes et bleues. De la moisissure, du lichen. Plus personne ne s'y arrêtait. La guerre et tous ses morts s'éloignaient dans les mémoires.

La nature avait gelé durant la nuit. La pellicule de glace se brisait sous l'épaisseur des semelles et s'ouvrait sur une neige plus molle. Je ne savais toujours pas ce que Léman voulait me montrer, mais je le suivis, curieuse et confiante. Un des pièges qu'il installait, un trésor, l'eau figée du lac ? Mais nous n'avions pas emprunté ce chemin-là. Nous marchions en direction du village.

Arrivés à une bifurcation, nous tournâmes à gauche et longeâmes une petite route. À cette période de l'année, elle était peu fréquentée. Nous avions pris la direction du cimetière. Devant le visage fermé du Gars, je ne posai aucune question. Nous avancions en silence, précédés de la vapeur blanche qui s'échappait de notre bouche.

La région n'avait pas connu un tel hiver depuis longtemps.

Bientôt apparut la grille du cimetière, hérissée de pointes sombres. Je pensais que nous allions simplement le dépasser. Mais Léman poussa la porte en fer forgé et entra. J'esquissai un mouvement d'hésitation.

— Alors, tu viens ? Ils vont pas te bouffer, les morts..., lança-t-il par-dessus son épaule comme s'il crachait.

— Pourquoi tu m'emmènes ici ?

— Pose pas de questions et ramène tes fesses !

Je le suivis, contrite et mal à l'aise. D'une certaine façon, ils nous dévorent, les morts, de l'intérieur. Abel, Hippolyte, mes défunts, dont le souvenir me hantait douloureusement. Avec autant d'interrogations et de doutes. La mort aussi me hantait.

Nous arpentâmes la partie gauche du cimetière. Il était de taille moyenne, mais beaucoup plus étendu que le cimetière des Purs, petit carré solitaire au fond du bois. Des tombeaux et des caveaux se dressaient, hauts et sinistres, dans un rappel à l'ordre et au recueillement.

Après avoir pénétré dans le labyrinthe tombal, nous rebroussâmes trois fois chemin. Visiblement, le Gars ne trouvait pas ce qu'il cherchait. Il avançait lourdement, s'arrêtait, regardait tout autour de nous et repartait en grondant. Je lui emboîtai le pas en glissant.

— Je suis venu qu'une fois, avec la vieille, souffla-t-il comme une excuse.

Nous fîmes encore quelques rangées et il s'arrêta net. Dans cette partie du cimetière, les tombes, à moitié tapissées de neige, étaient en mauvais état. La pierre garnie de mousse se fissurait sur des herbes folles. Parfois, la croix gisait au sol, déchue.

S'arrêtant une nouvelle fois, Léman tapa du pied. J'essayais de dominer le malaise qui se répandait dans mes membres.

— C'est pas possible… C'est ici, j'en suis sûr.

— Quoi, bon sang ? dis-je, la langue soudain déliée par un sentiment d'angoisse croissant.

— Mes parents, ils sont là, c'est certain. Avec le bébé. Nous sommes en train de marcher dessus.

Je risquai un regard juste sous nos pieds. C'était visiblement l'emplacement d'une vieille tombe dont on avait fait sauter la dalle. Léman en retrouva un morceau un peu plus tard, en travers de l'allée. Le passage du temps ou un acte de vandalisme ?

À mains nues, à l'aide d'un bâton, il commença à gratter la neige gelée, faisant apparaître peu à peu les contours incertains de l'ancienne tombe de ses parents. Je m'étais éloignée, en proie à un malaise. Je suffoquais. Ce n'était plus le froid.

Sous mes pieds, la terre se souleva et retomba violemment. Au bout de plusieurs secousses, elle s'ouvrit en une plaie béante. Trois silhouettes en surgirent. L'une d'elles était celle d'un tout petit enfant. Une fille. Ses yeux, brûlants de terreur. Les adultes, un homme et une femme, tendaient les bras l'un vers l'autre, mais la faille s'élargissait entre eux. La femme criait, sans qu'aucun son ne sorte de sa bouche. Elle était nue. Ses mains, ses cuisses ensanglantées, ouvertes sur une autre plaie. Comme d'un volcan, une lave sombre coulait de son sexe. L'homme avait le cou tranché comme s'il souriait. Rien ne semblait humain.

En ouvrant les yeux, je vis le visage de Léman flotter au-dessus de moi. Le sol dur et glacé dans mon dos. La douleur à la tête qui revenait.

— C'était ça, avec la photo des petits Juifs, quand t'es tombée ? Tu m'entends, gamine ? C'était pareil ?

Il criait.

— Je ne sais pas.

Mes membres endoloris. Je me redressai péniblement.

— Qu'est-ce que t'as vu ?

Je ne pouvais pas lui dire. De toute façon, il ne m'aurait pas crue.

— Le sol…

— Quoi, le sol ?

— Il est ouvert…

Léman regarda à ses pieds.

— Qu'est-ce que tu racontes ? Regarde toi-même ! Y a rien.

— J'ai cru que j'allais tomber là, au fond.

Il secoua la tête.

— Alors toi, gamine, tu perds la boussole. C'est jeune, pour commencer.

Je n'avais qu'une idée confuse de ce qui était en train de s'emparer de moi. J'ignorais alors le nom de ce qui venait de se produire dans mon esprit.

Perception extrasensorielle. C'était la deuxième fois que ça m'arrivait, de façon assez rapprochée de la première.

Je ne dis rien de plus à Léman. Mais il ne me quittait pas des yeux, comme s'il voulait me percer à jour. Le Gars, son instinct. Si proche des animaux qu'il observait et capturait. Ce règne subtil des sens. Ces facultés développées puis exercées à travers le moindre souffle, le moindre bruissement. Le Gars les possédait. Il déchiffrait la nature comme on lit un livre. Si j'en étais incapable, j'y étais au moins sensible. Mon être pouvait devenir ce réceptacle captant des signaux que le commun des mortels ne percevait pas. Les échos d'événements passés dont la vérité avait été malmenée ou détériorée.

Je voyais, sans analyser. La vision s'imposait, que je ne parvenais pas à interpréter de façon cohérente.

Sur le chemin du retour, nous n'échangeâmes pas un mot. Le ciel de plomb, lourd, écrasant. Le silence feutré de nos pas dans la neige. Tout commentaire aurait été de trop.

Je sentais que le Gars m'en voulait de mon mutisme. Il attendait de moi un éclaircissement sur une réalité demeurée trouble. Sans le savoir vraiment lui-même, il comptait d'une certaine façon sur les visions qui m'habitaient. C'était la seule vérité à laquelle il aurait pu se raccrocher.

Quant à ses parents et sa petite sœur, ils étaient morts, enterrés dans ce cimetière depuis presque quinze ans. Leur tombe n'existait même plus. Personne n'était venu l'entretenir. Que dire de plus ? Mon malaise ? Une hypoglycémie, les symptômes d'un refroidissement... Peu importait. Pourtant, comme pour les enfants juifs, la vision ne me quittait pas.

Pourquoi les gens du passé, les absents, les morts, venaient-ils me trouver ? Que pouvaient-ils avoir à me dire ? À mon insu, je portais leur message. Mais à quoi servirait-il si le messager s'obstinait à garder le silence ?

De retour au calvaire où il m'avait donné rendez-vous, Léman m'abandonna sans un mot, comme un objet devenu encombrant. Son air sombre, menaçant. On aurait dit une montagne noire sous un ciel de tempête. Désemparée, je l'ai regardé s'éloigner. Immense. Puis il a diminué. Un trait vertical dans l'espace immaculé. Même lui pouvait devenir si petit, une poussière, un grain.

Je rentrai au hameau à contrecœur. Lointains cubes épars, les maisons reprirent leur taille normale et se resserrèrent. Les cheminées fumaient, crachant des serpents de vapeur grise dans un ciel bas.

Je poussai la porte après avoir secoué mes bottes. Grand-ma dans sa cuisine. L'odeur me saisit. Une odeur veloutée, épaisse, de pâte cuite et de chocolat.

— On dirait que ça t'a fait revenir. Je t'ai préparé des muffins aux pépites de chocolat. Ça te fait plaisir, j'espère.

— Ça sent bon, ai-je dit sans conviction.

— J'ai ajouté un peu de fleur d'oranger.

Sa silhouette grise, tassée. Ses cheveux tirés, ses bas, ses chausses, sa robe longue, tout était gris.

— Grand-ma, ils viennent me chercher quand, les parents ?

— Dois-je en déduire que tu t'ennuies, ici, ma petite ?

Elle enchaîna sans me laisser le temps de répliquer. Peut-être ne voulait-elle pas connaître la réponse.

— Encore trois jours de calvaire. Pourquoi me demandes-tu ça ?

Je voulus répondre, mais aucun mot ne me vint. Je fondis en larmes.

10

Mes parents arrivèrent aux alentours de midi. J'avais passé les trois derniers jours comme une ombre. Je n'avais pas revu Léman. L'avais juste senti rôder. Il était là, autour du hameau, dans la forêt, au fond de moi. Et s'il n'était pas là physiquement, son âme veillait.

J'ai surpris une conversation entre mes parents et Gabrielle. J'ignore si elle avait volontairement élevé la voix pour que je l'entende.

— Faldonis, la petite, ça ne va pas. Il faut s'en préoccuper sérieusement.

À mon père qui la questionna, elle raconta l'épisode de la photo, mon malaise qui avait suivi, sans omettre la visite du médecin. Le frère Bonaventure.

— Elle m'a donné du souci. Et puis, je me demande si cette fréquentation est bonne pour une fillette de son âge.

Léman. Je tendis l'oreille.

— Mère, si vous le pensez, vous devez avoir raison. Vous ne parlez jamais à la légère.

La voix de mon père. Grave, fêlée. « Mère ». C'était ainsi qu'il s'adressait à Grand-ma. Au hameau, tous les enfants vouvoyaient leurs parents.

— Je n'en ai pas la preuve, mon fils. Elle semble attachée à lui. Comme à un grand frère. Et il ne lui a jamais fait de mal. Mais il est un peu trop âgé maintenant pour s'intéresser à elle. Je ne trouve pas normale l'attention qu'il lui porte.

— Je ne pense pas qu'il soit dangereux. Mais il conviendrait d'en parler avec Audrey. Qu'elle prenne ses distances la prochaine fois.

— Vous envisagez de la laisser revenir aux prochaines vacances ?

La voix de mon père se durcit perceptiblement.

— Ne le souhaitez-vous pas ?

— Pas du tout, il ne s'agit pas de cela. Mais je me disais que ce n'est pas un endroit très épanouissant pour une fillette de son âge.

Mon père répliqua aussitôt :

— J'ai grandi ici, Mère. J'y ai acquis de belles valeurs, grâce à vous. Je ne pense pas avoir été un enfant ni un adolescent moins épanoui qu'un autre.

— Tu as pourtant choisi de partir.

— Vous en connaissez la raison, Mère. Les unions entre Purs et non-Purs sont impossibles. J'ai choisi, en effet. Un mariage d'amour. Ce qui ne veut pas dire que je renie ce qui m'a construit, et qui a fait de moi l'homme que je suis.

— Comme tu voudras… Si vous, Hélène, n'y voyez pas d'inconvénient.

Ma mère répondit. Sa voix chaude et douce, comme une pluie tropicale.

— Vous êtes la seule grand-mère qui lui reste. C'est important qu'elle passe un peu de temps avec vous. Il n'est pas question pour vous de séjourner chez nous, alors, c'est l'unique solution. Ici, au hameau.

— Vous lui avez parlé de David Jacobson ? reprit mon père.

— Oui, il est temps qu'elle sache certaines choses.

La voix de Grand-ma. On aurait dit du papier froissé.

— C'est à nous d'en juger, si vous le permettez, Mère. En l'occurrence, ce n'était pas nécessaire. Elle a assez souffert comme ça de la mort de son grand-père.

Il y eut une pause. Leurs têtes baissées pour éviter de se regarder.

— Et Bonaventure ?

— Il durcit sa position, Faldonis. Il se radicalise. J'ignore où il va entraîner la communauté. Moi, ce n'est pas pour les années qui me restent…

— Il ne faut pas qu'il aille trop loin, dit mon père avec une colère contenue.

Leurs mots s'entrechoquèrent encore quelques instants avant de mourir dans le silence de la maison.

On m'appela pour partir, j'embrassai Grand-ma avec la retenue du départ. Ma joue mouillée. Son doigt fripé qui essuyait une larme au coin de l'œil. Son regard sans couleur.

Il faisait encore jour au hameau. La forêt proche, son odeur d'hiver, de bois brûlé et de neige, les flaques d'eau gelée ressemblant à du mercure, la boue qui souillait la blancheur intense de cicatrices brunes. Les miennes se refermeraient lentement, à petit feu.

Chaque fois que je quittais le hameau, dans mon cœur, c'était comme si c'était la dernière. J'y laissais le silence, les frôlements des feuilles, des pattes d'animaux, le goût acidulé des baies sauvages, le craquement des branches sous le poids de la neige, les senteurs puissantes, terrestres, musquées. Mais j'y laissais aussi des ombres. Leur présence dans l'obscurité, dans l'invisible. Léman, Isobel. Des existences inéluctablement rivées à cet endroit rude et sans merci.

Aujourd'hui encore, ce sentiment me revient. Si vivace. Pourtant, tout a changé, ici.

11

Presque six mois s'étaient écoulés avant mon retour au hameau. Si la campagne restait sauvage, avec la dureté du silex, le printemps puis l'été l'enveloppaient de quelque douceur. Il pouvait même y faire très chaud à certaines heures du jour. Mais sitôt le soleil couché, la fraîcheur crépusculaire tombait, imprégnant d'humidité cheveux et vêtements légers.

J'avais une deuxième vie, en dehors du hameau. C'étaient des rails parallèles qui jamais ne s'étaient croisés avant ce jour.

Je retrouvai Grand-ma, sa maison de pierres grises. J'allais sur mes douze ans et découvrais un peu plus l'irréversibilité du temps. À commencer par Grand-ma, son entrée dans la vieillesse profonde, sa démarche mal assurée du fait d'un début de cécité.

Mon père ne m'avait rien caché à ce sujet.

— Grand-mère Gabrielle est en train de devenir aveugle. C'est la cataracte.

— Ça ne se soigne pas ? demandai-je, inquiète.

— Dans certains cas, oui. Mais les gens du hameau ne voient pas de médecin ailleurs. Ils se fient au leur, sur place.

Bonaventure. Je frémis.

— Il l'a laissée devenir aveugle ?

Ma voix, aiguë, indignée.

— Il n'a tout simplement pas les compétences d'un ophtalmo, ma fille. Mais c'est leur vie, ici.

— Alors elle va mourir aveugle ?

Mon père n'avait rien répondu. Son silence fut une réponse suffisante. Son regard humide et brouillé. Il parlait peu de lui. Son enfance, ses parents. Quels souvenirs en avait-il ? Quels effets avait eus sur lui de découvrir l'identité de son vrai père ? Maintenant que je connaissais le secret sur sa filiation, mon père m'avoua que lui et ma mère profitaient parfois de mes séjours au hameau pour partir de leur côté en voyage en Israël, rendre visite à David Jacobson. Avait-il pu remplacer Abel dans son cœur ? Les liens du sang étaient-ils plus forts ? Moi-même, bien plus tard, je m'étais éloignée de mes parents jusqu'à ne plus les voir qu'à de très rares occasions. Seulement par devoir. Nous n'avions rien en commun. Le hameau, qui aurait pu renforcer mes liens avec mon père, est devenu une pomme de discorde. Je soupçonnais même une certaine rivalité entre nous, à propos du hameau. Chacun semblait en revendiquer la connaissance et la compréhension parfaites.

À l'aube de l'adolescence, ma réserve naturelle s'était muée en une assurance effrontée. Je répondais facilement, souvent sur la défensive. Je me révélais à moi-même et aux autres. Des terres inconnues et fascinantes, un sol instable, exposé aux séismes les plus imprévisibles.

C'est parée de cette armure que je pus cette fois soutenir le regard hostile du frère Bonaventure lorsqu'il s'aperçut de mon retour. Il croyait encore m'impressionner. À mes yeux, il n'était plus qu'un épouvantail mal fagoté, coiffé d'un vieux chapeau et traînant des chaussures de cul-terreux.

Répondant à son hostilité à peine dissimulée, je le toisai, arrogante et rebelle. J'avais gagné en taille et arrivais presque à sa hauteur. Planté dans le sien, mon regard l'avertissait qu'il était désormais inutile de chercher à m'effrayer. Que je n'avais pas besoin de sa permission pour venir chez ma grand-mère. Les mots de mon père, leur écho très proche, étaient un soutien : « Il ne faut pas qu'il aille trop loin. »

Quel médecin était-il pour n'avoir même pas été fichu de guérir Grand-ma du mal qui allait la priver de la vue ?

Bonaventure tiqua. Maintenant, l'ombre allongée de son chapeau lui servirait de refuge. De là seulement, il pourrait m'observer à sa guise. Mais en aucun cas me lancer des regards menaçants comme il le faisait si aisément auparavant.

Ses lèvres remuèrent, ses mots s'en échappèrent, étouffés mais suffisamment forts et clairs pour que je les entende. « Petite dinde, que sais-tu de la vie ? »

Je haussai les épaules, levai les yeux au ciel en soufflant et m'éloignai. Quelques secondes plus tard, l'incident était oublié. Incroyable légèreté des douze ans. Je me croyais invulnérable, protégée par le dieu des ados et par ma soif de vivre. J'étais en pleine mue. Le hameau prenait des allures de décor de cinéma où j'évoluais en actrice principale. L'âge con. Je n'y échappai pas. Bonaventure avait raison. Je ne savais rien de la vie et pourtant, je croyais déjà en détenir la musique secrète.

Mais tout ne continua pas à glisser sur moi avec nonchalance au cours de cet été-là. Voir Grand-ma aussi diminuée, ses yeux voilés d'une membrane blanche, me fit l'effet d'un électrochoc. Je découvris le vrai sens du mot « cataracte ». Ce fut brutal.

Autrefois, je m'étais prise d'affection pour un vieux chien aveugle. Son regard était le même. Il n'était plus question que Gabrielle fasse la cuisine ou son tricot. Elle ne pouvait même plus lire. Sa cécité progressait rapidement. Alors, elle s'était transformée en une petite vieille assise face à la cheminée et à ses souvenirs, dans le fauteuil dont elle avait pris la forme. Pour avancer, elle s'aidait d'une canne. Non pas en s'y appuyant, ses jambes s'en seraient encore bien passées, mais elle s'en servait comme le font les aveugles pour éviter les obstacles.

La voir ainsi mouliner, tâtonner, me plongea dans une immense tristesse. Abel était mort brutalement, en bonne santé. Je n'avais pas assisté à un lent déclin. Le vent glacé par la fenêtre avait fauché le pauvre Hippolyte qui aurait été assez solide pour vivre jusqu'à cent vingt ans. Alors que Grand-ma me rappelait notre ficus qui s'était lentement desséché faute de soins et d'attention. Il aurait suffi de si peu pour le maintenir en vie.

Les femmes du hameau venaient à tour de rôle l'aider à la cuisine, au ménage. Faisaient un peu de lecture à Grand-ma. Des passages choisis de la Bible. Une bonne préparation à l'au-delà. En cela, la communauté offrait de précieux avantages. On n'y crevait pas seul, délaissé, comme un cheval devenu trop vieux et inutile.

Vers la mi-juillet, le hameau semblait reprendre vie. La nature était verte, fraîche, les feuillus étaient bien fournis, les conifères embaumaient la résine. Aux beaux jours, la terre respirait enfin.

Les maisons paraissaient moins grises, le quotidien des Purs moins austère. Quelque légèreté semblait même les gagner. Seuls leurs vêtements ne changeaient pas. Toujours aussi vieillots et lourds.

En apparence, rien n'avait bougé. Pourtant, le destin du hameau traçait sa route, comme une rivière souterraine. Ce qu'il portait, ses secrets, ses silences, ses ombres. Derrière le soleil, le froid éternel, la glace, épaisse, dure.

Lors de mes sorties dans la nature, plus nombreuses qu'avant – mon âge et la cécité de Grand-ma me procuraient une certaine autonomie –, j'évitais de traîner dans le voisinage de Bonaventure. Même si l'envie de le provoquer me titillait, maintenant que je savais qu'il ne pouvait m'interdire l'accès au hameau, grâce à mon père. Qu'il me sache dans les parages en dépit de son hostilité m'apportait une grande satisfaction. Je savourais la seule idée qu'il puisse enrager.

Un jour que j'aperçus Bonaventure coiffé de son chapeau marchant d'un pas pressé à travers le hameau, sans pouvoir expliquer ce qui m'a pris, je lui fis de loin un doigt d'honneur, espérant secrètement qu'il le remarquerait malgré la distance. Ce qui se produisit. Bonaventure fonça aussitôt sur moi, d'un air furieux, comme s'il allait me frapper. Avait-il voulu seulement m'effrayer ? Ou bien me passer un savon ? J'aurais eu le fin mot de l'histoire si un événement inattendu ne l'avait empêché d'aller jusqu'au bout de ses intentions.

Il était à un mètre de moi lorsqu'une paire d'ailes noires s'abattit sur sa tête, balayant son chapeau comme une bourrasque. Le couvre-chef vola, pour s'écraser au sol un peu plus loin, dans la poussière blanche du chemin, mais les ailes s'acharnaient toujours, cette fois sur le visage de Bonaventure qui tentait de se protéger. Ses mains battaient l'air pour chasser l'oiseau. Il criait. Sa voix rauque sous l'effet de la peur.

— À l'aide ! Faites quelque chose, il va me crever les yeux !

Il se débattait, on aurait dit qu'il voulait fuir un essaim d'abeilles. L'oiseau s'accrochait, mêlant ses croassements sinistres aux hurlements de Bonaventure. Alertés, des hommes arrivèrent en courant, armés de bâtons. Mais la peau foncée, lacérée, s'était déjà ouverte en stries d'un rouge profond. Le sang coulait du visage, des mains, entre les doigts, on ne savait plus très bien.

Je restai pétrifiée, incapable d'agir. Six mois s'étaient écoulés, mais le souvenir du corbeau sur mon épaule, son bec énorme, effilé, si proche de mon cou et de mes yeux, demeurait intact. Yersin. Je ne dirais rien, bien sûr. Pourtant, si je ne m'apitoyai pas sur les cris de douleur de mon ennemi déclaré, je ne parvins pas à m'en réjouir et, instinctivement, plaquai la main sur mes paupières.

Le volatile ne lâchait pas sa proie. Au bout de son bec pendaient des lambeaux de chair sanguinolente. Refoulé par une pluie de coups qui cherchait à l'atteindre sans risquer de blesser davantage la victime, ou bien obéissant à un rappel silencieux, Yersin renonça enfin à poursuivre son carnage.

Sur un dernier avertissement lugubre, il s'éleva rapidement dans les airs. Hors de portée.

Un premier coup de feu partit, proche, me déchirant les tympans. L'oiseau zigzagua comme pour esquiver un projectile qui lui était destiné. Il ne se détourna pas pour autant de sa trajectoire. La forêt. Un abri sûr. Le deuxième coup suivit de peu. Nouvelle déflagration dont les échos retentirent sur les murs de pierres. À leur netteté, on aurait dit qu'ils provenaient du hameau. Le sniper restait invisible.

Les regards étaient fébrilement rivés à ce qui se passait dans les airs. Cette fois, l'on vit des plumes s'éparpiller au petit vent et tomber en cascade. Puis, dans un cri lugubre, l'oiseau, mortellement touché, cessa de battre des ailes et plongea en direction des cimes. Même si je n'éprouvais aucune affection particulière pour cet effrayant volatile, je suivis le piqué final en retenant mon souffle. Parmi les Purs qui s'étaient attroupés autour de Bonaventure, il s'était installé un silence de mort. Même mon ennemi, blessé, les mains déchirées, le visage ravagé, avait cessé de gémir.

À cet instant, mes pensées étaient destinées au Gars, à Léman. À son chagrin lorsqu'il découvrirait l'oiseau mort. Il devait se trouver à proximité, dans l'ombre de la forêt, et devait avoir vu la scène. Il avait alors envoyé Yersin pour me protéger. Interrompre Bonaventure dans son élan. L'oiseau fidèle l'avait payé de sa vie. Comme beaucoup de compagnons à l'attachement aveugle. Personne encore n'avait risqué sa vie pour moi. Même un animal. Le cœur soulevé par une vague de tristesse, je lui en fus infiniment reconnaissante.

Avant que le reste du groupe ne s'aperçoive de ma présence dans les parages et ne vienne me questionner sur ce qu'il s'était passé, j'avais disparu au bout du chemin.

Léman était-il déjà au courant ? Il n'avait peut-être pas assisté à tout, mais il avait dû entendre les coups de feu. Arrivée à hauteur du bois, j'entendis siffler entre les arbres. Le Gars. Il marcha vers moi.

Je ne l'avais pas revu depuis six mois. Il avait encore changé. S'était étoffé, avait gagné en muscles. À bientôt dix-neuf ans, c'était une force de la nature. En une enjambée, il avalait plus d'un mètre. Ses mains, larges, épaisses, auraient pu envelopper ma tête. La broyer, sans doute. Ses cheveux secs pleuvaient sur ses épaules, se confondant avec la barbe brune qui cachait maintenant sa lèvre difforme et son menton en pointe. Il ne flottait plus dans des sapes trop larges. Il portait un pantalon treillis, un t-shirt noir et une veste kaki.

Je ne fus pas très surprise de tomber sur lui. En revanche, je le fus beaucoup plus en remarquant le fusil qu'il tenait à la main. Un gros calibre de chasse encore fumant. Il parut content de me revoir. Au fond de ses yeux, de minuscules étoiles. C'est à cela que je détectais ses émotions. Au nombre d'étoiles.

Ma réaction fut plus mitigée. Je ne le savais pas ainsi armé. Et encore moins capable de tirer sur son corbeau.

— Les coups de feu, c'était toi ? ai-je demandé d'une voix crispée.

— On dirait bien, la gamine ! Alors, ça pousse ?

Il regardait mes seins. Des fruits en gestation. Si une seule personne au monde m'impressionnait encore du haut de mes douze ans, c'était bien lui. Léman. J'aurais bien voulu lui dire de se mêler de ce qui le regardait. Mais le fusil immobile le long de sa cuisse m'en dissuada.

Quel homme était-il devenu pour tuer de sang-froid un être vivant qu'il avait sauvé et qui ne le quittait jamais ? J'allais ouvrir la bouche sur une nouvelle question, mais un bruissement me fit détourner la tête. Un oiseau noir fondit sur nous, décrivit une boucle avant de venir se poser sur l'épaule du Gars. Yersin.

Je poussai un cri de soulagement.

— C'était pas Yersin, alors, le corbeau qui vient de blesser Bonaventure ?

Le Gars ne répondit pas. Il ressemblait à un roc solitaire et menaçant. Ses épaules voûtées. Son nez plus long et aplati. Ses paluches rougeaudes lissant le plumage du corbeau avaient quelque chose d'obscène.

Un détail attira mon attention. Ses ongles étaient anormalement longs et courbés vers l'intérieur. Mal à l'aise, je mis cela sur le compte d'une négligence. Pourtant, l'idée qu'elle puisse être délibérée ne me quittait pas. Était-ce pour ressembler lui-même à un corbeau ? Se doter de véritables griffes, d'ongles acérés qui deviendraient des serres… Nourrissait-il un projet obscur ? Étaient-ce des outils ou des armes ?

Je me mis en tête de poser la question.

— Tes ongles…

— Et alors ?

— Ils sont longs, comme ceux d'une fille, et en plus, ils sont tout sales.

— C'est pour mieux te griffer, mon enfant.

Je sentis le souffle de ses doigts sur ma joue. Je reculai d'un pas.

— Tu veux pas le dire ?

— Quoi ? fit-il d'une voix sombre.

— Ce qui s'est passé.

— Écoute, gamine, mêle-toi de tes fesses, d'accord ?

Je fus sur le point de pleurer. Picotements aux yeux. Mon ami était devenu un étranger. Sauvage, opaque, impénétrable. Comme ces bois d'où il venait de sortir. J'avais refusé de l'aider, au cimetière. Il avait ressenti ma capacité à percevoir les événements passés. Il avait voulu que je lui confirme une chose terrible. J'étais restée muette, pétrifiée.

— Tu vas pas pleurer, à ton âge ?

Sa voix rugueuse.

Au-dessus de nous, les nuages s'étaient accumulés en une masse compacte. Une masse gigantesque, aux contrastes violents. Un orage en préparation. Les mouches, excitées et voraces, s'attaquaient au visage et à toute partie dénudée de la peau.

— Si je te montre, tu fermeras ta petite gueule de pucelle ?

— Tu me prends pour qui ?

J'avais décidé d'adopter le même mode de langage. Insolent, agressif.

— On va voir. Sinon, couic !

L'ongle saillant de son pouce simula la trajectoire d'une lame tranchant la gorge de gauche à droite.

Je hochai la tête d'un air entendu malgré ma peur et lui emboîtai le pas dans les bois. La végétation grésillait. Une odeur grasse émanait de la mousse. La terre humide dégageait des relents musqués. Les senteurs s'épousaient, se mêlaient, alternaient fumet de mousseron et parfum doucereux de résine. Un gigantesque organisme dont les sucs nous dissoudraient lentement. Sous nos pas, le craquement familier des brindilles, des ronces, des glands secs. Le ciel réapparaissait furtivement, par flaques bleues ou grises. Puis tout s'obscurcit soudain. Les arbres les plus hauts et les plus exposés accueillirent les premières gouttes. D'abord éparses et grosses, elles tapotaient gaiement sur les feuilles. Puis tombèrent plus serrées, traversant cette fois la sous-couche de chlorophylle jusqu'à nous.

J'aimais l'orage, gonflé de forces magnétiques. Je frissonnais à ses roulements sourds, applaudissais à ses explosions, sa frénésie, ses entrées fracassantes.

Confiante, je suivais Léman. Mes pas dans les siens. Sa silhouette haute et massive. Le frère qui me manquait. Yersin nous précédait, comme s'il connaissait le chemin. Son vol lourd et feutré.

Le Gars stoppa net. Écarta à ma hauteur sa main qui tenait le fusil.

— C'est là.

Sa voix ricocha sur les troncs.

Il me désigna quelque chose, au sol.

Un corbeau gisait sur le ventre, mort. Ses pattes raides. Ses ailes ouvertes où perlait le sang, d'un rouge vif. On l'aurait dit crucifié. Il était de la même taille que Yersin. Un spécimen noir, impressionnant, d'une envergure d'un demi-mètre.

Je commençai à entrevoir le subterfuge. Léman m'observait.

— Ça te va ? fit-il.

Je n'étais qu'à moitié convaincue.

— Tu l'as tué ?

— Ce serait pas la première fois que je tue un gibier, mais là, c'était pour protéger le vieux.

Il pointa le menton vers Yersin, perché sur une branche.

— C'est mieux de faire croire qu'on l'a dégommé.

Du travail d'illusionniste. Quelque chose m'échappait pourtant.

— Comment t'as fait ?

Au fond, il était fier de me révéler l'astuce.

— J'ai lâché Yersin sur Bonaventure pour qu'il s'en charge. Comme il risquait de se faire niquer par un connard du hameau, même après coup, j'ai lâché son cousin. Il a senti la chair fraîche et est parti comme une flèche en direction de la scène. Mais c'est Yersin que j'ai dressé, pas l'autre. En voyant arriver le nouveau, mon vieux s'est vite envolé dans l'autre sens. Il avait quand même eu le temps de charcuter un peu le type. L'autre s'est retrouvé seul avec ceux du hameau et leurs bâtons. Et quand il en a eu marre de se faire tabasser et qu'il s'est envolé à son tour, c'était à moi de jouer.

— Et tu l'as descendu. Comme ça, ils s'imaginent tous que l'agresseur de Bonaventure est mort

J'avais du mal à le croire. Cependant, les preuves étaient là. Au sol et sur une branche, droit devant moi. Après, la question était de savoir pourquoi. Ce qui avait motivé une telle hargne. Acte gratuit, vengeance ?

— Tu as un truc contre Bonaventure ?
— On peut dire ça, ouais. Comme toi…
— C'est pas à cause de moi, alors ?
Le Gars éclata d'un rire grinçant.
— Sûrement pas ! Je l'ai pas fait à cause de tes petits problèmes avec ce type ! Mais là, c'est allé trop loin.
— Quoi ?
Il respira profondément avant de poursuivre. Des trombes d'eau s'étaient mises à tomber, nous poussant à nous coller contre un arbre, l'un contre l'autre.
— Isobel.
Je tressaillis. Je ne l'avais pas revue.
— Ils vont se marier.
— Qui ?
— Elle et le Noir.
Une sueur froide me parcourut le dos. Mes cheveux me collaient aux tempes, j'avais soudain froid.
— Bonaventure et Isobel ? T'es sûr ?
Léman me fixa d'un regard étrange. Profond.
— Me dis pas que… Alors tu la connais ?
— On dirait bien, gamine. On dirait bien…
— En fait tu la connaissais déjà quand je t'en ai parlé ? Et tu m'as rien dit ?
Cette fois, ce fut à mon tour de me sentir trahie.
— Ça aurait changé quoi ?
— Je croyais qu'on était amis.
— Et alors ? Tu me dis tout, toi ?
— Pour le mariage, tu l'as su comment ?
— Elle me l'a appris. Dans son langage.

Mon esprit se projeta. Je ne m'imaginais pas un seul instant pouvoir aimer un homme aussi âgé…

— Elle l'aime vraiment, Bonaventure ?

— C'est pas elle. Ils la forcent.

— Qui ? Ses parents ?

— Eux et ce connard. Ils disent que c'est un mariage sûr. Qu'elle sera en sécurité avec lui. Entre de bonnes mains.

Je ne pensais pas qu'on pouvait encore à notre siècle marier un homme et une femme contre la volonté de l'un d'eux.

— Et Isobel ? Elle accepte ?

— Si on la marie, elle se suicidera.

— Léman ! C'est n'importe quoi ! Et tu crois vraiment que ton corbeau peut empêcher ce mariage ?

Ses yeux brillaient étrangement. Regard de fauve. Un fauve tueur, assoiffé de mort.

— Avec son bec, il aurait pu lui crever les yeux et lui trancher les artères du cou. Mais il portait une écharpe.

— Comment tu le sais ? Tu pouvais le voir ?

— J'étais bien planqué, et puis, j'ai ça.

Il brandit sous mon nez une paire de jumelles de chasse.

Incrédule, je le regardai par en dessous.

— Tu voulais vraiment qu'il meure ?

— À côté de celle d'Isobel, sa vie vaut pas un clou. Les nuisibles, on les prend au piège, on les élimine. Qu'il crève !

Il criait. Sa voix roulait dans le tonnerre. « Qu'il

crève ! » Il serra le poing et tapa dans l'écorce en scandant la phrase jusqu'à ce que la chair s'ouvre sur une pulpe rouge. Ce fut seulement à cet instant que je compris que Léman était amoureux d'Isobel. Fou amoureux.

12

Le Gars m'avait emmenée pêcher le silure dans la rivière. « C'est un combat à mort, une lutte, un corps à corps mortel. Sauf que le perdant, c'est toujours le silure », m'avait-il dit en préparant son matériel. « De la pêche au gros en eau douce. Le plus long peut atteindre deux mètres, facile. S'il voulait, il pourrait bouffer un mioche. Mais ça, c'est de la légende. C'est ce qu'on dit aux gamins quand on veut pas qu'ils aillent trop loin. »

Le fil de pêche tenait plus du câble électrique que du nylon. Moi qui n'avais, de toute mon enfance, attrapé que de la friture et, pour les plus gros, des perches-soleils, j'étais fascinée par la composition du matériel. Après la pose des nasses, Léman allait me faire découvrir une chasse inédite. Une approche lente, silencieuse, une attente qui forgeait le caractère, enseignant patience et humilité.

Nous nous étions donné rendez-vous chez lui, à six heures du matin. Je le regardais préparer les accessoires. Gestes méticuleux, précis. On l'aurait cru dans un laboratoire. Puis ce fut au tour des appâts. Il prit dans l'armoire des sortes de Tupperware. Je m'attendais à ce qu'il les remplisse de petits poissons. Au lieu de cela, il sortit de la pièce froide d'épais morceaux de viande rouge. L'odeur faisandée. Ils me firent une impression étrange.

— C'est du cerf. Ils vont se régaler, les p'tits vieux ! fit-il tout en emballant la viande sous le regard affûté de Yersin.

Soudain, la Crochue jaillit de la chambre. Ils dormaient tous les deux, là, chacun sur un lit.

— Quel gibier tu vas encore chasser, petit ? Hein ? Tu n'en auras donc jamais assez ?

Elle tremblait, des pieds à la voix. Comme un vieil arbre secoué par la grêle. Elle n'était plus qu'un tremblement prêt à s'éteindre d'un coup.

Sans un mot, Léman cracha par terre et, armé de sa canne à pêche, jeta son sac sur l'épaule.

— Tu viens, gamine ?

Yersin alla se percher sur son épaule tandis que je lui emboîtais le pas.

— Léman, continua la voix limée de la Crochue, si tu ne t'arrêtes pas tout seul, c'est le bon Dieu qui le fera !

Une fois sortis, je lui demandai pourquoi la vieille ne voulait plus qu'il chasse.

— Tu vois pas qu'elle sait plus ce qu'elle dit. Après la vessie, c'est le cerveau qui lâche. Son bon Dieu à elle, c'est pour bientôt !

Léman ricana.

— Ça te fait rien ? risquai-je.

— Quoi ?

— Ben, qu'elle meure.

— À son âge, c'est normal. Naturel. Et puis, elle chie, elle pisse, elle bouffe presque plus. On dirait un vieux clebs. Et les vieux clebs, on les achève d'un coup de fusil.

Je pensai à Grand-ma devenant presque aveugle et me tus. Léman serait incapable d'achever la Crochue comme il disait, d'un coup de fusil.

Sur le chemin de la rivière, il m'apprit comment les premiers silures avaient été introduits en France.

— Un jour, dans les années 1960, un type passionné s'est procuré des silures du Danube. Il s'occupait d'un étang privé, à l'époque. Il a eu l'idée de lâcher une vingtaine de jeunes silures dans un bras d'eau. « J'espère qu'ils vont s'y plaire et s'y reproduire », qu'il a déclaré. Il croyait pas si bien dire. En tout cas, il a eu une sacrée bonne idée !

Je le regardai, sceptique. Pour moi, le silure s'apparentait plutôt à un monstre préhistorique et n'avait rien de bien sympathique ni d'utile.

— Tu préfères peut-être l'autre version ?

— Je connais pas.

— On raconte que chaque silure était une femme avant qu'elle soit changée en silures.

Je m'arrêtai net.

— Et pourquoi elles auraient été changées en silures ?

— Elles trompaient leur mari.

J'éclatai de rire.

— N'importe quoi !

J'imaginai un instant toutes les femmes infidèles de la terre transformées en énormes poissons à moustaches. On se retrouverait dans un aquarium géant.

Léman me lança un clin d'œil.

— On te la fait pas, à toi, hein ?

Venant de mon sauvage ami, je pris ça pour un compliment. Finalement, j'étais à la hauteur de ce personnage sombre, méfiant. J'étais digne de son amitié et de son attention. Je me sentis rougir et m'en trouvai stupide.

Le paysage s'ouvrit sur des reflets d'argent. Les berges de la rivière apparurent. Quelques mois s'étaient écoulés après les crues du printemps. Le courant avait faibli. Mais c'était la bonne période pour la pêche au silure. Ce poisson aime les coins profonds, calmes, où il peut se nourrir d'algues et d'autres poissons.

L'eau était boueuse, drainant çà et là des sacs ou des bouteilles en plastique, et des branches mortes qui flottaient paisiblement.

Précédés de Yersin, nous avançâmes sur les galets, le long de la rivière, à la recherche du bon endroit. Là où « ils » se cachaient. Roulements secs des pierres sous nos semelles.

Je sentais battre mon cœur jusqu'au bout des doigts. Je voyais le silure comme une sorte de monstre marin capable de nous broyer les jambes ou d'avaler un bras.

Le Gars ralentit, huma l'air de la rivière.

— Ici c'est bien, fit-il. On se pose.

Je n'avais qu'à suivre, docile. J'étais en terrain

inconnu. Les mots de Gabrielle me revinrent : « Il ne lui a jamais fait de mal », puis la réponse de mon père : « Je ne pense pas qu'il soit dangereux, mais il serait bien qu'elle garde ses distances. »

L'endroit était absolument désert. Du sol limoneux remontaient des effluves étourdissants. Odeurs violentes de décomposition et d'algues. Léman pouvait faire de moi ce qu'il voulait, s'il le décidait. Je serais incapable de résister et encore moins de fuir. Que pouvait-il cacher, derrière sa barbe, à part son bec-de-lièvre ?

Comme un animal, il flaira tout de suite la peur en moi.

— T'as la trouille du gros silure ?

— On verra bien.

— T'es pas obligée.

— Je veux voir.

Étrangement, cet été-là, il me semblait que ce qu'il pouvait rester de mon enfance m'abandonnait. Pourtant, le Gars en avait fait partie. Nos jeux dans les bois, les cabanes, les arcs qu'il m'apprenait à fabriquer, les nasses pleines de poissons frétillants, nos silences, lui et moi, assis côte à côte à regarder le ciel se charger de nuages noirs, nos baignades au lac, nos plongeons périlleux depuis les rochers, nos défis à la vie, à la mort. Des trucs d'enfants, simples et essentiels. En communion avec une nature rude et imprévisible. Dans le sillage de Léman, je me sentais différente, forte, invulnérable.

Dans ses moindres gestes, ses clignements d'yeux, Léman avait tout du prédateur à l'affût.

Il enfila ses cuissardes en caoutchouc, fixa le moulinet au manche de la canne à pêche et procéda au montage de l'appât sur un énorme hameçon. Du cerf, avait-il dit. J'ignorais qu'un poisson, même carnivore, aimait le gibier. À vrai dire, je ne savais pas grand-chose sur le silure.

La lèvre retroussée, Léman brandit sa canne en direction de l'eau. À l'endroit où nous nous trouvions, la rivière s'élargissait, formant un coude. En la traversant à mi-distance, légèrement en diagonale, il atteindrait la partie la plus profonde. Là où se réfugiaient les silures, au milieu des troncs morts.

— Gare à vous, les moustachus, Super Léman va vous faire la peau !

Au fond de l'eau, les galets étaient recouverts d'un mince duvet verdâtre et gluant. Léman avança sans se retourner. Je voyais le niveau de l'eau monter autour de ses bottes.

Il s'enfonça jusqu'à la taille et progressa lentement vers le trou d'eau stagnante. Restée sur le bord, je m'amusais à regarder dans son sac de marin. Des boîtes d'appâts classiques, des vers, des sardines. Des hameçons, du fil, du liège, des plombs. Il avait glissé sa montre dans l'une des poches du sac.

Une grosse montre mécanique avec un chronomètre au bracelet en acier et au verre passablement rayé. Elle était lourde à mon poignet.

Je jouais depuis quelques instants avec le chronomètre lorsque je fus prise de vertiges. De nouveau, comme au cimetière, sur la tombe de ses parents, la terre éclatait sous mes pieds, s'ouvrait en une large crevasse qui menaçait de m'engloutir sous des tonnes de sable compact et de galets.

Mais cette fois, je parvins à contrôler mon corps et à ne pas perdre connaissance. J'eus la vision d'un homme empalé sur un pieu métallique, l'abdomen ouvert, éviscéré. Son cœur battait encore, posé à côté de lui.

J'eus le temps d'atteindre un des buissons qui bordaient les rives à quelque distance de l'eau, avant d'y vomir tout mon petit déjeuner.

À mon retour, je retrouvai le Gars près du sac. Trempé jusqu'aux aisselles. Bredouille et furieux. Dès qu'il me vit, il courut vers moi, la montre à la main.

— Où t'étais ?

— Là-bas, un peu plus loin.

Je n'osai pas lui parler de ce qui m'avait rendue malade. De cette nouvelle vision.

— T'es pas folle de laisser tout le matériel comme ça ? Tu sais pour combien il y en a, là-dedans ?

Il n'avait pas l'air content du tout. Je ne l'avais jamais vu dans cet état.

— Y a personne, ici, bredouillai-je.

— Tu crois qu'ils vont se montrer ?

Il commençait sérieusement à m'effrayer.

— Qui ça, ILS ? criai-je en reculant tandis qu'il avançait sur moi, immense, menaçant.

Puis il s'arrêta et fit demi-tour.

— Laisse tomber.

Je le suivis à distance, comme un chien qu'on vient de gronder.

— T'es de mauvaise humeur parce qu'il y a pas de silure.

— C'est pas le jour. Ils se planquent, les moustachus.

— La montre, le chrono, là, c'est le tien ? risquai-je.

Il leva les yeux vers moi. Ils avaient la couleur des algues. Ça ondulait, à l'intérieur. Imperceptiblement. Ombres et lumières alternaient avec violence.

— Il était à mon père. Il le portait, au moment de l'accident.

« Ce n'était pas un accident, pensai-je. La Crochue, elle doit savoir. »

Nous nous installâmes sur des pierres plates et avalâmes du pâté de chevreuil sur un peu de pain.

La chaleur montait déjà du sol, promettant une journée écrasante. Il était à peine huit heures.

Le bond que fit Léman me fit lâcher mon morceau de pain. Il s'était levé en direction de l'eau. Esquissa un signe de la main.

— Pssttt ! Amène-toi ! Regarde, là, à droite,

Nos postes d'observation se trouvaient à des hauteurs différentes. Je ne voyais rien d'autre qu'une tache sombre se formant et se déformant dans le flux de la rivière.

— Il est là, Il est venu !

On aurait presque cru qu'il parlait d'un rendez-vous avec quelqu'un d'important. Il en parlait, un mélange de respect et de convoitise dans la voix. C'était bien un rendez-vous. Un rendez-vous pour un corps à corps, un combat sanglant.

— Bouge pas, mon gars, j'arrive.

Il remit en un clin d'œil ses cuissardes, saisit la canne, changea l'appât contre un morceau de viande plus fraîche et entra dans l'eau. Alourdi par son équipement de pêche, son gilet à poches, il fendait l'eau en se déhanchant bizarrement, un peu comme les manchots sur la banquise.

Atteignant le milieu de la rivière, il en avait déjà jusque sous les bras. Il dévia sur la droite. Le fond devait remonter légèrement, l'eau ne lui arrivait plus qu'à la taille. Le regard rivé à un point invisible, il saisit la canne à pêche à deux mains, recula le bras droit, et, prenant de l'élan, d'un mouvement d'épaule, balança la canne sur le côté. Elle fouetta l'air dans un sifflement reptilien. Lesté, le fil de pêche retomba à plusieurs mètres devant, précisément là où se trouvait la tache sombre que j'avais entraperçue.

Cette fois, les mains en visière, je distinguai nettement un bouillonnement dans l'eau. Sans aucun doute, le monstre qui arrivait. Il glissait en direction de l'appât flottant dans l'eau vaseuse. Je l'imaginais, énorme, hideux, la gueule béante, les moustaches hérissées comme des antennes, et fus soulagée d'être restée sur la rive. Car même si je n'étais pas petite pour mon âge, en suivant le Gars au milieu de la rivière, j'aurais eu de l'eau par-dessus la tête.

À la taille des tourbillons qu'elle provoquait dans son sillage, la bête devait être gigantesque. Heureusement, Léman avait, dans les bras et les mains, la puissance des hommes de la campagne et la stature d'un bûcheron.

Au bout de quelques minutes qui me parurent interminables, le silure donna l'assaut. Le fil se tendit brusquement, faisant tourner le moulinet à toute allure. Léman le laissa filer sur quelques mètres puis le bloqua et tira d'un coup. La canne se tordit comme un roseau. Sa souplesse et sa solidité l'empêchèrent de se briser net sous le poids du monstre.

Le Gars avançait à la poursuite du silure, donnant du lest, puis bloquant à nouveau le moulinet et tirant. Il avait de l'eau jusqu'au cou. Seuls ses bras et sa tête en émergeaient. Bientôt, il n'aurait plus de prise et le poisson lui échapperait. Je n'aurais plus qu'à essuyer sa fureur et à me faire toute petite. Il serait hors de question de lui dire ce que je voulais lui dire. Lui parler de l'autre version de la mort de ses parents et de sa petite sœur. J'en avais désormais la quasi-certitude. Il s'était passé quelque chose d'horrible, quelque chose qui le poursuivrait toute sa vie, le maintiendrait dans les ténèbres de son âme.

L'espace d'un instant, je vis la canne, dressée, se replier sur elle-même. Ayant pu ressortir de l'eau, en équilibre sur une grosse pierre, pour avoir une meilleure prise, Léman tirait de toutes ses forces, agrippé au manche, tandis que l'extrémité la plus fine de la canne tendue comme un arc touchait presque l'eau. Autour de lui, les bouillonnements signalaient la présence du silure, l'hameçon planté dans la gueule. Ses efforts désespérés, sa lutte pour la survie. J'en vins presque à espérer qu'il réussisse à se libérer.

La seconde d'après, comme si j'avais été exaucée, le fil cassa d'un coup. Le hurlement de Léman. Celui d'un fauve à qui la proie vient d'échapper. Je voulus l'appeler, mais il avait déjà bondi, un couteau de chasse à la main. Devenue inutile, la canne à pêche flottait, entraînée par le courant.

Un combat à mort s'ensuivit sous l'eau. De temps à autre, le Gars émergeait pour reprendre sa respiration avant de replonger. La lame du couteau jaillissait comme un éclair et disparaissait à nouveau.

Mes jambes tremblaient.

Cet endroit de la rivière était soudain devenu très agité. L'eau se soulevait par vagues. Le Gars ne remontait pas.

Je m'approchai du bord et vis à mes pieds une fine frange d'écume rougeâtre. Là où Léman avait disparu, une tache s'élargissait. L'eau se teintait d'un rouge foncé. Du sang. Du sang partout. La rivière entière saignait. Je ne voulus pas y croire. Me retrouver seule, ici, avec les affaires de Léman à ramener. Lui, quelque part, au fond de l'eau, déchiqueté, égorgé par le monstre.

M'avançant dans la rivière jusqu'aux genoux, je manquai glisser à chaque pas. Mes pieds nus sur les pierres lisses et visqueuses. Je regardais désespérément là où Léman avait disparu.

Je ne pouvais pas pleurer. Pas encore.

La gueule du monstre se dressa soudain devant moi. Autour d'elle, un voile d'eau et d'algues. Ses petits yeux me fixaient méchamment. Je restai clouée sur place, ne pouvant crier, ni bouger. Les paupières serrées, j'attendis, livrée au silure qui venait de dévorer mon ami.

Un ricanement sinistre éclata juste au-dessus de moi. Le rire du Gars. Ouvrant les yeux, je vis son visage joyeux, contrastant avec l'éclat terrible de son regard, sortir par la gueule du silure. Puis il émergea tout entier de l'eau, enveloppé du corps grisâtre et saignant du monstre. Mi-homme, mi-poisson.

Il lui avait tranché la gorge et le ventre sur toute la longueur avant de s'y glisser et de nager jusqu'à moi.

— T'as vu un peu cette prise, la gamine ?

— Gros malade !

Mon langage d'ado me donna contenance.

— Dommage pour toi, la chair est délicieuse ! haleta-t-il en tirant le monstre sur la rive.

Léman. Par tous les pores, il respirait la vase, les fonds opaques et nauséabonds, la pourriture végétale, mais il rayonnait.

Ruisselant d'eau, de boue et de sang, le Gars venait de triompher d'une bête de plus de deux mètres. S'en était recouvert comme d'une cape de chair encore palpitante.

Je n'avais jamais rien vu d'aussi sublime et repoussant à la fois.

Comment pensait-il le ramener ? Je m'imaginais, suante et à bout de forces, essayer de soulever la queue du silure.

Il acheva de nettoyer la bête à l'intérieur, en jeta à Yersin et entreprit de gonfler un petit pneumatique qu'il avait sorti de son sac de marin. Il fixa deux roulettes à une planche qu'il attacha ensuite au pneumatique.

— Comme ça, ce sera plus facile à transporter.

Je regardais avec dégoût Yersin se jeter sur son macabre festin. À coups de bec et de griffes, il picorait ce qu'il restait des boyaux luisants et le réduisait en lambeaux avant de les engloutir. Je pensai à Bonaventure. Ses chairs à vif, son visage lacéré.

Le Gars. Son goût du sang, de la mort. Il portait ça en lui, se délectait de la chair encore chaude de sa proie. Attendre, flairer, traquer, tuer. La Crochue avait raison. Jamais il ne cesserait. J'en eus d'abord la sensation confuse, puis, plus tard, la conviction. Il y aurait encore d'autres proies. Tout ce qui serait à sa portée, ce qu'il pourrait suivre, chasser, puis achever. Tout, sans exception.

13

Aussitôt qu'il nous aperçut sur le chemin, près de la maison de la Crochue, fébrile, Gauvin se précipita vers nous. Il faisait des moulinets avec ses bras. Ses yeux brûlants de peur. L'adolescent voulait nous avertir. Il s'était produit quelque chose au hameau.

— Ien ! Ien ! Iobel, hohoho ! Iobel, Iobel ! Scour !

Léman le saisit par les épaules sans douceur et le secoua.

— Calme-toi, le gosse ! Tu vas réveiller les morts ! C'est quoi, ce que tu veux nous dire ?

Gauvin se cacha le visage dans les mains.

— Non, on, on !

Je m'interposai.

— Léman, tu lui fais peur.

— Je te préviens, le gosse, si tu te fous de nous, tu vas t'en souvenir toute ta vie ! cracha-t-il avant de relâcher Gauvin.

Léman traîna le silure dans la cuisine. Ça puait, là-dedans.

— T'y touches pas, la Crochue ! Je m'en occupe en rentrant, lança-t-il en direction du fauteuil.

Un grognement aigre lui répondit. La vieille s'était encore assoupie dans ses excréments. Avec insistance, Gauvin nous fit signe de le suivre. Cette fois, je me dis que c'était peut-être pour une bonne raison.

À l'entrée du hameau, Gauvin nous montra du doigt la maison d'Isobel et fila chez lui. L'angoisse me comprimait la cage thoracique. Visiblement, une agitation s'était emparée du hameau et se concentrait autour de la maison d'Isobel et de ses parents. On pouvait apercevoir un petit groupe d'où s'agitait le large chapeau de Bonaventure. Ils semblaient en pleine discussion sans que personne ne soit encore intervenu.

Des cris s'échappaient de l'intérieur. Au fur et à mesure que nous approchions, ils s'amplifiaient. Des cris poignants, des cris de femme. Je sentais le Gars en proie à une tension extrême. Ses muscles ramassés, son pas qui s'accélérait.

Je bondis en travers, lui faisant face.

— Léman ! Tu peux pas y aller ! Ils vont jamais te laisser.

— Pousse-toi, gamine, surtout, pousse-toi. Bien sûr, qu'ils vont me laisser, et comment…

Sa main était crispée sur son couteau de chasse, serré dans un étui en cuir fixé à sa ceinture. Je ne sus si ce geste s'adressait à moi ou bien s'il accompagnait sa dernière phrase pour lui donner plus de poids. Les deux, peut-être.

Je m'écartai en haussant les épaules. *Qu'il aille au diable !*

Prenant soin de rester en arrière, je le vis foncer en direction de la maison d'Isobel. Un homme coiffé d'un chapeau sombre aux bords déchirés, un œil et le visage partiellement recouverts de bandes de gaze, coupa la trajectoire de Léman. Raoul Bonaventure. À sa vue, je me figeai. Les deux hommes se faisaient face. Léman le dépassait d'une tête, mais le Pur semblait décidé à lui barrer la route.

— Sans autorisation spéciale, l'accès au hameau est interdit aux étrangers, fit-il.

Sa voix de rocaille.

— Je m'en passerai, répliqua Léman.

Je le voyais de dos, mais j'imaginais la menace dans son regard, sa lèvre retroussée sous la barbe, son poing serré sur le manche du couteau.

Il avança d'un pas.

Bonaventure resta immobile.

Ils se touchaient presque. Les bords du chapeau effleuraient les cheveux du Gars.

— Bouge de là, le négro…, siffla-t-il entre ses dents.

Je tremblais. Des hommes arrivaient par deux ou trois. Se rangèrent aux côtés de Bonaventure. La canne d'Hippolyte resterait silencieuse, cette fois.

Chacun semblait déterminé. Les uns, à empêcher Léman de passer et celui-ci, à enfreindre l'interdiction. Il n'y avait qu'une issue.

Le Gars avait sorti son poignard. L'éclair de la lame plaquée le long de sa cuisse.

Fais pas de connerie, Léman.

Le silence des hommes, traversé des cris venant de la maison, et la chaleur formaient une chape sur les épaules. Même le petit vent habituel s'était tu.

Soudain, sans prévenir, Léman donna l'assaut. Il s'ébranla comme un char et heurta de plein fouet le mur de chair. Choc frontal. L'éclat du poignard au-dessus de la tête de Bonaventure. Je fermai les yeux, m'attendant à un bain de sang.

Mais la barrière humaine céda sans violence, les hommes s'écartèrent pour laisser passer le Gars et sa colère. Bonaventure rugit d'impuissance. De mœurs pacifiques, les Purs n'entraient pas en guerre. Même contre l'intrus. Ils se contentaient d'intimider.

Au moment où Léman s'apprêtait à forcer la porte, celle-ci s'ouvrit sur un homme titubant. Ses yeux enfoncés, son teint crayeux.

— Vite, il nous faut le médecin.

— Laisse-moi entrer, le vieux ! menaça Léman.

Le père d'Isobel s'effaça, tout en jetant un regard implorant à Bonaventure que des frères de la communauté tentaient de calmer.

Rien n'aurait pu arrêter le Gars. Ni la force, ni la parole. Immense et sombre, il s'engouffra à l'intérieur tandis que Bonaventure vociférait.

— Lâchez-moi ! Je suis le médecin du clan ! Je dois la voir !

— Frère Raoul ! Il est dangereux et armé. Laisse-le.

Un des hommes avait parlé. Mais tous me jetaient des regards de côté. Je compris subitement qu'ils avaient peur. Peur de moi, de la fille de Faldonis Grimaud, l'avocat de la communauté. De ce que je pourrais raconter à mon père. Ils me savaient liée à Léman. M'avaient vue avec lui, partant me baigner ou pêcher.

Sentant soudain le poids de ma présence dans ce contexte hostile aux étrangers à la communauté, je cessai de trembler et m'approchai ostensiblement de la maison d'Isobel. Sur les pas de Léman. On ne m'empêcherait pas d'en franchir le seuil. Pourtant, je préférai demeurer à quelque distance. L'espace était provisoirement devenu celui du Gars. Son territoire et son affaire. Nous autres, n'avions plus qu'à attendre.

Quelques minutes plus tard, Léman réapparut dans l'embrasure de la porte. Ses traits tirés. Dans ses bras, inconsciente et pâle, Isobel. La tête pendante, les cheveux flottant en une cascade de lumière. Sa robe en lin maculée de traînées rouges. Le père était resté à l'intérieur, auprès de la mère qui avait découvert leur fille inerte sur le lit, baignant dans son sang.

Bonaventure s'avança.

— Qu'allez-vous faire d'elle ?

Sa voix charriait des menaces.

— Ce que vous auriez déjà dû faire, bande d'arriérés ! Je l'emmène à l'hôpital.

— Il n'en est pas question ! Vous êtes ici sur une propriété privée, vous vous êtes introduit au sein d'une communauté qui a ses règles, ses lois.

— Je m'en contrefous, de vos lois à la con ! Vous refusez le contact avec l'extérieur, les soins d'un vrai médecin au lieu de toi, gourou de mes deux ! C'est comme ça qu'ici tout le monde crève chez soi ! Mais elle, c'est pas pareil. Elle, elle va vivre. Et ne remettra pas un pied au hameau. Je l'emmène se faire soigner ! Et le premier qui essaie de m'en empêcher, je le saigne comme un porc !

Jamais je n'avais vu le Gars entrer dans une telle fureur. Des forces bouillonnantes le rendaient invincible. Il aurait pu anéantir le hameau et ses habitants d'un seul regard, tant il était chargé de rage.

— Une voiture, vite !

La mère semblait prostrée, incapable de réaction. Mais le père d'Isobel, pourquoi n'intervenait-il pas ? En faveur de ceux de son clan ou bien de Léman, pour sauver sa fille. Il ne se montra pas, laissant aux autres le soin de régler le litige ou au Gars d'emmener Isobel.

Il avait fallu peu de temps à Léman pour sortir du garage la vieille DS marron d'Abel – une très ancienne entorse aux règles de la communauté – après lui avoir enlevé sa housse poussiéreuse. Nous mènerait-elle au bout… L'hôpital le plus proche se trouvait à une trentaine de kilomètres de route départementale. « Pourquoi ne pas appeler les urgences, faire venir une ambulance ? » avais-je suggéré à Léman. Cela eût été plus sûr. Mais il agissait comme un automate. Et rien ne pouvait raisonner un automate.

— Écrase, gamine.

Ce furent ses seuls mots jusqu'à ce que nous prenions la route. La voiture aux suspensions trop souples tanguait comme une barque. Léman accéléra ; à l'arrière avec Isobel couchée, toujours inconsciente, dont je soutenais la tête inerte sur mes genoux, je serrai les fesses.

De part et d'autre des vitres de la voiture, le paysage filait, transformé en bandes bleues et vertes. Le ciel et la terre fondus dans la vitesse. Le visage de Léman s'était refermé sur une fureur muette. Je n'osais imaginer ce qu'il adviendrait de lui, du hameau, si, par malheur, il arrivait le pire à Isobel. En cet instant même, elle devait lutter, son âme enveloppée de celle de Léman comme d'une couverture de survie. La force insoupçonnée de la pensée. Le Gars la tenait suspendue à la vie par un fil, au moyen d'une télépathie instinctive. Mais le sang continuait à s'échapper de son corps qui ne semblait plus avoir la force de retenir ce dernier souffle.

Où le Gars avait-il appris à conduire, je l'ignorais. Ce n'était pas non plus le moment de lui poser ce genre de question. Une chose était sûre, il ne devait pas avoir le permis. Je m'aperçus avec horreur que cette réflexion, tout à fait inopportune dans un pareil moment, était en réalité provoquée dans mon inconscient par la vue des motos de police, puis des casques étincelant au soleil.

Mon cerveau n'avait fait qu'enregistrer machinalement l'information visuelle et ainsi susciter l'interrogation sur le permis de Léman. Lorsque j'établis le lien, il était déjà trop tard pour donner l'alerte.

L'un des motards, d'une main gantée, nous fit signe de nous arrêter au bord de la route.

— Je les emmerde, je fonce ! Accroche-toi, gamine ! cria le Gars dans un terrible rictus.

Je voulus hurler qu'il fallait s'arrêter, que la voiture ne tiendrait jamais face à des motos aussi puissantes, mais aucun son ne sortit de ma gorge. J'eus l'impression que nous plongions en rêve là où personne ne nous atteindrait.

Nous dépassâmes les flics dans un vrombissement provocateur. La sirène des deux motos qui se lancèrent aussitôt à notre poursuite me fit revenir à la réalité. Je ne rêvais pas, je n'allais pas m'extraire d'un cauchemar avec la délicieuse sensation que le réveil annihilait la menace ou bien que je n'allais pas mourir cette fois-ci.

La vieille voiture cracha tout ce qu'elle avait dans le moteur, avant de commencer à donner des signes de faiblesse en toussotant et hoquetant. Battu à la course et fou de rage, Léman fut contraint de se ranger sur le bas-côté, encadré des deux motards.

Tandis que son coéquipier s'occupait, aurait-on dit, à renifler la voiture sous toutes les coutures, le premier motard, un grand costaud à moustache blonde, s'approcha de la vitre du conducteur dans un claquement de bottes. Ne sachant plus où me mettre, je n'osai même pas le regarder.

— On dirait que tu as quelque chose à te reprocher, mon gars.

Je n'aimais pas cette façon de s'adresser à Léman en le tutoyant d'emblée. Mais mon ami resta impassible. Les muscles de ses mâchoires, tendus à l'extrême, roulaient sous la barbe.

— Pas bavard, hein ? Allez, on va voir ce que t'as dans les tripes. Carte grise, permis.

Le deuxième motard, un petit nerveux, s'approcha de son collègue, lui murmura quelque chose à l'oreille. On aurait dit qu'il s'était écoulé une éternité. Le moustachu tendit le menton en direction de la banquette arrière.

— Qu'est-ce qu'elle a, la fille, derrière ?

Je ne sais pas ce qui me prit, mais, reposant la tête d'Isobel sur la banquette, j'ouvris la portière et bondis hors de la voiture. J'avais du sang partout sur ma robe et sur les godillots.

— Elle est en train de mourir, vous voyez pas ? Elle saigne !

Je me mis à pleurer.

— S'il vous plaît, monsieur. Les parents, ils l'ont trouvée dans son lit, presque morte avec du sang qui lui coulait de… l'intérieur ! Une fausse couche, ils ont dit. Au hameau, ils… ils voulaient pas appeler les secours, fis-je entre deux hoquets, alors Léman, il est venu et… et il a mis Isobel dans la voiture pour l'emmener à l'hôpital.

Les deux motards se regardèrent. Je sentis qu'ils croyaient à mon récit. La pâleur cadavérique d'Isobel et sa robe ensanglantée à l'appui.

— Vous auriez dû nous le dire tout de suite, vous deux ! Allez, en route, nous allons vous escorter jusqu'à l'hôpital.

Ils enfourchèrent leurs montures et démarrèrent dans un concert de pots d'échappement et de sirènes.

J'espérai secrètement qu'ils en auraient oublié

les papiers que Léman ne leur avait pas présentés. Comme s'il lisait dans mes pensées, le Gars ouvrit enfin la bouche et dit d'une voix d'outre-tombe :

— Je suis fait comme un rat.

— Ils vont peut-être oublier ?

— Les flics n'oublient jamais. Ils te plantent leurs crocs dans la cuisse et ne te lâchent plus.

J'ignorais alors que Léman parlait de tout autre chose que d'un permis qu'il n'avait pas et d'une carte grise que, dans la précipitation, je n'avais pas demandée à Grand-ma.

14

À peine arrivés aux urgences, Isobel, aussitôt placée sous perfusion et allongée sur un lit à roulettes, disparut derrière les portes battantes du service de réanimation, comme happée par le néant.

Nous n'avions plus qu'à attendre le verdict. Car il s'agissait plus d'un verdict que d'un diagnostic. Nous savions que sa vie était en jeu.

Les motards, le casque à la main, nous avaient suivis jusque dans le service. Léman avait raison, ils ne lâcheraient pas. Nous avions réussi à obtenir encore un sursis avant de devoir nous rendre au commissariat. Aussi, une fois Isobel entre les mains des médecins, ils commencèrent sur place l'interrogatoire de Léman, consignant ses mots sur un bloc-notes. Je ne pouvais pas lui en vouloir d'avoir forcé le passage. Il y avait Isobel.

Dans la salle d'attente, où s'entassaient, dans les odeurs de sueur et de pansement, toutes les petites misères de la région, du simple panaris au bras cassé ou au trauma crânien, je sentais douloureusement les regards converger vers moi. « Je suis comme vous ! » avais-je envie de leur crier. Même si, au fond de moi, je me savais différente, sans que cela ait à voir avec ma robe de bure et mes godillots tout tachés de sang.

Quel tableau nous donnions à regarder, le Gars et moi ! Lui, tout droit sorti des bois, puant le poisson, avec sa barbe broussailleuse, et moi, à peine pubère, disparaissant sous des nippes d'un autre temps.

Je n'entendais pas ce que Léman répondait aux motards, me contentant de les observer derrière la porte vitrée de l'espace d'attente. Au bout d'une quinzaine de minutes, il revint s'asseoir à côté de moi sans un mot, la tête dans les épaules. Éprouvait-il quelque honte, lui aussi, d'avoir été, au vu de tous, emmené de l'autre côté par les types en uniforme ? Après tout, les gens pouvaient très bien le croire responsable d'un accident, ce qui justifierait la présence des gendarmes.

Il ne m'accordait pas un seul regard. Son mépris me mortifiait. Les enfants ont cette tendance à tout prendre sur leurs épaules, à se sentir tout de suite responsables des malheurs des adultes.

— Tu m'en veux ?

Mur de silence. Au pied duquel je me tortillais, blessée, impuissante. Comme coupée en deux.

Les battants de la porte qui menait à un accès interdit au public nous firent sursauter en s'ouvrant sur le chirurgien obstétricien. Plus de deux heures s'étaient écoulées depuis qu'Isobel avait disparu derrière cette porte. Il s'approcha de nous. Aucun indice sur l'état d'Isobel n'était détectable dans son expression neutre. À croire qu'il s'était, au fil des années d'expérience, façonné ce masque qu'il portait en toute circonstance.

— C'est vous qui avez amené Mlle Germain ?

Pour la première fois depuis son entretien avec les motards, Léman desserra les dents.

— C'est moi, oui, dit-il en se levant.

Je vis qu'il tremblait. Ce n'était plus celui que je connaissais. Le Gars de la terre, de la forêt, le fauve sur les traces de ses proies, le vainqueur du silure. Dépouillé de tout cela, il n'était rien, aussi désorienté qu'un indigène qu'on aurait arraché à sa tribu au fin fond de l'Amazonie.

Le médecin semblait avoir la petite quarantaine et parla sans détour.

— Nous avons un problème.

— Elle… elle est morte ?

— Je ne vous cache pas que son état est grave, avec sa fausse couche, elle a perdu beaucoup de sang. C'est votre petite amie ?

Ivre de douleur, Léman hésita. La réponse expira sur ses lèvres.

— Je la connais bien.

— Je vous explique. Ici, nous ne sommes pas dans une grande ville. Nos ressources en sang sont réduites. Et malheureusement, Mlle Germain a un groupe sanguin qui n'est pas très courant, A négatif. Nous n'avons pas de donneur. Alors, soit nous la transférons d'urgence, avec tous les risques que comporte le déplacement, soit nous faisons la demande, mais cela peut prendre du temps et dans son cas, il est compté.

— Monsieur, prenez mon sang, tout mon sang, s'il le faut.

Léman tendit les poignets à l'envers, lui présentant ses veines. Il était méconnaissable, métamorphosé par l'angoisse. Je pus mesurer l'amplitude de son attachement à Isobel. Et aussi me rendre à l'évidence : la fausse couche venait d'être confirmée par le spécialiste. Alors de qui était le bébé ? Pour moi, sans aucun doute, Léman était le père. Ce qui expliquerait son désarroi.

— Ce serait la meilleure solution, en effet, seulement légalement, on ne peut pas procéder ainsi, dit le chirurgien.

— Alors, elle va mourir ? À cause de vos lois à la con ? Et si mon sang est compatible avec le sien ? Hein ?

Le chirurgien réfléchit quelques instants, hésita, avant de prendre Léman par le bras.

— Venez avec moi. Nous allons commencer par prélever un échantillon de votre sang pour vérifier la compatibilité. En effet, on ne sait jamais.

— Mais ça prendra longtemps ?

Léman gesticulait et parlait vite, la voix pleine de fièvre.

— Ça prendra toujours moins longtemps qu'un transfert ou une demande de sang auprès d'un autre établissement. Il y aurait tout un protocole à suivre. Venez, c'est par ici.

Sans se retourner, Léman emboîta le pas au médecin, me laissant au bord d'un trou noir où lui et Isobel venaient de disparaître. J'avais l'impression qu'ils n'en reviendraient jamais. Qu'ils étaient partis tous les deux, là où danse la poussière d'étoiles, où les corps flottent, en apesanteur, loin de la réalité fracassante qui réduit tous les rêves en cendres.

15

J'ignore combien de temps s'écoula exactement avant qu'une main sur mon épaule ne me réveille en sursaut. Je levai les yeux et croisai ceux de Léman, deux points ternes et éteints dans un visage exsangue.

— C'est fini, gamine. Viens, c'est fini.

— QUOI ? Qu'est-ce qui est fini ?

J'avais bondi de mon siège, secouant de toutes mes forces les bras du Gars qui tentaient de me maintenir. Quelque chose en moi éclatait, se disloquait, je ne voulais pas que ce soit réel. Mais les larmes de Léman qui, malgré lui, coulaient au coin des yeux me confirmaient ce que je me refusais à croire. Les poings ramassés en deux pelotes dures et rapides, je me mis à lui labourer la poitrine de coups épars. Alors, Léman eut un geste incroyable. Mettant ses bras autour de mes épaules, il me serra contre lui. Une étreinte longue et désespérée. Plus lourde de sens que n'importe quel mot.

Gardant quelque distance, les deux Dupont et Dupond qui étaient sortis à tour de rôle se dégourdir les jambes ou pisser finirent par s'approcher. Je lus dans leur regard qu'ils avaient compris. Le moustachu parla le premier.

— Désolé pour elle.

— Mais vous devez nous suivre, maintenant, intervint le petit nerveux, de peur que les choses ne s'enlisent davantage dans la pesanteur de la mort.

— Je vous ai déjà tout dit.

La voix lasse et brisée de Léman.

— Ce sont nos collègues qui taperont votre déclaration et vous interrogeront. Il y aura aussi un relevé d'empreintes.

— Vous m'arrêtez, c'est ça ? De quoi je suis coupable, au juste ? D'un excès de vitesse pour essayer de la sauver ? Vous voyez, ça n'a servi à rien. Mais peut-être que si on n'avait pas perdu de temps à cause de vous, elle serait encore en vie !

Posant la main sur son bras, je tentai d'apaiser Léman avant qu'il ne s'emporte. Il n'avait désormais plus rien à perdre.

— Oh là, doucement, hein ! On vous a escortés jusqu'ici, non ?

— Là, vous nous escortez aussi ? Et elle, elle doit vraiment venir ?

Je sentis un picotement aux yeux. Sans crier gare, je fondis en larmes. Décidément, c'était tout ce que je savais faire.

— Ma grand-mère, elle va s'inquiéter, dis-je en pleurnichant.

— Tu l'appelleras du commissariat, répliqua le nain botté d'une voix acide.

— Mais au hameau, personne n'a le téléphone.

— Ah, c'est vrai, ils vivent encore à l'âge de pierre ! Alors on leur enverra des nuages de fumée ! Allez, en avant !

Mais le moustachu ne bougea pas.

— Hervé, attends voir. Je suis pas d'accord, là. Ils viennent de vivre une sale épreuve, tu ne crois pas que, pour une fois, on peut assouplir les règles ?

Le nain parut réfléchir, campé sur ses petites jambes.

— Bon, on va quand même faire un relevé d'empreintes de monsieur, et on le relâche tout de suite après. Ça vous va ? À toi aussi, Jean-Pierre ?

Jean-Pierre acquiesça en nous jetant un regard rapide.

Sur le chemin du retour, dans l'habitacle de la vieille DS, l'atmosphère fut d'une lourdeur écrasante. Léman ne disait rien, plus sombre que jamais. Il n'était plus que douleur et rage sourde. La nuit nous recouvrait comme un linceul, si épaisse que même les faisceaux lumineux des phares peinaient à l'éclairer. Un instant, je crus que l'émotion de toute cette journée allait m'étouffer.

Le passage au commissariat avait été plus long que prévu. Il était près de minuit lorsque Léman me réveilla. Son interrogatoire au commissariat, le fait d'être désormais fiché, semblait glisser sur lui sans l'atteindre. C'était comme s'il avait fait un choix irrévocable qui, à partir de ce soir-là, influencerait sa vie entière.

— Pourquoi t'as proposé ton sang ? Comme si tu savais qu'il serait compatible ?

Sa voix jaillit du silence, celle d'un homme à terre.

— Avec Isobel, on est… c'est ma sœur.

Je levai les yeux vers lui, le souffle court.

Léman regardait droit devant lui, les mots venaient, peu importe à qui ils s'adressaient. Il ne plaisantait pas. Pas avec ça.

— QUOI ? Tu le sais depuis quand ?

— Personne me l'a dit. J'écoute pas aux portes, mais un jour, il y a une dizaine d'années, j'ai entendu la Crochue et le vieil Hippolyte. Ils parlaient de ça. J'ai compris que ma petite sœur était encore en vie, mais sans savoir ni où ni comment.

— Ta petite sœur ? Le bébé mort dans l'accident ?

— Ben ouais. Elle n'était pas morte, en fait.

Tout s'emboîtait. Son insistance à m'entraîner au cimetière, sur la tombe de ses parents et de la petite, sa façon de protéger Isobel à distance, de rôder dans les parages, d'être là, au cas où elle serait menacée. Mais…

— Léman !

— Hmm ?

— Et sa fausse couche, alors ? Ça veut dire que… Tu l'as fait, avec elle ? Avec ta sœur ?

Silence. Je revins à la charge.

— Dis-moi, Léman, tu as couché avec elle alors que tu savais ?

— Eh ben tu vois, j'aurais préféré ! Mais je n'allais pas coucher avec elle si elle pouvait être ma sœur, non ? En voyant Isobel pour la première fois…

Il s'arrêta, se souvenir de ça lui était insupportable.

— J'ai senti quelque chose. Elle était tellement belle, tellement pure, que j'aurais pu en tomber amoureux, mais une sorte d'alarme interne me disait qu'il ne fallait pas. Que nos sentiments ne se situaient pas là. Je sais que parfois, ça ne veut rien dire, pourtant ses parents, ils n'avaient rien à voir avec elle. Isobel était si différente, et pas seulement à cause de… On aurait dit une extraterrestre, à côté d'eux.

Je ne trouvais pas non plus que la ressemblance était frappante avec le Gars et son bec-de-lièvre. Mais c'était peut-être justement dû à sa lèvre difforme. Sans cela, avec un regard pareil, il aurait pu être très beau. Un instant rêveuse, je revins aussitôt à la réalité.

— Si c'est pas toi, c'est qui, Léman ? Avec qui elle a eu ce bébé ?

— Ce n'était pas une fausse couche. Elle n'en voulait pas, de… de ce gosse. Elle a essayé de le tuer dans son ventre. Ça lui a provoqué une hémorragie. Et si elle ne voulait pas du gosse, c'est qu'elle le rejetait, elle avait honte de ce que l'autre lui avait fait.

Je me mis à trembler. L'autre, celui qui convoitait Isobel…

— Elle me l'a dit avant de mourir. Bonaventure.

C'est cette pourriture ! C'est pour ça qu'il voulait l'obliger à se marier. Après l'avoir violée…

Je ne pus rien répondre. Nous retombâmes dans le mutisme. Les nappes de brouillard dansaient dans la lumière des phares. Puis je repensai à cette histoire d'accident au virage de la Femme Morte.

— Mes parents, ce n'était pas un accident, lâcha le Gars comme s'il avait lu dans mes pensées.

Je ne parvins pas à simuler la surprise. Léman eut un rire sinistre.

— Tu le savais, hein, toi aussi ?

— Oui et non. Quand tu m'as emmenée au cimetière, j'ai vu.

Alors, je lui racontai tout, mes crises médiumniques, rares mais violentes, surtout lorsque cela touchait les gens d'ici, les divers psys et hypnotiseurs par les mains desquels j'étais passée. Il m'écouta sans rien dire. Il pensait peut-être que j'étais folle.

— Et à part ce que tu as « vu », personne ne t'a jamais parlé de l'accident ?

— Tout le monde a toujours dit que c'était un accident. Mais Hippolyte, lui, savait. C'est pour ça qu'il avait un drôle d'air quand il parlait de toi et de ta grand-mère. Moi, je croyais qu'il l'aimait en secret.

— Qui ?

— Ben, la Crochue.

Léman hocha la tête en émettant un long sifflement entre ses lèvres.

— T'as de la suite dans les idées, gamine !

— Il s'est souvent passé des trucs bizarres, au hameau.

— On trouve toujours bizarre ce qu'on ne peut pas comprendre.

— Et toi, comment tu l'as su que ce n'était pas un accident ?

— Leur voiture. Elle est restée dans le hangar, à côté de la maison. J'ai eu tout le temps de l'examiner. Une voiture accidentée, même réparée, ça garde des traces.

— Mais qui l'aurait amenée là, après ? Tes parents pouvaient pas.

— C'est Hippolyte. Il est allé la récupérer pas loin du virage de la Femme Morte, dans un champ. Elle avait les roues en l'air, comme si elle avait fait des tonneaux. Sauf que la carrosserie n'avait rien. Ce qui est impossible, après plusieurs tonneaux.

— Et Hippolyte n'a rien dit ?

— Il voulait pas s'en mêler. C'était déjà assez dur comme ça. Il connaissait mes vieux, il les aimait bien.

— Et ta sœur ? Elle ne s'appelait pas Isobel, alors ?

— Non. Ça, c'est le prénom que lui ont donné ceux qui l'ont adoptée, au hameau. Pour qu'on ne puisse pas faire le rapprochement.

— Mais elle était dans la voiture avec tes parents.

Léman acquiesça. Les langues de brume fonçaient sur nous comme des spectres menaçants.

Une étrange sensation s'était emparée de moi depuis un certain temps. Comme si nous étions entourés d'une présence invisible, pesante.

— J'ai compris que c'est aussi Hippolyte qui l'a ramenée. Sauf qu'il ne l'a pas ramenée chez nous, chez la Crochue. Tout le monde l'a crue morte avec les vieux.

— Mais pourquoi il a fait ça ?

— Le père adoptif d'Isobel. C'était le petit-fils d'Hippolyte. Avec sa femme, ils avaient perdu un enfant. Hippolyte leur en a ramené un, « un don du ciel », il avait dit.

À ce moment-là, un éclair me traversa l'esprit. Comment Isobel avait-elle pu lui dire tout ça avant de mourir, alors qu'elle était sourde et muette et s'exprimait par gestes ?

— Isobel, comment elle a pu te parler, Léman ?

— Elle m'a parlé. C'est comme ça. Je n'en sais rien. C'est arrivé. Elle ne devait pas être sourde et muette de naissance. Seulement depuis le choc.

— Tu veux dire… depuis l'accident ?

— Oui.

— Et tes parents, ils étaient déjà morts, quand Hippolyte est arrivé par là et a vu la voiture ?

— Il n'y avait que la voiture, sur le toit, et la petite, éjectée, qui gisait à quelques mètres de là, dans l'herbe. Elle y avait passé toute la nuit. Je me demande comment elle n'est pas morte…

« Ce n'était pas encore son heure », me dis-je, ne sachant quoi répondre.

Léman poursuivit, sur un ton lugubre :

— Il n'y avait personne d'autre. Mes parents

avaient disparu. Il y avait beaucoup de sang, énormément même, mais ce n'était pas celui de la petite, elle n'avait pas été blessée. On ne les a jamais retrouvés, ils ont dû être massacrés et enterrés dans un coin de la forêt.

Je sentais mes larmes s'agglutiner, prêtes à déborder en un torrent salé.

— Qui, Léman, qui leur a fait ça ?

— Tout le monde. Quelqu'un… Si je le savais…

— Pourquoi on leur a fait ça ? Et tout ça, comment tu le sais ?

Sa voix résonna, claire, dans l'habitacle.

— La Crochue. Pour mes dix-huit ans, un cadeau d'anniversaire. Elle avait peur de mourir sans avoir eu le temps de se confier. Elle disait qu'il fallait que je sache.

— Sauf pour Isobel…

— Elle a longtemps cru que le bébé avait été enlevé après l'accident, ou bien dévoré par les renards ou des chiens errants. Hippolyte ne lui a dit la vérité que bien plus tard. De toute façon, elle déteste les filles. Si Isobel était restée à la maison, avec nous, la Crochue lui en aurait fait voir. Hippolyte le savait.

Je repensai aux yeux de la Crochue fixés sur moi comme deux canons de fusil, de petits yeux féroces, ceux du silure…

« Attention, Léman ! » furent les mots qui moururent dans ma gorge avant que, dans un crissement de pneus, nous sortions de la route. J'étais sûre de l'avoir vue, dans la lumière des phares. Une femme. Son visage très pâle, le long duquel dégoulinaient des cheveux incolores, son air hagard et vide. Celui d'un fantôme. La Femme Morte.

Après son embardée, la voiture s'était arrêtée dans un champ. Léman avait réussi à maîtriser suffisamment le freinage pour éviter le tonneau.

— Ça va, la gamine, tu es entière ?

Un peu secouée, mais ça allait. Entendre la voix de Léman me fit du bien. Il défit sa ceinture, fouilla dans la boîte à gants et y trouva une lampe torche. Il ouvrit la portière et sortit dans la brume si épaisse qu'elle sembla l'avaler aussitôt.

— T'éloigne pas, Léman, me laisse pas toute seule !

— Je suis là, froussarde, je fais juste une petite reconnaissance.

Je distinguais sa silhouette par intermittence dans le brouillard, mais sentais une angoisse s'étendre en moi comme une encre noire.

— Léman, où t'es ? J'ai peur !

Mais il ne m'entendait plus. Je suis restée ainsi, seule, recroquevillée sur mon siège, ne sachant plus si j'allais le revoir ou non.

Soudain, la portière s'ouvrit et une main me saisit par le bras. Je fermai les yeux et crus mourir de terreur. Lorsque je les rouvris une seconde après, Léman était au volant et me regardait en ricanant. Je me mis à crier comme un putois.

— Espèce de salaud ! C'est malin !

Puis il s'assombrit et resta prostré avant de parler.

— Tu sais où on est, là ? Dans le champ, le même champ où c'est arrivé. C'est dingue, non ?

Oui, c'était dingue, c'était même carrément… En une seconde, ils émergèrent de la brume, masqués, chaussés de bottes, armés de bâtons, de fourches et de haches. J'entrevis même l'éclair d'un canon de fusil. Ils étaient à quelques pas, ils étaient cinq ou six, peut-être, et avançaient sur nous lentement, assurés de nous avoir pris au piège.

— Léman ! Démarre ! Démarre, bon sang !

— Démarre, démarre. Allez, démarre, crachait Léman, me faisant écho et s'adressant à la voiture comme si elle pouvait l'entendre.

— On va mourir, Léman, ils vont nous faire la même chose !

— Si tu crois que je ne le sais pas. Démarre, vieille chiotte !

« Démarre, mon Dieu, faites qu'elle démarre », murmurai-je, les dents serrées, les yeux compressés sous mes paupières. Le moteur hoqueta encore deux ou trois fois avant de lâcher un ronronnement victorieux.

Léman passa la marche arrière et enfonça l'accélérateur, mais la DS ne bougea pas. Les roues patinaient dans un bruit affreux. L'habitacle tremblait. Encore, encore un peu.

— Ils approchent, Léman !

— Saloperie, tu vas t'arracher, oui !

Trop sollicité, le moteur râlait. Puis, quelques secondes plus tard, qui me parurent une éternité, la DS s'ébranla enfin, brusquement propulsée en arrière. Dieu m'avait exaucée. Mais l'un des hommes masqués s'était déjà précipité sur la portière du conducteur et avait réussi à l'ouvrir. Il tenait une matraque.

Alors que la voiture, désembourbée, reculait au hasard, l'homme essaya de frapper Léman à la tête. Celui-ci esquiva le coup en se penchant vers moi et appuya plus fort sur l'accélérateur. Puis il freina brutalement, tourna le volant et fit décrire à la DS un rapide arc de cercle par la droite. La manœuvre déséquilibra l'assaillant qui fut projeté de côté avec violence. Mais avant de lâcher prise, il avait réussi à toucher Léman à l'arcade sourcilière qui, aussitôt, pissa le sang.

Un peu sonné, le Gars parvint à garder malgré tout le contrôle de la voiture et de ses esprits. Subissant une nouvelle attaque, de mon côté cette fois, il eut le réflexe instantané de faire un autre écart dans le sens opposé. Nous zigzaguâmes ainsi sur une bonne longueur, assaillis de toutes parts. Quelques volées de bâtons et de fourches atteignirent la carrosserie. À chaque coup, je sursautais en hurlant. L'extrémité métallique d'une hache traversa la lunette arrière dans un fracas épouvantable. Je crus notre dernière heure arrivée. Je jetai un regard désespéré à Léman, crispé sur le volant. Léman et son instinct de survie. Ils nous sauvèrent.

Alors que, terriblement proche, retentissait un coup de feu, le Gars, poussant un cri presque inhumain, écrasa le champignon. Rassemblant ses dernières forces, la DS partit comme une flèche en ligne droite à travers le champ. Léman savait-il où il allait, je l'ignorais, agrippée à la poignée souple au-dessus de la vitre. Il avait nos vies entre ses mains, qu'il en fasse ce qu'il pouvait.

— On les a semés ! On a semé ces pourritures ! grinça-t-il, féroce.

Enfin hors de portée. Personne à nos trousses. Le chemin était dégagé.

Le bruit fut si assourdissant que je crus un instant que le pare-brise avait éclaté. Une forme noire s'écrasa lourdement sur le capot, puis rebondit aussitôt dans la lumière des phares, pulvérisée par le choc. Il me sembla apercevoir un visage cagoulé à travers le pare-brise. Les yeux grands ouverts aux prunelles noires croisèrent mon regard l'espace de quelques secondes. On les aurait crus remplis de haine et d'incompréhension face à ce qui venait de se produire. Un filet sombre gicla. Des traînées brunâtres sur la vitre. Du sang.

Léman avait déjà compris. Il actionna les essuie-glaces, ce qui enclencha automatiquement le lave-vitre. L'eau savonneuse se mêla au sang, formant un liquide poisseux sur le pare-brise.

— J'y vois rien ! siffla Léman entre ses lèvres serrées.

Il donnait des coups de volant au hasard.

Puis, sous le ballet des essuie-glaces, la vitre s'éclaircit enfin, laissant réapparaître le champ où nous décrivions encore des courbes et des demi-voltes pour essayer d'en sortir et d'échapper définitivement à nos agresseurs.

— Léman, il est mort, on a tué un homme, c'est ça ? demandai-je au Gars lorsque nous fûmes de nouveau sur la route.

— Non, voyons, c'était juste un chevreuil.

— Un chevreuil ? Mais… tu le jures ?

Léman prit une inspiration.

— Je te le jure, gamine, je te le jure.

Il cracha par la fenêtre.

Nous avions fini par y croire tous les deux, dur comme fer, que c'était un chevreuil. Pauvre bête.

L'EMPAILLEUR

16

— Alors vous avez retrouvé la route et vous avez pu rentrer.

— Heureusement, sinon, je ne sais pas ce que nous serions devenus.

— Et les types ?

— On n'a jamais su qui c'était. Ça s'est passé exactement là où la voiture des parents de Léman avait été retrouvée, avec la petite Isobel, dans le même champ. Juste au virage de la Femme Morte. Mais je n'en déduis rien, je ne sais pas. Ils nous voulaient, nous, c'est tout.

— Ou bien Léman.

— Peut-être. Mais pourquoi en auraient-ils eu après lui ? Peut-être n'était-ce rien qu'un jeu sordide ? Une chasse à l'homme… Un défi purement gratuit que ces types se lançaient pour se donner des sensations.

— Ou une vengeance qui change de camp.

Audrey leva les yeux sur Frank Tiberge. Ils étaient encore embués des larmes qu'elle tentait de contenir. La main chaude de Frank allait et venait le long de son dos nu. Ses caresses l'apaisaient, mais elle frissonnait toujours à l'évocation de cette histoire qui avait failli tourner au drame. Frank Tiberge connaissait désormais tout de son passé au hameau, cet endroit perdu, « tranquille et sans histoires ».

Il devait être un peu plus d'une heure du matin. Leur chambre était la seule encore éclairée.

— Léman m'a déposée au hameau, a rangé la voiture dans le garage des Grimaud et est rentré chez lui à pied, dans la nuit.

Audrey s'interrompit pour allumer une Camel tirée d'un paquet mou. Elle préférait les Camel dans les paquets mous. En proposa une à Tiberge. La fumée de leurs cigarettes se mêlait au-dessus de leurs corps dénudés, repus.

Fumer, baiser, parler. Audrey avait l'impression qu'ils ne faisaient que ça depuis qu'ils s'étaient rencontrés « sur le terrain ». Comme par un accord tacite, ils savaient qu'il ne s'agirait pas d'amour entre eux mais d'une sorte d'entente doublée d'un contrat charnel. C'était d'ailleurs à cette seule condition qu'ils se retrouvaient dans sa chambre ou dans celle de Frank. Ils étaient logés au même hôtel ; forcément, c'était l'unique hébergement du village.

— Et après ?

— C'est la dernière fois que j'ai vu Léman. Le lendemain de cette maudite journée, le premier corps de la série des écorchés a été découvert à six kilomètres du hameau.

— Tu n'as même pas cherché à le revoir ? Les

parents d'Isobel, c'est toi qui leur as finalement annoncé la mort de leur fille ?

— Non. Après m'avoir déposée, Léman s'y est rendu lui-même. J'ai fait semblant de rentrer et je l'ai suivi, de loin. Le père a ouvert la porte, Léman lui a juste dit et la porte s'est refermée.

— C'est tout ?

Audrey eut une brève hésitation et tira sur sa Camel.

— C'est tout.

La fumée s'échappa de sa bouche entrouverte.

— Gabrielle est morte peu de temps après, alors, de toute façon, je n'avais plus rien à faire au hameau.

— Tu n'as plus eu tes… visions ?

— Encore quelque temps et puis, de moins en moins jusqu'à ce qu'elles s'estompent complètement à l'âge adulte.

— Et les enfants juifs recueillis au hameau ? Tu n'as pas réussi à en savoir plus ?

Audrey se figea. Un souvenir remontait à la surface de sa mémoire comme un cadavre gorgé d'eau. Et en même temps, au loin, les pas sourds du Visiteur. Le spectre de son étau qui enserre les tempes, à les broyer.

Cette scène. Elle voulait la garder pour elle. Cette nuit où Gauvin, le jeune autiste, était venu aboyer sous la fenêtre de sa chambre pour lui montrer quelque chose. C'était peu de temps après la mort d'Hippolyte et l'épisode de la photo des sept réfugiés du hameau. Audrey s'était extirpée de sa couette, faisant rouler Dickens au pied du lit, avait enfilé son horrible robe de bure, un pull et avait enjambé le rebord de la fenêtre. S'était coulée dehors en silence, comme un jeune félin.

Gauvin l'avait conduite à la maison d'Hippolyte. Sa curiosité avait été plus forte que sa crainte d'être surprise en flagrant délit d'intrusion. Ils s'étaient glissés au sous-sol de la maison par une ouverture à peine plus large qu'une chatière. Gauvin avait sorti de sa poche une lampe torche à la lumière de laquelle Audrey avait pu trouver une lampe à pétrole et des allumettes pour l'éclairer.

Alors qu'elle la promenait à bout de bras, à hauteur de regard, l'inimaginable s'était alors révélé aux deux adolescents. Gauvin s'était mis à se balancer d'avant en arrière et à taper des mains d'une façon simiesque.

Les cent mètres carrés de sous-sol, entièrement aménagés, ressemblaient à un dortoir. Des lits alignés, aux montants métalliques. Sept exactement. Chacun était recouvert d'une vieille couverture rêche de couleur kaki et d'un traversin. Une bibliothèque remplie de livres, dont la plupart pour la jeunesse. Contes, bandes dessinées, romans. Des jeux, aussi. Des jeux au carton défraîchi et au graphisme désuet qu'Audrey n'avait jamais vus. Un vieux jeu de cartes. Des gamelles en fer-blanc rouillé. Une armoire, une commode à tiroirs. Et bien sûr, pas de fenêtres. Juste cette ouverture à deux mètres au-dessus du sol qui laissait passer un peu de clarté du jour.

C'était donc là que les enfants avaient été cachés, sauvés des rafles. Dans le sous-sol de la maison d'Hippolyte. Audrey avait soudain senti sa tête tourner, vu le sol vaciller, mais avait cru que ce n'était que l'effet de la lumière de la lampe à pétrole qu'elle promenait dans la pièce. L'espace s'était disloqué sous ses yeux, se déchirant sur leurs corps amaigris, tremblants. Elle pouvait entendre leurs gémissements, leurs pleurs d'enfants dans la nuit, sous l'assaut des cauchemars. Avaient-ils des parents qui les attendaient quelque part ? Ou bien leurs familles, père, mère, oncles, tantes, avaient-elles pris le train de la mort pour ce voyage nocturne d'où nul ne revenait ?

Une vision, encore. Audrey s'était calé la tête entre les mains pour tenter de se débarrasser de ce qu'elle y voyait malgré elle. Les premières manifestations du Visiteur. Avant les douleurs chroniques à la tête, fulgurantes.

Les enfants avaient séjourné ici. Les matelas, les tissus, encore imprégnés de leur odeur et de leurs larmes. Riaient-ils quand même un peu ? Les enfants ont tellement de ressources et de joie de vivre en eux. Hippolyte descendait-il leur raconter des histoires pendant qu'ils terminaient leur repas ? Combien de temps étaient-ils restés ici avant de pouvoir rejoindre leurs parents ou leur famille d'accueil ?

« Comment tu as su ? Qui t'a montré ça, Gauvin ? » avait-elle demandé au jeune autiste. Mais il s'était contenté de chasser des mouches invisibles en riant à gorge déployée et en sautant à pieds joints sur un des lits comme sur un trampoline.

Elle avait gardé ça pour elle. N'en avait même

pas parlé à Léman. Si Raoul Bonaventure était bien l'enfant noir de la photo, il avait lui aussi séjourné dans ce sous-sol avec ses compagnons, sauf que lui n'avait pas quitté le hameau. Et les autres ? Il était le seul à pouvoir donner une explication. Malheureusement, s'il était mort dans l'incendie du hameau, Bonaventure avait emporté le secret avec lui.

Sept enfants, sept lits, sept victimes dans le feu du hameau. Le peu qu'Audrey savait aurait été un nouvel élément dans l'enquête. Tiberge attendait ça d'elle. Mais elle voulait d'abord l'écrire.

— Tout ce que je sais, c'est le peu que m'a dit ma grand-mère. Et… Frank ?

— Oui ?

— L'enfant noir, sur la photo, je n'en ai jamais été vraiment certaine, mais je crois que c'était Raoul Bonaventure, celui qui me terrifiait, lors de mes séjours au hameau. Le médecin de la communauté.

— Et il est probable qu'il fasse partie des sept corps calcinés, mais pourquoi serait-il resté au hameau alors que les autres enfants ont dû repartir une fois la menace nazie passée ?

Frank Tiberge plissa le front. Il n'aurait pas pu figurer dans une pub pour une crème à raser ou une eau de toilette, mais il n'était pas dépourvu de charme. Une forme de nonchalance apparente ajoutait à son attrait physique. Ses yeux clairs de chat en amande. Audrey lui posa une question typiquement féminine :

— À quoi tu penses ?

— Plus on avance, plus je me dis que les deux affaires, l'Empailleur et l'incendie, n'ont rien à voir entre elles. Rien ne les relie. Ou pas grand-chose.

— C'est bien ce que je pense aussi, lâcha Audrey en inspirant plus profondément la dernière bouffée.

— Mais comme ça, ton gars, ce Léman, il est tellement bizarre qu'il ferait le suspect idéal. En plus, avec ce qu'il a vécu, à sa place, n'importe qui en voudrait au monde entier et plus particulièrement aux gens du coin. Parce que mine de rien, tous les cadavres empaillés étaient ceux de gens d'ici.

Audrey écrasa sa cigarette dans le cendrier.

— L'auteur du meurtre horrible de ses parents n'a jamais été retrouvé.

— Ou *les* auteurs… Ouais, je sais. J'ai potassé le dossier. « Affaire classée ». Aucun élément, rien.

— Rien qui ait attiré ton attention ?

Frank fit un geste vague de la main.

— Pour l'instant, pas vraiment. Mais maintenant, avec tout ce que ma petite journaliste préférée m'a raconté, peut-être que ça va bouger un peu plus.

Il lui tapota la cuisse. Puis y attarda sa main qu'il fit remonter lentement. Elle frémit.

— Tu me chatouilles !

— Tu es encore humide…

— Normal, c'est un vieux relent orgasmique, mais…

— On remet ça ?

Ses doigts cherchaient à s'introduire dans l'ourlet de ses lèvres. Audrey lui saisit le poignet et l'écarta fermement.

— Mais ça ne veut pas dire que ce soit encore d'actualité. Tu m'as tuée, Frank. Fumer, parler et baiser, on n'a fait que ça toute la soirée. Maintenant, j'aimerais dormir, si tu n'y vois pas d'inconvénient. Seule, bien sûr.

— Message reçu, ma belle. Tes désirs sont des ordres.

En un bond, il fut hors du lit, enfila sa chemise et rentra un ventre naissant dans son jean. En couchant avec un quinqua, Audrey ne pouvait pas s'attendre à palper des tablettes de chocolat ou des pectoraux granitiques. Mais au moins, elle se laissait aller à l'expérience d'un homme dont le parcours avait été émaillé de rencontres féminines très variées.

Avant de regagner sa chambre, il se retourna et lui fit don d'un dernier regard en amande. À cet instant, n'importe quelle fille normale aurait éprouvé ce pincement au cœur caractéristique de l'amorce d'un état amoureux. N'importe quelle fille, sauf Audrey.

— Tu as déjà dormi avec quelqu'un ? Je veux dire… avec un homme ?

— Non. Dickens a été le seul mâle à partager ma couche une nuit entière. Et toi ?

— Pas avec un homme… Mais toi, tu es encore jeune, ça viendra et ce jour-là, j'aimerais être ce petit veinard…

Audrey sourit en hochant la tête.

— Tu n'as pas répondu à ma question.

— Si j'ai dormi avec une femme ? Ça fait très longtemps que ça ne m'est pas arrivé… Bonne nuit.

Audrey comprit qu'il ne répondrait pas aux autres questions qui se pressaient en file d'attente dans son esprit. Si commencer à interroger un homme avec lequel on se contente de coucher est le signe annonciateur d'un sentiment naissant, il lui fallait rester vigilante. Elle le laissa partir et combla sa frustration par une dernière cigarette tout en rédigeant ses notes, avant d'éteindre et de s'écrouler sur le terrain musqué de leurs ébats.

Elle réussit même à esquisser quelques rêves, lorsque la sensation de ne pas être seule dans la chambre la réveilla. *Frank ? C'est toi ?* Interrogation muette à l'obscurité. Immobile et s'efforçant de continuer à respirer régulièrement, elle tendit l'oreille. Non, ce ne pouvait être Frank. Si l'envie l'avait pris de revenir, il se serait déjà manifesté. Une parole ou un geste tendre.

Pas le plus mince rai de lumière provenant d'une fente aux volets qui permît à la jeune femme de distinguer quelque chose autour d'elle. Elle n'entendait rien, mais elle « sentait », avec une sorte d'instinct. Le même qui l'avait liée si étroitement à Léman alors que tout semblait les opposer.

Il y avait « quelqu'un » dans la chambre. Elle se rappela instantanément qu'elle n'avait pas pris la peine de fermer à clef après le départ de Frank. Dans le vide de ses pensées, elle balançait entre peur et curiosité. Lui ? Le tueur ? L'Empailleur en personne ?

Ce qui l'avait fait plonger dans le journalisme se réveillait, s'affûtait au contact du danger. L'exaltation, le goût de l'aventure, de toutes les découvertes, sublimes ou macabres, en tout cas extraordinaires. Elle, petite journaliste à ses débuts, se retrouver dans le même espace qu'un prédateur, un psychopathe sans états d'âme. Une sorte de privilège… Peut-être son sort était-il déjà fixé, peut-être était-elle d'emblée fichue et n'aurait-elle même pas le temps de relater les événements dans les lignes du canard, mais ces instants-là, au moins, elle les vivait. Ce sentiment, proche de la transe, l'éloignait presque de toute réalité.

« Il » respirait, près d'elle, debout dans un coin de la pièce ou bien assis, guettant chacun de ses mouvements, attendant son réveil. Ils étaient plongés dans un bras de fer de silence et de nuit.

Audrey se mit à trembler malgré elle.

Et puis, elle perçut ce qui devait être « son » odeur, forcément, puisqu'elle se détachait nettement de celle de la chambre et du parfum qui imprégnait ses vêtements, son sac et son corps depuis le passage de Tiberge.

Une odeur épaisse de terre, de feuilles et de vase. Et dans ce mélange, dominait un relent de bois brûlé. Il n'y avait qu'une personne au monde qui transportait sur elle les quatre éléments, l'eau, l'air, le feu et la terre. Qui pouvait la surprendre dans son sommeil alors qu'un flic armé dormait dans la chambre juste en face de la sienne. Léman.

« Es-tu venu simplement te taire dans ma chambre au milieu de la nuit et me regarder dormir ? Es-tu venu jusqu'ici parler du bon vieux temps ou bien me tuer, Léman ? Pourquoi es-tu revenu ? » demanda-t-elle au silence.

Elle ne bougea pas. Si elle se manifestait, leurs voix risqueraient d'attirer l'attention de Frank Tiberge. Même si ses intentions étaient troubles, elle n'aurait pas livré son ami d'enfance. Pas Léman. Pas comme ça. Il était venu là de lui-même, avait quitté son territoire, s'exposant à la police qui, avec l'affaire de l'incendie, pullulait désormais dans les parages. Savait-il qu'un policier dormait à deux pas de sa chambre ? Qu'il venait de passer la soirée dans son lit ? *Tu le savais, bien sûr, Léman, tu le savais, n'est-ce pas ? Sinon, comment aurais-tu deviné que j'étais descendue à cet hôtel ? Comment m'aurais-tu retrouvée si tu n'avais pas tout observé, surveillé nos faits et gestes, pris tes renseignements sur moi et même lu mes articles ?*

Plusieurs minutes passèrent, dix, vingt, peut-être. Audrey faisait toujours semblant de dormir. Soudain, elle entendit, cette fois distinctement, un soupir près de la fenêtre. Suivi d'un bruit feutré. Des pas sur la moquette. Elle le sentit s'approcher du lit, s'arrêter tout près. Quelque chose lui effleura la tête. Sa main sur ses cheveux. Elle faillit sursauter, crier, appeler Frank, mais elle se contenta de remuer en grognant. La comédie du sommeil à la perfection. Ou presque. Léman ne s'y trompait pas, sans doute. Mais il faisait comme si. N'avait pas envie que ce fût autrement. De quoi auraient-ils parlé ? De ces corps rempaillés qui faisaient surface chaque année, à la même date, comme s'ils remontaient de la vase, gonflés de leur mystère ? Le jour anniversaire de l'accident de ses parents dans le virage de la Femme Morte.

Auraient-ils évoqué ces découvertes macabres dont la première fut faite dans le bois le plus proche par Gauvin qui, terrifié mais ne mesurant pas toute l'horreur de sa trouvaille, avait ameuté tout le hameau, Bonaventure en tête ? *Un corps de femme, ou plutôt ce qu'il en restait, éventré, évidé, dépouillé de son contenu, la peau encore sanguinolente, recousue avec du fil de pêche, le même que tu utilisais, Léman, mais ça, j'étais la seule à le savoir, à avoir pu faire le rapprochement. Que devais-je en déduire, à douze ou treize ans, je ne sais plus exactement ? Tout cela ne tenait qu'à un fil… C'est ça que tu voulais savoir ? Pourquoi je n'ai jamais rien dit ou, au contraire, tu veux savoir si j'ai parlé à quelqu'un ? Mais quelle certitude je pouvais avoir de tout ça ? Pourquoi aurais-tu commis ces choses atroces, épouvantables ? Au nom de quoi ? Pourquoi tuer ? Pour survivre ? À quoi ? Ou bien étaient-ce des rites sacrificiels ? L'Empailleur était-il seul, avait-il un complice ? Es-tu lui ?*

Comme s'il avait lu dans son esprit : « Gamine, la vérité, tu la connais, elle est au fond de toi. Fais attention. » Ses mots passèrent sur Audrey comme un courant d'air glacé. Puis elle entendit la porte s'ouvrir doucement et il sortit de la chambre, la laissant seule et frissonnante avec sa « vérité ».

Sa voix avait changé. Une voix d'homme, profonde, rauque. Un brame étouffé.

Notes du 21 juillet 1989

Un mois jour pour jour que le hameau a brûlé. Je devrais bientôt connaître les résultats des analyses sur les sept corps calcinés. Ça a pris du temps, les mois d'été tout semble marcher au ralenti, même les enquêtes. Peut-on encore parler d'autopsie, tant ils ont perdu leur apparence humaine…

A. G.

17

Le lendemain, Audrey se réveilla en sursaut. Elle avait fini par s'endormir, mais il devait être tard. Trop tard pour faire du bon travail. Dans le métier, chaque minute, chaque seconde manquée sur une affaire peut faire échouer un reportage. Sur ce point, les boulots de journaliste et de flic se ressemblaient.

Lorsqu'elle descendit vers dix heures, après une douche glacée, avaler un café servi avec un croissant aussi sec qu'un bout de carton, la petite salle à manger était vide. Cinq tables, des nappes à carreaux tachées de confiture, des assiettes encore pleines de miettes.

Frank Tiberge était sans doute parti sur le terrain aux premières heures. Audrey s'aperçut qu'elle était affreusement en retard. Elle aurait dû appeler la rédaction depuis un moment. Le coup de fil de Josserand ne se fit pas attendre. Audrey le prit à la réception, la bouche pleine.

— Alors, qu'est-ce qui t'arrive ? Je ne t'ai pas envoyée au Club Med ! Du nouveau ?

— Et comment ! Mais je ne peux pas parler.

— J'espère que c'est pour la bonne cause. Ton papier sera prêt pour tout à l'heure ?

— Je te le faxe vers seize heures et j'envoie les photos en urgence.

— Non, quelqu'un passera dans la journée récupérer la pelloche. Je ne veux pas de loupé et encore moins de la Poste. Dès que tu as du nouveau, tu m'appelles. Et ne t'étrangle pas avec les miettes de croissant, on a encore besoin de toi.

Josserand raccrocha. Dans sa bouche, « du nouveau » voulait dire un scoop absolu. Au fond, il n'était pas si terrible qu'il le laissait paraître. Les journalistes sérieux finissaient par rentrer dans ses bonnes grâces après une période d'observation. Les ambitieux en bavaient. Les frileux étaient remerciés au bout d'une semaine. Les niais ne faisaient pas trois jours.

Aller jouer les sous-marins dans les archives municipales faisait partie du programme de la matinée. Audrey monta se brosser les dents, récupérer ses affaires dans sa chambre et… Elle était sûre d'avoir fermé la porte à clef avant de descendre. Elle se dirigea sans bruit vers la salle de bains, retint son souffle et tira d'un coup sec sur le rideau de douche qui se décrocha avant d'aller s'affaisser dans le bac. Personne non plus dans l'armoire. Seul un vieux polochon perdit l'équilibre lorsqu'elle ouvrit la porte et lui tomba sur la tête. Elle n'avait même pas réalisé que seul un gosse de huit ans aurait pu s'y cacher.

Cela faisait une heure qu'Audrey s'usait les yeux dans la salle des archives et éternuait sur les piles de documents empoussiérés auxquels elle avait eu accès sur présentation de sa carte de presse. Un vrai sésame.

Des courriers, des coupures de journaux, des sources intarissables sur les meurtres de l'Empailleur, mais rien sur la vie du hameau, ni sur le rôle de ses habitants durant la Seconde Guerre mondiale. Ils avaient pourtant sauvé la vie à des enfants juifs. Pourquoi n'y avait-il rien là-dessus ? Ses pensées voyagèrent en Israël, jusqu'à Jérusalem. David Jacobson en saurait-il plus ? Pourrait-il lui donner les noms des sept enfants de son groupe ? Les noms que Gabrielle Grimaud avait emportés dans sa tombe. Elle sortit de son portefeuille la photo des enfants avec leur instituteur. Depuis qu'elle l'avait reprise à Grand-ma, elle la portait tout le temps sur elle. En revanche, elle ne reconnaissait toujours pas Jacobson comme son grand-père. Cette photo avait déclenché les premiers symptômes de ses « visions ». Mais celles-ci avaient disparu depuis longtemps, laissant place au Visiteur et à ses tortures. Elle pouvait enfin regarder la photo sans entrer en transe.

L'incendie du hameau s'était produit en l'absence de la majorité des Purs, retenus à une congrégation annuelle dans un autre département. Seules les sept victimes de l'incendie étaient restées. Était-ce une coïncidence ? Son stylo courait sur les pages vierges du bloc-notes. Et elle, elle courait deux lièvres à la fois. L'affaire de l'Empailleur et celle de l'incendiaire. Avec l'intime conviction qu'il devenait urgent d'obtenir d'une façon ou d'une autre les noms des enfants hébergés au hameau pendant la guerre. Un Noir et six Juifs.

Autre liasse de documents jaunis. Des informations sur la série de meurtres de l'Empailleur. La poussière fit à nouveau tousser la jeune femme. Fébrile, Audrey parcourut tous les articles qui pouvaient lui être utiles. Soudain, une légende sous une photo macabre d'un corps gisant sur l'herbe, enfermé dans une housse, l'arrêta net. « *Paul Tiberge, le fils aîné du fermier Jean Tiberge, vient d'être identifié comme étant la troisième victime du meurtrier dit l'Empailleur.* » L'article datait d'avril 1982. Un picotement de colère envahit instantanément les joues d'Audrey. Elle était jeune, mais elle avait assez de tempérament pour ne pas se laisser abuser par un flic. *Échange de bons procédés, tu parles !* Elle fit aussitôt une photocopie de l'article et de la photo légendée et la glissa dans son dossier « Empailleur ».

Audrey poursuivit activement ses recherches jusqu'à ce que l'autre article fît surface. « *La malédiction s'abat sur la famille Tiberge* », et en chapeau : « *Trois ans après le meurtre de son fils aîné Paul Tiberge, Jean Tiberge, exploitant agricole et maire du village, perd son fils cadet, Pierre, dans les mêmes circonstances. La dépouille a été retrouvée au même endroit, selon le mode opératoire du tueur.* »

Fumier, salaud ! Audrey se sentit baisée cette fois au sens propre comme au figuré. Une deuxième photocopie vint s'ajouter à son dossier. Elle les lui mettrait sous le nez… *Il ne pourra pas nier*.

Son impatience et une fureur mal contenue eurent raison de ses recherches sur le hameau, qu'elle laissa pour plus tard.

« Je te demande d'être discrète à propos de… » La bile au coin des lèvres, elle entendait encore ses mots. Autrement dit, il ne fallait surtout pas que tout le monde sache que le commissaire Frank Tiberge se tapait la petite journaliste. Peur d'être pris pour un satyre ou bien pur respect de la déontologie ? Et aussi : « Tu ne trahiras pas notre contrat, n'est-ce pas, ma belle, en faisant de la rétention d'informations si tu en grappilles de ton côté ? » *Ma belle ! Ma conne, oui !* Et elle, naïve et trop contente de faire partie du système : « Aucun danger, si tu continues à me baiser comme ça… » On pouvait dire qu'il avait exaucé son vœu…

— Pourquoi tu ne m'as rien dit ? cria-t-elle à son intention en lui brandissant les photocopies des articles sous les yeux après l'avoir rejoint comme convenu au bar PMU du village pour grignoter un morceau.

Frank Tiberge devint aussi blanc qu'un linceul. Audrey reconnut à peine l'homme qui, la nuit précédente, lui caressait le dos et manifestait presque tendrement le désir de dormir près d'elle.

— Tu vas baisser d'un ton et me dire où tu as trouvé ça, petite fouille-merde de mes deux !

— Sinon quoi, commissaire ? Tu me passes

les menottes ? Au moins, ce sera plus excitant au lit que ton baratin sur l'échange loyal d'infos... Loyal, mon cul, oui !

— C'est ça, ton boulot ? Remuer la merde et tartiner les gens avec ?

— En cela, il ne diffère pas vraiment du tien...

La gifle qui s'abattit à la seconde sur sa joue résonna dans tout le bar, devant les poivrots qui hésitèrent à s'en mêler. On aurait pu croire à une vulgaire scène de ménage.

Le caractère vindicatif de la journaliste ne résista pas à cette réplique. Elle n'avait reçu qu'une seule gifle dans sa vie. De son père, excédé par une de ses insolences. Il s'était excusé aussitôt après. Elle en avait pourtant ressenti une profonde humiliation et en portait toujours la trace au fond d'elle.

Les larmes coulèrent malgré elle, sur ses joues brûlantes de honte. Frank comprit qu'il venait de dépasser les limites. Elle sortit sous les regards embués et avides des piliers de bar, son sac plaqué contre elle, une main sur sa joue meurtrie. Frank Tiberge bondit à sa suite et la rejoignit dehors.

— Écoute, je vais t'expliquer, ce n'est pas facile.

— Il n'y a rien à expliquer, Frank, tout est dit. Dans deux jours, je pars, on arrivera bien à s'éviter d'ici là.

Si Josserand l'avait vue à cet instant. Son manque de professionnalisme. Elle qui avait une sainte horreur des psychodrames, elle se détestait.

— Non, Audrey, il faut que tu m'écoutes.

— Quoi que tu aies à cacher, qui que tu protèges, j'espère que tu en assumeras les conséquences, Frank.

Et elle s'éloigna. La voix du flic la rattrapa.

— Tu ne trouveras plus rien ! Tu n'aurais même pas dû tomber sur ces articles ! Il y a prescription, Audrey. On ne peut rien contre ça, alors, pourquoi tout remuer ?

Était-ce un aveu ? Elle s'arrêta brusquement, se retourna. Il était immobile, à quelques mètres, les bras ballants, l'air harassé.

— Pour les morts, pour tous ces morts. Et pour la vérité, Frank. Je croyais que nos métiers avaient au moins ça en commun. Chercher la vérité.

— Un jour, tu comprendras qu'il n'y en a pas qu'une seule, ma belle. Elle a plusieurs visages. Comme chacun de nous.

Elle tourna dans une autre rue sans lui laisser le temps d'ajouter autre chose. Pour elle, il n'y avait encore que cette vérité qu'elle pourchassait, croyant s'en approcher pas à pas.

Elle rentra à l'hôtel, se jeta sur le lit, le crâne résonnant du martèlement lourd du Visiteur. Il arrivait, voulait entrer dans sa tête, s'y installer pour quelques heures. Il lui faudrait alors du noir et du silence.

18

Audrey n'eut pas l'occasion de reparler à Frank Tiberge ni même de le croiser. La jeune fille chargée de faire les chambres à l'hôtel découvrit le corps du commissaire en milieu de matinée le lendemain. Audrey se trouvait déjà aux archives et ne l'apprit que dans l'après-midi, de retour à l'hôtel, par le lieutenant Lagarde, celui qui l'avait aidée à s'introduire dans la maison Grimaud et lui avait prêté la torche.

Elle voulut connaître tous les détails. Lagarde hésita d'abord, puis céda finalement devant l'insistance de la journaliste. Il lui décrivit avec une exactitude glaçante l'état dans lequel son chef avait été découvert. Audrey pensa d'abord à la pauvre fille de service qui était entrée dans la chambre munie de son passe et de ses produits ménagers.

Le corps « empaillé » et recousu de Frank avait été installé dans l'unique fauteuil de la chambre. Nu des pieds à la tête. Mais cette fois, le meurtrier ne s'était pas contenté d'exposer la dépouille.

Il avait enrichi son « œuvre » des organes vitaux de la victime, lavés et essuyés, puis disposés en cercle autour de lui, attachés au plafonnier rustique – une roue de charrette – par du fil de pêche.

Ainsi, Frank Tiberge était la douzième victime de l'Empailleur. Sauf que cette fois, le rendez-vous macabre avait été avancé d'un mois.

— Il faut reconnaître que c'était parfaitement réalisé. Du bon boulot, commenta Lagarde, qui, malgré les circonstances, conservait un professionnalisme déconcertant. Je suis chasseur et je fais de temps en temps appel aux services d'un taxidermiste. C'est une vraie technique qui demande du savoir-faire et du temps. Mais celui-ci est d'une rapidité étonnante.

— Frank… Le commissaire Tiberge avait-il de la famille proche ?

Audrey crut voir l'œil de Lagarde pétiller légèrement. Il avait donc deviné. Était-ce aussi visible, Frank et elle ?

— Le chef était veuf. Sa femme est morte, il y a une dizaine d'années. Elle s'est suicidée. Vous ne le saviez pas ?

Elle déglutit. Une salive acide lui brûla la gorge.

— Non. Ils ont des enfants ?

— Quand il a commencé à y penser, c'était trop tard. Elle était déjà barrée dans sa tête. Vous voulez voir les photos ?

— Pardon ?

— Les photos du corps. Je vous les ferai passer.

— Merci, souffla-t-elle sans même avoir l'idée de refuser.

Il y avait l'homme qui lui caressait le dos d'une main douce deux jours auparavant, et il y avait la victime, qui n'était plus qu'une dépouille reconstituée par un cinglé qui jouait au taxidermiste pour humains.

— Bon, excusez-moi, mais je dois y aller. On nous affecte un nouveau boss. Quand j'y pense…

Déjà remplacé. « Nous ne sommes que peu de chose », songea Audrey. Elle monta dans sa chambre d'où elle s'apprêtait à annoncer le « scoop » tant attendu à Josserand, avant de s'écrouler.

Par réflexe, elle passa sous silence les articles découverts aux archives.

— Nom d'un chien ! Audrey ! Un flic, un commissaire et, qui plus est, celui qui était sur l'affaire de l'Empailleur depuis sept ans ! Là, ça se corse sérieusement.

Le rédacteur en chef fit une pause et sembla chuchoter à quelqu'un à côté de lui.

— Audrey, tu es toujours là ? Je t'envoie de l'aide, ça devient trop lourd pour une seule personne, et puis il y a l'incendie, les résultats des autopsies. Tu continues là-dessus encore quelques jours.

— Je m'en sors très bien.

— Je n'en doute pas, mais je ne veux pas risquer des loupés. Je mets Mathieu sur la mort du flic. Et dire que Serge a pris son mois de vacances, notre meilleur « fait-diversier » ! Heureusement pour lui qu'il est quelque part dans les îles avec son voilier et injoignable, sinon, je l'aurais fait rappliquer illico ! Bon, Audrey, je compte sur toi.

Prise de nausées, elle n'eut pas la force de résister davantage. Mathieu Bilic avait tout juste deux ans de plus qu'elle dans le journalisme et n'était pas mauvais, sinon Josserand ne l'aurait pas collé sur l'affaire. Trop heureuse que quelqu'un prenne une décision à sa place, elle se plia donc à celle de son supérieur.

Elle regarda la porte. De l'autre côté, celle de la chambre de Tiberge, devenue scène de crime. Sa main brune sur sa nuque, son dos, ses mots avant que chacun ne s'endorme dans son lit.

Audrey attendait le moment où elle allait craquer, éclater en sanglots, mais rien ne se passa. Elle avait envie de hurler, pourtant, son esprit ne comptait pas laisser libre cours à ses émotions et continua de faire son travail.

Frank et elle s'étaient quittés la veille sur un accrochage violent. Elle sentait encore l'impact de ses doigts sur sa pommette gauche. Pour un peu, il aurait pu lui toucher l'œil.

Sa mort était survenue dans la foulée de leur dispute en public au sujet de sa découverte sur le meurtre de ses deux frères. La mort de Frank Tiberge avait-elle été écrite, programmée bien avant, comme celle de Paul et Pierre Tiberge ? Ou bien leur vive discussion en était-elle à l'origine ?

Cette fois, l'Empailleur était sorti du cadre. Le corps « ouvré » n'était plus exposé dans un contexte naturel, dans la forêt, sur l'herbe ou dans un champ, mais dans un lieu habité. Où avait-« il » pu tuer Tiberge sans attirer l'attention, pour, ensuite, avoir tout le loisir de vider le corps, puis de le reconstruire autour d'une structure de branches et de mousse entrelacées ?

Elle n'osa pas imaginer qu'« il » pût avoir œuvré la nuit durant dans la chambre même. Tranquillement évidé le corps de Frank avant de le reconstituer et le recoudre, tandis qu'elle dormait juste en face. Deux portes ! Deux portes et un couloir la séparaient du tueur en action !

Saisie d'une sorte de masochisme obstiné, assise sur le lit, elle fixait la porte, se passant et repassant le film. La nuit de l'avant-veille lui revint en mémoire. « Sa » présence, l'espace partagé, « ses » doigts sur ses cheveux, « son » souffle si proche… et « ses » mots, un murmure étouffé : « Gamine, la vérité, tu la connais, elle est au fond de toi. Fais attention. » Était-ce un avertissement ? Avait-il voulu la prévenir qu'il allait encore frapper ? Plus près d'elle, cette fois, allant jusqu'à transgresser la date fatidique. Il lui signifiait qu'elle devait comprendre le sens de ses actes. Qu'elle en détenait la vérité, quelque part, en elle.

Il lui fut impossible de rester plus longtemps dans sa chambre. Elle fourra son appareil photo dans son sac avec un paquet de Camel qui ne lui ferait pas la soirée et se précipita hors de cette atmosphère de mort. Un arrêt devant la chambre de Frank. Sa main sur la poignée. *Non ! C'est une scène de crime. Il n'est plus là.*

Elle se mit à courir dans le couloir, jusqu'aux escaliers qu'elle descendit en trombe pour heurter de plein fouet Lagarde qui s'apprêtait à monter.

— Vous partiez ?

— Euh, oui, prendre un peu l'air, c'est…

— Je vous apportais les photos, coupa le flic, comme s'il voulait éviter toute dérive émotionnelle.

Il lui tendit une grande enveloppe kraft, format A4.

— Merci.

Elle glissa l'enveloppe dans son sac.

— J'ai fini ma journée un peu plus tôt, je vous offre un verre ?

Son regard de cocker à cet instant faillit arracher un sourire à la journaliste.

— C'est gentil, mais je préfère rester seule, ce soir, et j'ai encore quelques lignes à rédiger. Votre remplaçant est arrivé ?

— Demain.

— Alors, bonne nuit et à demain.

« Et surtout, ne pense pas que je vais m'envoyer toute l'équipe, les uns après les autres », brûla-t-elle d'ajouter, mais, bien sûr, elle s'abstint au nom des sempiternelles convenances que son interlocuteur, visiblement, pensait respecter.

Elle le laissa en plan et sortit. L'air libre, enfin ! L'air. Fraîche soirée d'été à la campagne. Elle erra au hasard des rues. La marche favorise la réflexion et la méditation, c'est bien connu. Surtout, dans ce marasme, ne pas perdre de vue l'autre affaire, celle de l'incendie. Bientôt, les résultats de l'autopsie des sept corps calcinés. Trouverait-on des indices parlants ? Des preuves permettant d'établir le lien avec l'Empailleur ou, au contraire, de l'écarter définitivement ?

Audrey s'aperçut qu'elle s'était égarée dans une voie sans issue. Au moment de rebrousser chemin, une vitrine crasseuse attira son attention. La devanture d'un local qui semblait à l'abandon. Des lettres à moitié effacées étaient peintes sur le mur, le long de la vitrine. Elle parvint à déchiffrer : « Taxidermiste ». Son sang se figea. S'il n'y avait pas eu l'affaire des corps empaillés, elle n'y aurait même pas prêté attention. Il y avait beaucoup de chasseurs friands de trophées dans le coin, il était donc normal qu'ils aient recours à un taxidermiste. Or, celui-ci paraissait avoir fermé boutique depuis longtemps. Elle nota tout de suite l'adresse : « 7, impasse du Puits ».

Audrey fit les cent pas devant le local, s'arrêta pour regarder et prit quelques clichés au flash. Une voix rocailleuse l'interrompit dans son élan. Comme sortie d'un conte de Grimm, une vieille, la bouche édentée, se tenait dans l'embrasure d'une porte voisine, appuyée sur sa canne. La journaliste avait oublié qu'il était impossible de passer inaperçu, dans un village. Que les murs avaient des oreilles et les fenêtres, des yeux. Que les moindres faits et gestes d'un étranger étaient observés, décortiqués et commentés, rarement avec bienveillance.

— On peut savoir ce que vous faites ? grinça la voix aigre.

— Bonsoir, madame, répondit Audrey d'un ton affable. La présence d'un taxidermiste ici m'intriguait. Mais il n'exerce plus, on dirait bien.

La vieille lui lança un regard de fouine méfiante.

— Ça se voit que vous n'êtes pas du coin, vous…

Était-ce un crime ?

— Je me suis juste arrêtée pour la nuit à l'Hôtel de la place. Je fais un peu de tourisme dans la région.

— Y a rien à voir, par ici.

Audrey se dit que la mettre à contribution pourrait lui attirer ses bonnes grâces.

— Vous le connaissiez, vous, le taxidermiste ?

La vieille traîna les pieds jusqu'à son petit banc de bois, sous ses fenêtres, et y prit place.

— Si je connaissais Léon Wenger ? Je l'ai vu grandir. Il habitait au-dessus de la boutique, seul avec sa mère, la Coline, une femme bizarre. À l'époque, c'était un cordonnier, le père Joris, qui occupait le local du bas. Et puis un jour, Léon, le fils, qui s'était formé chez un taxidermiste de la région dès ses quinze ans, a repris la boutique à la mort du père Joris pour la transformer en atelier de taxidermie. Moi, je trouve ça plutôt étrange, comme métier, d'une tristesse. Mais enfin.

La vieille s'interrompit, le regard dans le vague, et suçota sa lèvre inférieure. Puis, comme si elle revenait à elle, elle enchaîna :

— Sa mère, oui. Elle était restée vivre avec lui et ne voulait pas entendre parler des autres femmes. Alors, vous pensez, quand son fils est tombé amoureux… Une jeune fille pas d'ici, mais une vraie beauté. Presque trop. Ça a fait toute une histoire. La mère Wenger est partie s'installer ailleurs, dans une maison isolée, à une dizaine de kilomètres d'ici. Son fils allait la voir tous les jours. Comme elle, elle faisait tout à pied, c'était quand même loin. Surtout quand elle est tombée malade. Une drôle de maladie, on peut dire.

Assise à côté d'elle, Audrey buvait ses mots, le souffle ténu. Dans les villages, les vieux sont des tombes, mais une fois ouvertes…

— Le Léon s'est marié. Il était temps, à bientôt trente ans ! Sa jolie femme était un peu simple. Ils ont eu un fils. Un petit blondinet. Il avait des yeux gris-vert comme de l'eau, je m'en souviens encore. Dommage qu'il était si laid. À cause de sa lèvre, une malformation, pauvre gamin. Il aurait pu être très beau.

C'était comme si Audrey venait de recevoir un coup dans le sternum. Ce blondinet.

— Comment s'appelait-il ? Vous vous souvenez de son prénom ?

La vieille plissa le front. La fixa de ses yeux délavés.

— Pourquoi que vous voulez savoir ?

Son histoire serait trop longue à lui raconter et si la vieille apprenait le passé d'Audrey au hameau, elle risquait de se fermer comme une huître.

— Comme ça. Pour me donner une meilleure idée de ce que vous me racontez.

Audrey l'entendit marmonner. La vieille se tapa la tempe de son index déformé par l'arthrose.

— Ma mémoire… elle s'en va avec le temps. Comment qu'il s'appelait, ce gamin ? Ils ne sont pas restés longtemps ici. Une histoire de lac, je crois. Oui, un lac.

Ses propos devenaient décousus, mais la jeune femme préféra ne pas intervenir et la laisser démêler ses souvenirs.

— Les jeunes Wenger avaient passé leur lune de miel en Suisse, ça, je m'en souviens, parce qu'ils m'avaient rapporté du chocolat, le meilleur que j'aie jamais mangé de ma vie. C'était au bord d'un lac. Le lac Léman, c'est ça ! Léman. Alors ils ont donné le nom du lac à leur fils. Quelle idée.

Audrey tremblait.

— Vous avez froid, jeune fille ? Les soirées sont fraîches, par ici, c'est la campagne.

— C'est vrai, je ne suis pas vraiment habituée.

— Trois ans après le fils, ils ont eu une fille. Les pauvres.

— Pourquoi dites-vous ça ?

— Parce qu'un vrai malheur les a frappés, tiens !

Elle s'essuya le coin de l'œil avec un mouchoir fripé.

— Ça s'est passé dans le virage de la Femme Morte. On a dit que c'était un accident. Mais moi, j'ai toujours pensé que c'était louche, cette histoire. La mère Wenger gardait le gamin, ce jour-là. Le fils Wenger et la belle-fille étaient partis à la ville chez un pédiatre pour la petite. Je le sais, ils me l'avaient dit quand on s'était croisés. Quand ils sont revenus, il faisait nuit. Et c'est là que ça s'est passé. Le père Tiberge était maire à l'époque. Tout le monde a dit que c'était un accident. Souvent, on préfère croire à des choses plus confortables que la vérité. Elle peut être un véritable lit de clous.

— Pourquoi vous n'avez pas cru à un accident ?

Le visage de la vieille se ratatina. Ses lèvres remuèrent sur du vide.

— Madame ?

— Hmmm.

— Si ce n'était pas un accident, c'était quoi ?

Elle se pencha vers Audrey. Une haleine de caveau. La voix mouillée chuinta à son oreille :

— Moi, j'ai toujours pensé que c'était la mère Wenger.

— Quoi ? Mais comment aurait-elle pu faire ça ?

La vieille prit un air mystérieux et pincé.

— Ma petite, vous êtes bien jeune encore et vous venez de la ville, ça se voit. Il y a des choses qui vous échappent et c'est tant mieux. Mais ici, à la campagne, dans les villages, il y a des personnes qui ont des pouvoirs et qui savent les utiliser. Cette femme ne s'était jamais résignée à voir son fils vivre avec une autre.

— Et pour cette raison, elle aurait voulu aussi sa mort et celle de sa petite-fille ? Excusez-moi, mais ça ne tient pas.

— Elle détestait les femmes. N'aimait que son fils et son petit-fils, mais comme son fils l'avait trahie…

— Vous pensez qu'elle aurait alors provoqué l'accident avec des… pouvoirs magiques ?

Malgré la gravité des insinuations, Audrey se mordit la lèvre pour ne pas rire.

— Il n'y a rien de magique là-dedans, jeune fille ! C'est hélas bien réel. La mère Wenger était méchante et elle avait une mauvaise pensée. Elle imaginait que si elle se retrouvait seule avec son petit-fils, elle recommencerait sa vie d'avant, quand elle vivait avec son fils Léon. Alors elle leur a jeté un sort sur la route. J'en suis sûre.

Audrey se souvint que c'était ce qu'on racontait au sujet de la Crochue au village. La Crochue dont elle avait enfin le vrai nom, au bout de tant d'années. Coline Wenger.

Mais autre chose avait éveillé doublement son intérêt.

— Le maire, M. Tiberge, vous le connaissiez ?

— Bien sûr ! Peut-être que vous, à la ville, vous ne connaissez pas votre maire, mais ici, tout le monde le connaissait. Il avait beaucoup de terres et des bêtes. Il avait aussi trois fils. Paul, Pierre et le petit dernier, Frank.

Le cœur de la jeune femme manqua une marche.

— Les deux premiers ont repris la ferme avec le père. Comme ils chassaient avec le père Tiberge, sauf le petit dernier, je les voyais parfois venir par ici, après une chasse, avec des sangliers, des cerfs, des chevreuils morts. Pauvres bêtes. Ils les apportaient à Léon Wenger. Dites-moi à quoi ça sert, d'avoir ces bêtes-là empaillées chez soi ? Elles vous regardent tous les jours, les yeux pleins de reproches. Entre nous, les deux fils Tiberge, Pierre et Paul, ce n'étaient pas des enfants de chœur, ça non. Dieu ait leur âme. Mais comme ils étaient les fils du maire, on leur passait tout. Un jour, ils avaient dû pas mal boire et quand ils sont ressortis de la boutique de Léon, je les ai entendus dire des choses sales sur la jeune Mme Wenger. Vous savez, des choses qui ne sortent que de la bouche de voyous. Ils parlaient d'elle et ils riaient. J'aurais voulu leur dire que ce n'était pas bien, mais je ne m'en suis pas mêlée et je suis rentrée chez moi. C'était plutôt inquiétant.

« Et pour moi, de plus en plus intéressant », se dit Audrey, frissonnante. Il lui faudrait rapidement consigner ce récit dans son carnet qu'elle n'avait pas sorti afin de ne pas éveiller les soupçons de la vieille femme.

Audrey la remercia et la salua avant de reprendre le chemin de l'hôtel. En route, elle prit conscience qu'elle n'avait rien mangé depuis le matin. Qu'à ce rythme elle n'avait pas eu le temps de s'attarder sur la mort de Frank Tiberge et que c'était sans doute mieux comme ça.

L'obscurité était tombée, les quelques réverbères avaient pris le relais dans les rues du village. Mais ce n'étaient que des piqûres de moustique dans l'épaisseur de la nuit.

Notes du 25 juillet 1989

Frank Tiberge est mort. Une victime de plus au tableau de chasse du psychopathe. Mais Frank n'est pas une victime au sens propre du terme. Il ne devait pas l'être, dans la logique du tueur. D'ailleurs, existe-t-il vraiment une logique à ces meurtres ? Des prétextes, oui. Tout n'est que prétexte à tuer. Même la logique d'un malade.

L'acte n'est fondé sur aucun raisonnement.

Le tueur m'envoie un message. Tout semble s'organiser peu à peu autour de moi. Je frémis en écrivant ces lignes. Pourtant, je ne peux pas nier l'évidence. Il s'agit d'une mise en scène macabre dont je deviens le centre. La raison de cela m'échappe toujours et je ne dois pas m'éloigner de mon sujet, l'incendie du hameau. Pour l'instant, c'est Frank qui occupe mon esprit. À peine ai-je un moment de répit que le Visiteur revient cogner mon pauvre crâne. Je sens une pointe de douleur au fond de l'œil où il enfonce son doigt. Sourde et lointaine au départ, elle finit par me vriller le cerveau. Rien ne me soulage. Six aspirines par jour. Je cours aux toilettes entre deux lignes. Je n'ai plus rien à vomir.

Il faut que tu saches que je ne te lâcherai pas. Je ne te laisserai pas en paix tant que je ne saurai pas, tant que je ne pourrai pas te révéler au monde. Je serai ton Visiteur, ta pointe dans l'œil.

A. G.

19

Une fois dans sa chambre, Audrey n'eut pas le courage de demander s'il y en avait une autre de libre. Pour ne pas dormir une nuit de plus en face de celle où Frank avait été… dépecé. « Il a exécuté ça proprement, dans la salle de bains. » Les détails que Lagarde dispensait avec une précision chirurgicale lui firent froid dans le dos. De quel bois doit-on être fait pour résister à pareille horreur ?

En ouvrant son sac pour prendre un paquet de cigarettes, Audrey vit un coin de l'enveloppe kraft contenant les photos du corps, coincée entre des documents. Elle hésita à l'ouvrir. Était-il vraiment utile de les regarder ? Que pouvait lui apporter de plus la vue du corps mutilé d'un homme avec lequel elle avait couché ?

Pourtant, cédant à ce que l'on appelle le paradoxe de l'esprit humain, elle sortit la liasse de photos de l'enveloppe et les étala sur ce même lit où ils avaient frotté leurs peaux nues peu de temps avant.

Mais ce qui aurait pu ou aurait dû être insoutenable se transforma en une vision froide et banale d'un cadavre, d'une dépouille portant la signature morbide de celui que le jargon policier désignait comme un tueur en série.

L'intéressé, quant à lui, ne se définissait sans doute pas ainsi. Il se considérait davantage comme un artiste, un sculpteur de chair, un artisan.

Audrey n'avait plus sous les yeux le corps de Frank, mais celui d'un macchabée désormais destiné à être autopsié et étudié. Un corps qui livrerait sans pudeur ses secrets à la médecine légale. C'était ça, c'était le mot exact, l'impudeur.

Ce n'était plus Frank Tiberge, ce corps. Mais juste un corps. Lui, ce qui faisait que c'était lui n'existait plus. Cette vision ne lui procurait pas plus d'émotion qu'un morceau de viande à l'étal d'un boucher.

Les huit clichés pris sous des angles différents racontaient une tout autre histoire. Celle de l'homme qui avait réduit Frank Tiberge à un objet, celle de l'Empailleur qui courait toujours. Audrey frissonna à l'idée qu'il pût s'introduire encore dans sa chambre cette nuit. Elle laisserait la lampe allumée.

L'homme dont elle avait senti le souffle sur son front ne pouvait être que Léman. Son odeur, sa silhouette massive fondue avec l'obscurité. Elle le connaissait trop pour en douter. Mais pouvait-il être ce même monstre ? Pourquoi l'aurait-il épargnée en s'attaquant à Frank Tiberge ? Le récit de la vieille lui revint en mémoire. Elle avait bien parlé d'un différend entre Léon Wenger, le père de Léman, et les fils Tiberge, de leur comportement déplacé. Se souvenait-elle avec précision ? Avait-elle toute sa tête ?

Les photos du corps de Frank offraient différents niveaux de lecture. Si Audrey savait les déchiffrer, elles lui livreraient les secrets de l'Empailleur. Car cette fois, son « œuvre » lui était adressée. À elle seule. La valse des organes au-dessus du corps, le cœur de Tiberge qui occupait le centre. Sinistre mise en scène pour un message. « Que veux-tu me dire ? Pourquoi Frank ? POURQUOI ? »

Ses cris fusèrent dans le silence, jaillirent comme des pierres contre les murs, la porte. La porte de Frank fermée sur ses mystères. Aussitôt, Audrey entendit frapper en dessous comme un rappel à l'ordre. Forcément, si la vie s'était arrêtée pour elle, elle continuait pour d'autres.

D'un revers de la main, Audrey balaya les clichés du lit et, le visage enfoncé dans l'oreiller pour étouffer ses râles, elle laissa céder les digues en elle, passer les torrents contenus, leurs cascades noires et glacées la submerger tout entière. Puis elle retomba, inerte, dépouillée de l'intérieur, respirant du bout des lèvres. L'Empailleur n'avait plus qu'à faire son travail. Elle n'était plus qu'une peau vide et sèche.

Être en vie la réveilla assez tôt pour qu'elle prît le temps de rester un moment sous la douche et de se laver de toute cette horreur qui semblait lui coller à la peau.

Le remplaçant de Frank devait arriver dans la matinée, Mathieu Bilic aussi. Elle détestait déjà le premier. Le remplaçant. Le nouveau. Celui dont la présence recouvrirait peu à peu l'empreinte de Frank Tiberge, comme des pelletées de terre. Elle l'imaginait tout frais émoulu de l'école de police, propret, la raie sur le côté, sentant le chewing-gum à la chlorophylle et l'eau de toilette citronnée. Puis elle se raccrocha à l'espoir que la réalité ne charriait pas toujours ces caricatures de séries policières. Finalement, tout ce qu'elle demandait était de pouvoir poursuivre son travail sur un terrain d'entente.

Mathieu Bilic l'attendait en bas, à l'accueil de l'hôtel. Arrivé tôt en voiture, il avait eu le temps de monter poser ses affaires dans sa chambre, à côté de la sienne. Celle de Frank juste en face était encore sous scellés.

Audrey avait connu Mathieu quelques mois plus tôt, lors de son stage au journal, ce qui leur épargnait donc d'ennuyeuses présentations. D'origine croate, Mathieu Bilic en avait le physique racé et méditerranéen. Son corps était une merveille de proportions. Des cheveux bruns soyeux, brillants, tombaient en boucles sur son front et sa nuque ; sa peau, mate en permanence, semblait avoir fait le plein de soleil pour le reste de sa vie. Et ses mains, qu'Audrey avait tout de suite remarquées, ses mains aux ongles roses, courts, mélange d'animalité et de douceur.

Quand il souriait, découvrant une rangée de pépites blanches, c'était comme si un éclat de lumière venait se planter dans les yeux. Parfait, Mathieu, presque trop. Cette perfection sensuelle en troublait et affolait plus d'une. Audrey n'était pourtant pas de celles-là et se demandait elle-même par quel mystère de la nature. Sans doute parce que la perfection, le côté « lisse » d'un individu l'ennuyaient à mourir. Elle demeurait ainsi le dernier bastion de résistance que Mathieu Bilic et son sourire du Sud ne parviendraient pas à abattre. Ce qui faisait sa force face à lui, sur le terrain professionnel. Il usait de tous ses charmes à son intention. Charmes délicieusement vains, mais plaisants. Il l'accueillit avec un regard enjôleur qui s'effaça aussitôt devant son air sombre et ses yeux rougis. Il la suivit dans la salle du petit déjeuner.

— Bien dormi ? lui lança-t-il en s'installant en face d'elle.

Il avait une façon adorable de rouler les r, délicatement, comme s'il se caressait le palais avec la langue.

— Comme un loir, la campagne, ça me réussit.

— Un loir un peu abattu, non ?

Mathieu Bilic avait un flair de renard pour détecter une histoire de cul à cent kilomètres. Il lui fallut jouer les fines mouches.

— On le serait à moins, tiens, jette un coup d'œil à ça. Un café ?

— Merci.

Audrey lui brandit sous le nez les photos de

Frank Tiberge. Le beau petit Mathieu allait faire son baptême de l'horreur. Le café coula dans la tasse avec un chuintement clair et familier. Un mince filet brun parfumé.

— La vache ! Toujours ce cinglé ?

— Dans toute sa splendeur.

Heureusement, Audrey parvint à se contenir à la vue, une nouvelle fois, de la dépouille de Frank. On peut maîtriser ses émotions, mais on ne s'habitue jamais à l'horreur.

— Ça avance ?

— On attend les résultats de l'autopsie de Tiberge en même temps que son remplaçant. Avec impatience.

Elle avala sa salive. Amère.

— Et l'affaire du feu ? Du nouveau ?

— Tu ne lis pas mes articles, toi… Ça piétine. Les vacances d'été, ce n'est pas bon pour les enquêtes criminelles. On est dans la mauvaise période.

— Sauf que l'Empailleur et le pyromane, eux, ne sont pas en vacances.

Audrey s'esclaffa.

— Les congés payés, ils connaissent pas, ça non !

— Qu'est-ce que tu en penses ?

— Je suis journaliste, pas flic.

Mathieu sourit. Dents étincelantes de jeune carnassier. Audrey chercha désespérément une imperfection dans ce physique de mannequin pour *Vogue Hommes.* Elle mordit la pointe d'un croissant.

— Ça ne t'empêche pas de penser, d'avoir une opinion à toi, une théorie.

— Je me méfie des théories. Pour les casser, il faut un marteau-piqueur. J'ai mes yeux, mes oreilles, mes petites jambes et, accessoirement, une bouche pour poser des questions. Voilà mes outils de travail.

Elle ne lui parla pas, bien sûr, de ceux dont elle s'était servie avec Frank Tiberge. Mathieu la regarda. Une lueur espiègle au fond de ses yeux couleur de bière belge. Il eut un petit rire et pointa l'index vers les lèvres de sa consœur.

— Tu as des miettes partout autour de la bouche.

Déjà gamine… Un vieux truc qui lui était resté. Elle les essuya d'un revers de main.

— Pourquoi il… il fait ça avec ses victimes ?

— Ce sont « ses » victimes parce qu'il leur fait ça. Il se les approprie. Entre ses mains, un corps n'est plus qu'un vulgaire sac à vider et à remplir de messages, et la peau, du cuir à travailler.

— Des messages ? Qu'est-ce qui est écrit ?

— Pas ce genre de messages. Mais des objets naturels, à valeur symbolique à ses yeux. C'est un travail de reconstruction, de reconstitution. Une sculpture, une œuvre d'art.

— Pourquoi l'appeler l'Empailleur, alors ?

Audrey tourna sa tasse plusieurs fois sur elle-même avant d'aspirer un fond pâteux de sucre et de café. Son goût effréné du sucre lui taillait un chemin vers le diabète, qui jouissait d'un terrain familial.

— Je ne sais pas. Ils l'appellent tous comme ça,

ici. Il ne garde que l'enveloppe corporelle. C'est ce qui l'intéresse.

— Il opérerait une sorte de purification des êtres ? Les vider de leurs organes, de leur « intérieur » malsain pour leur donner l'éternité. Une sorte de naturalisation au sens propre.

Roulement de r, léger, chantant, craquant. Son analyse sonnait assez juste.

— Tu as couché avec Tiberge ?

La question sans transition cloua Audrey sur place. Mathieu Bilic était aussi capable de ce genre d'indiscrétion. Mais il la formula avec la même spontanéité et le même naturel que s'il lui avait demandé si elle aimait le chocolat. À tel point que sa stupeur se dissipa aussitôt. Elle ne lui répondit pas pour autant. Son naturel était malgré tout différent du sien, plus réservé, surtout lorsqu'il s'agissait de sa vie privée.

Et puis, autre chose la préoccupait. Elle n'avait pas retranscrit les révélations de la vieille dans son carnet comme elle s'était promis de le faire à son retour. L'excuse pour fausser compagnie à son coéquipier était toute trouvée. Elle allait retourner voir cette femme et ses souvenirs, munie cette fois de son dictaphone. Ainsi, sa voix rapporterait fidèlement son histoire.

— J'ai une course à faire… On se rejoint en fin de matinée au Bar du centre…

Le regard de Mathieu Bilic se voila légèrement. Il semblait déçu de se voir si vite contourné.

— Tu ne me caches rien, j'espère… Josserand veut que…

— Ah, tu m'agaces, avec tes manières de premier de la classe, Bilic. Josserand n'est pas sur le terrain. C'est facile de balancer des consignes au téléphone derrière un bureau. L'essentiel, c'est qu'on lui donne ce qu'il veut, à Josserand, pour qu'il puisse nourrir ses fauves, leur donner de l'info toute fraîche en pâture. Peu importent les moyens. Il t'a envoyé ici pour faire équipe avec moi, OK. Mais faire équipe ne signifie pas forcément être collés l'un à l'autre. Le syndrome des siamois, ce n'est pas mon truc…

Elle s'arrêta net. Son front se plissa sous l'hésitation.

— Dis voir, Bilic, il ne t'a pas envoyé vérifier si je fais bien mon boulot, par hasard ?

— Il a confiance en toi, Audrey. Mais selon lui, à deux, on sera plus efficaces.

— Il t'a vraiment dit ça ?

— Comme tu viens de l'entendre.

— Alors, parfait. Il s'agit donc de se répartir intelligemment les tâches. Pendant que je règle une affaire, tu ne veux pas faire un tour aux archives de la commune ? J'ai commencé une recherche dans laquelle j'ai été interrompue sans avoir pu trouver…

Elle voulait parler des enfants juifs, du groupe de Jacobson, de cette liste de noms qu'il lui fallait absolument. Le Croate fut obligé de reconnaître le bon sens de sa remarque.

— Et ton affaire… Il y a un rapport avec le tueur ou l'incendie ?

— Possible. Je te tiens au courant.

Le temps de récupérer au vol son matériel – appareil photo et dictaphone – et elle se retrouva à peine cinq secondes plus tard sur le chemin de l'atelier du taxidermiste.

20

Malgré une certaine inexpérience, Audrey était taillée pour ce métier gouverné par l'inattendu. Elle s'y frayait peu à peu un chemin à la machette et avait pu, en quelques premières années difficiles, gagner le respect de ses confrères. C'était encore un monde d'hommes malgré tout. Elle aimait par-dessus tout partir sur le terrain, parfois dans le chaos, la poussière, les accidents ou l'intimité d'un entretien et, la récolte faite, retourner écrire dans l'espace de son bureau ou d'une chambre d'hôtel. Après la griserie de la découverte, ce corps à corps solitaire avec les mots, ce défrichage des informations, des notes recueillies dans son carnet ou, lorsqu'il n'y avait plus de pages à noircir, griffonnées au dos d'un chéquier ou d'un paquet de cigarettes… Il fallait élaguer, évider, disséquer pour reconstruire un texte et atteindre une harmonie entre style et cohérence, une fluidité à la lecture tout en donnant l'essentiel de l'information. Finalement, ce travail n'était pas si éloigné de celui de l'Empailleur, sauf que pour elle, il s'agissait de mots.

Il était neuf heures légèrement passées. Chez les gens de la campagne, ce n'était pas trop tôt, bien au contraire.

Arrivée sur les lieux, elle se dirigea aussitôt vers la petite porte à la peinture verte écaillée du rez-de-chaussée. L'entrée juste avant celle de l'ancien atelier de Léon Wenger.

Au moment de frapper, la jeune femme s'aperçut que la porte était légèrement entrouverte. La vieille avait dû oublier de la refermer en sortant chercher le pain ou faire ses courses. Elle semblait encore assez alerte pour pouvoir se déplacer seule jusqu'aux commerces.

En attendant son retour, Audrey prit quelques photos de ce qui avait été la vitrine et l'enseigne du taxidermiste, puis s'assit sur le petit banc, sortit son carnet et relut quelques notes. La journée promettait d'être belle et chaude. Une lumière huileuse glissait sur les toits, mais la ruelle resterait dans l'ombre jusqu'à midi au moins.

Au bout d'une demi-heure, Audrey se leva et refit quelques pas devant la porte de la vieille. Sa position finit par l'intriguer. Elle n'était pas entrouverte avec un espace suffisant pour laisser penser que c'était volontaire, que la propriétaire des lieux se trouvait à l'intérieur et signifiait ainsi à un visiteur qu'il pouvait entrer. C'était plutôt comme si elle avait été mal refermée dans la précipitation.

Audrey la poussa doucement, juste assez pour y passer tout d'abord la tête. L'entrée donnait directement sur la cuisine qui faisait aussi office de pièce à vivre. Du plafond, pendaient des rubans adhésifs jaunâtres, pièges à mouches des demeures paysannes. Le mobilier, modeste et réduit au strict minimum – une table de campagne, un buffet rustique, quelques chaises dépareillées à l'assise en osier ou en formica, un vieux réfrigérateur bosselé et un réchaud –, reflétait une apparente pauvreté. Toutefois, il ne fallait pas se fier à ces indices trompeurs. La plupart du temps, les billets étaient cachés dans la boîte en fer, elle-même à l'abri, et parfois, même les matelas étaient rembourrés d'autre chose que de laine ou de paille…

La voix d'Audrey s'éleva juste assez pour ne pas ameuter le voisinage.

— Bonjour, il y a quelqu'un ? Houhou, madame ! Vous êtes là ?

Comme personne ne répondait, après une rapide inspection de la pièce, la journaliste se risqua à l'intérieur en prenant soin de refermer la porte derrière elle. Si, d'aventure, la vieille revenait et qu'elle la surprenait là, elle pourrait toujours lui expliquer que, la cherchant et voyant la porte entrouverte, elle s'était inquiétée et voulait vérifier que tout allait bien.

C'était prendre un risque, Audrey le savait. Les villageois sont des gens sur leurs gardes, d'une nature méfiante, peut-être plus encore que les citadins. Ses nombreux séjours à proximité de ce village et dans un lieu encore plus fermé avaient permis à Audrey de connaître leurs mécanismes et, parfois, d'être directement confrontée à leurs soupçons.

La vieille se tromperait peut-être sur ses intentions et l'accuserait de vouloir la voler. Mais Audrey en acceptait les conséquences. Sa curiosité et ses réflexes journalistiques l'emportaient sur la raison.

Elle avançait pas à pas, le souffle court, lorsqu'un gémissement étouffé venant d'en haut la stoppa net. Elle eut soudain la conviction qu'il était arrivé quelque chose à la vieille, un accident domestique, un malaise… Une appréhension la gagnait. Elle n'avait rien à faire là, lui soufflait sa conscience. Petite voix brusquement interrompue par une autre, plus agressive et convaincante : « Vas-y, continue, ma fille, tu ne seras pas déçue… »

Elle se dirigea vers les sons, aigus et plaintifs. Remarqua un escalier dans la pénombre. Des marches en bois vermoulu menaient à l'étage, plongé lui aussi dans l'obscurité.

Audrey mit un pied sur une marche qui craqua. L'escalier n'était pas très sûr. Aussi amorça-t-elle presque à tâtons une ascension prudente, pour ne pas risquer la chute, se fiant surtout à un sombre pressentiment.

— Est-ce que ça va ? Où êtes-vous ? réitéra-t-elle, haletante.

Seuls les gémissements lui parvinrent, à peine plus distincts. Cette fois, il ne faisait aucun doute qu'il s'était produit quelque chose de grave et que ça empêchait cette pauvre femme de bouger et de répondre distinctement.

Audrey laissa aller sa main le long du mur. Cela la guiderait jusqu'en haut. Arrivée à la dernière marche, elle chercha un interrupteur. Procédant de façon rationnelle et sans affolement, elle finit par le trouver. Il céda sous son doigt et une lumière poussiéreuse éclaira le couloir qui menait aux chambres et sans doute à la salle de bains. Elle progressait dans une odeur rance de vieux murs et de moisissure. Prit une inspiration et tendit l'oreille. Les plaintes avaient cessé, la privant de ces points de repère auditifs.

— Madame… Je suis à l'étage, je vais vous rejoindre et vous aider…

Les mots sortaient affaiblis de sa gorge rétrécie par l'angoisse. L'atmosphère s'épaississait en même temps que ce silence soudain, la laissant avec une étrange sensation. Pourquoi s'était-elle obstinée à vouloir enregistrer son histoire ? Par pur réflexe professionnel, et aussi parce qu'elle jugeait le récit de la voisine de Wenger suffisamment intéressant.

Il lui sembla entendre à nouveau des geignements provenant de derrière une porte close. Celle qui se trouvait droit devant elle. D'une main tremblante, elle tourna la poignée et appuya sur un deuxième interrupteur.

Elle se vit pénétrer dans ce qui pouvait ressembler à une salle de bains exiguë, où elle avisa tout de suite un miroir cassé fixé au mur de travers au-dessus d'une vasque à l'émail craquelé, une bassine bleue posée à même le sol à côté d'une serpillière. Audrey buta contre un bidet rempli de boîtes de médicaments avant de lever les yeux sur la baignoire à moitié dissimulée derrière un rideau de douche crasseux qui, autrefois, avait dû être blanc.

Ce qu'elle entendit de l'autre côté la glaça. Une respiration sifflante, saccadée, caractéristique. Celle d'un être humain à l'agonie.

Se préparant au pire, elle tira doucement le rideau de douche qui, stoppé par un poids inerte, ne put coulisser complètement. Elle insista jusqu'à ce que le rideau cède. Devant la scène qui s'offrit à ses yeux, la journaliste défaillit et se rattrapa de justesse, le poing serré sur la toile cirée.

Dans la baignoire, la vieille femme, entièrement nue, gisait dans son sang. Ses jambes étaient écartées en une posture obscène que la présence d'un objet apparemment enfoncé dans son rectum rendait encore plus violente et grotesque.

Mais c'était autre chose encore qui poussait l'horreur à son paroxysme et qui envoya Audrey vomir ses tripes dans la vasque. Le thorax et l'abdomen de la pauvre vieille s'ouvraient en une plaie béante pratiquée sur toute la longueur.

Bleus et luisants, les viscères palpitaient encore. Car malgré ses terribles blessures, la victime était vivante.

Audrey pouvait désormais employer ce terme à son propos. Il s'agissait bien d'une « victime ». Mais était-elle l'une de « ses » victimes ? Avait-il été, surpris en pleine action par l'arrivée d'Audrey, contraint d'abandonner sa proie ?

Une chose était sûre pour la première fois dans cette série de meurtres, l'Empailleur ouvrait ses victimes alors qu'elles étaient encore en vie. Il les éventrait d'un coup de lame. Les voir se tordre de douleur et agoniser sous sa main devait le remplir d'une jouissance morbide, d'un sentiment de puissance absolue. Quel être était capable de ça ? Le plus effroyable dans tout cela était qu'il s'agissait bien d'un être humain, dont chaque geste était réfléchi, pesé, pensé. Dont chacun des actes commis avec une atrocité préméditée se chargeait de noirs symboles connus de lui seul. Imaginer un seul instant que, toutes ces années d'enfance, elle avait eu pour compagnon de jeux un monstre, un fou sanguinaire, suffisait à provoquer en elle une peur semblable à celle que peut éprouver un enfant perdu ou enfermé dans le noir.

En même temps que lui venaient ces pensées, Audrey, fascinée, ne pouvait détacher ses yeux de la vieille femme agonisante. Il n'y avait plus rien à faire pour elle. Simplement être là, lui assurer une présence à peu près réconfortante jusqu'à la fin. Mais de quel réconfort pouvait être le témoin terrifié de son agonie ? Quel apaisement pouvait lui apporter celle qui, après avoir vidé le contenu de son estomac dans la vasque, était revenue contempler la scène d'un air hébété ?

Elle attendit plusieurs secondes, tétanisée par l'idée que la vieille pût mourir en son absence, le temps qu'elle descende chercher de l'aide, aux côtés de la malheureuse, les bras ballants, les yeux secs, avant de se décider à agir. En réalité, il lui fallut faire le vide dans son esprit pour prendre la meilleure décision.

La conscience de l'urgence sortit soudain Audrey de sa paralysie mentale. Elle avait décrété à première vue qu'il n'y avait plus rien à faire, mais la vieille respirait encore. Le sang alimentait toujours ses organes vitaux et son cerveau. Ce n'était pas à elle de poser le diagnostic… Ce n'était pas à elle de décider si l'infortunée aurait la force de se battre pour survivre à une telle horreur sur son propre corps. Sans parler de la douleur… L'entaille avait été réalisée à vif, à l'aide d'un outil parfaitement aiguisé servant à ce genre de découpage. Un couteau de chasse ou de plongée, suffisamment tranchant et acéré pour traverser la peau et la chair.

— Ne bougez pas, je reviens tout de suite, je vais appeler les secours…

Elle redescendit l'escalier en courant et sentit quelques larmes s'échapper le long de ses pommettes. Elle abandonnait la malheureuse à son sort, ou plus exactement le plaçait entre les mains des secours.

Une fois sortie de ce théâtre d'épouvante, Audrey parvint à atteindre une cabine téléphonique qu'elle avait déjà repérée la première fois qu'elle s'était égarée dans la ruelle. Par chance, elle avait également quelques pièces dans son sac – un reliquat de monnaie pour les Camel – et par chance aussi, le téléphone public était en service.

Elle réussit à composer le 15 au bout de deux essais et obtint les services du SAMU de la ville la plus proche assez rapidement. Une voix féminine plutôt nasillarde la pria de patienter. Comme s'il était devenu indépendant du reste de son corps, son index gauche s'était mis à tapoter frénétiquement les parois de la cabine, au rythme de son pied. Audrey sentit monter la pression. Lorsque la standardiste la reprit, elle allait raccrocher et appeler directement les flics.

Elle lui exposa la situation en quelques mots, donna l'adresse et, lorsque la voix nasillarde lui demanda son nom, elle coupa la communication, préférant rester dans l'anonymat.

Ensuite, elle glissa une autre pièce et, cette fois, obtint les services de police. Un homme lui répondit d'un ton las. Cette fois, Audrey prit soin de mettre un mouchoir entre sa bouche et le combiné. D'un trait, sans s'interrompre, donnant à sa voix un timbre plus grave, elle dit qu'il s'agissait d'une urgence, sans doute un crime crapuleux avec agression sur une dame âgée, donna l'adresse et le nom de la vieille, inscrit sur la porte, « Marguerite Segart », et raccrocha aussitôt.

Une fois toutes ces informations données, Audrey s'adossa à la vitre de la cabine et reprit lentement son souffle. Son pouls battait à 120.

« Tu en verras des vertes et des pas mûres dans ce métier. Tu sauras très vite si tu es faite pour lui », lui avait dit Josserand peu de temps après son arrivée. Promesse tenue.

Trois coups frappés à la porte de la cabine la

firent sursauter. Elle se retourna et vit un homme qui s'impatientait en regardant partout autour de lui. Son accoutrement attira instantanément son attention. Une panoplie d'un autre temps. Un chapeau en feutre noir, une chemise blanche à col droit sous une veste sombre malgré la chaleur, un pantalon de toile marron et d'épaisses sandales en cuir. Un Pur. Pourtant, son visage lui était inconnu. Venait-il du hameau ? Il semblait pressé de passer son appel et de quitter les lieux. Audrey proféra quelques mots d'excuses en sortant et leurs regards se croisèrent sans hostilité. S'il savait…

Elle ne put s'empêcher de se retourner, mais ne vit que son dos, ses épaules larges et massives. Était-il là pour l'affaire de l'incendie ? Elle avait eu connaissance que les Purs formaient leurs propres enquêteurs et il arrivait qu'ils soient dépêchés d'une autre ville sur un événement touchant la communauté.

Elle hésita à l'interpeller pour lui poser quelques questions, mais cela aurait attiré ses soupçons.

Elle entendit au loin les sirènes des secours et probablement des voitures de police. Il était grand temps qu'elle s'éloigne de là pour regagner le Bar du centre où l'attendait Mathieu Bilic.

21

Le Croate venait d'arriver et s'était mêlé aux buveurs de pastis qui garnissaient le comptoir. Audrey ne pouvait pas le rater, avec sa haute stature et son sourire émaillé.

Elle se glissa jusqu'à lui en jouant des épaules à travers la fumée de Gitanes, passablement essoufflée.

— Tu as le diable aux trousses, on dirait ?

Le Croate devait ces quelques formules un peu désuètes à ses études de français littéraire à l'université de Zagreb et à un apprentissage essentiellement livresque.

Audrey lui répondit en évitant son regard :

— J'avais peur de m'être trop attardée.

— Oh, je te croyais plutôt du genre à faire attendre les hommes.

— Pas quand il s'agit du boulot.

Elle lui parla de l'homme au chapeau qu'elle venait de croiser en sortant d'une cabine téléphonique où elle avait eu un appel urgent à passer à sa mère. Ça, elle pouvait le lui raconter.

Il connaissait déjà par Josserand ses liens avec le hameau.

— Tu crois que cet homme, ce Pur dont le visage t'est inconnu, pourrait être lié à l'incendie ?

— Je l'ignore et je ne veux pas me contenter de croire. En tout cas, je ne l'ai jamais vu au hameau. Mais je sais que la communauté a ses propres enquêteurs et qu'elle peut en dépêcher un de n'importe quelle région de France où se trouvent des regroupements de Purs.

— Sauf que tu n'es jamais retournée au hameau depuis une dizaine d'années. Il a pu y avoir du changement. Des nouveaux venus.

— Exact. C'est ce que j'aimerais vérifier.

Le barman leur servit deux blancs limés en leur jetant un œil curieux. Comme beaucoup ici, la couperose lui faisait une sorte de masque rougeaud et ses yeux bleu délavé semblaient humides en permanence.

— Et toi ? Tes recherches ont donné quelque chose ? Tu as pu avoir les noms des enfants ?

À l'air penaud que prit le Croate, Audrey ne se fit pas trop d'illusions et secoua la tête en silence. Elle ne savait plus vers qui ils pourraient se tourner et regretta de ne pas avoir davantage questionné Grand-ma, à l'époque où elle lui avait montré la photo. Au moins, elle connaissait le nom d'un des sept enfants, celui qui avait la peau foncée. Raoul Bonaventure. Mais elle n'en dit rien à Mathieu Bilic. Pas encore. C'est alors qu'un éclair de méfiance lui traversa l'esprit.

— Tu ne gardes rien pour toi, hein, Mathieu ? Pas de rétention d'informations ?

Le sourire croate s'effaça aussitôt.

— Non. Et puis, même si je le voulais, à toi, je ne pourrais rien cacher bien longtemps.

Traduction simultanée : tu es tellement chieuse et méfiante que…

— C'est vous, Audrey Grimaud ?

La voix grasse du barman. Elle acquiesça.

— Un appel pour vous. Allez décrocher le téléphone, là-bas.

Elle se rendit d'un pas rapide dans la direction qu'il lui indiquait, à l'entrée des toilettes, et saisit le combiné.

— Lagarde. Un meurtre, impasse du Puits. Un lien possible avec ceux de l'Empailleur. Vous vous ramenez, mais je ne vous ai rien dit. Nous sommes sur les lieux, avec le remplaçant du chef. Je vous le présenterai.

Le lieutenant avait un débit rapide, feutré, comme s'il avait peur d'être entendu. Audrey sourit intérieurement. Lagarde lui renvoyait l'info qu'elle avait donnée à la police une vingtaine de minutes auparavant. En général, les fuites dont bénéficient les journalistes sur des faits divers viennent des pompiers ou des flics, quand ce n'est pas de l'entourage même de la victime ou son voisinage. Elle avait bien fait de laisser le numéro de téléphone de tous les lieux où elle pouvait être joignable.

De retour au comptoir, Audrey sauta sur son sac et gagna la sortie, Mathieu Bilic, surpris, à sa suite.

— Un meurtre…, lui souffla-t-elle une fois dehors.

Les pompiers devaient ressentir la même exaltation à l'annonce d'un feu ou d'une catastrophe. À la différence qu'eux pouvaient laisser leur vie sur une intervention.

Un meurtre, lui avait annoncé Lagarde. La vieille avait donc passé l'arme à gauche. Rien de très surprenant.

Le fait qu'Audrey fût déjà au courant du drame n'enlevait rien à son excitation croissante. Elle en avait le goût dans la bouche. Devrait jouer la comédie devant son collègue et devant les officiers de police. Soudain, un détail auquel elle n'avait pas pensé lui vrilla l'estomac. Ses empreintes… Elle n'avait pas touché à grand-chose chez la vieille, excepté la poignée de porte de la salle de bains et le rideau de douche qu'elle avait tiré, la main crispée dessus. C'était suffisant. Si les enquêteurs parvenaient à les identifier à partir des prélèvements, elle pouvait renoncer à sa carrière. La panique se répandit jusque dans ses extrémités comme une huile bouillante.

Une seule chose pouvait lui éviter la catastrophe, la chance. Une chance énorme, une chance scandaleuse.

Malgré de violentes crampes d'estomac, elle fit bonne figure sur tout le trajet. Mais à la vue des voitures de gendarmerie, de police et de l'ambulance qui encombraient l'entrée de la voie sans issue, elle ralentit imperceptiblement le pas. Avec sa finesse d'esprit, Mathieu Bilic s'en aperçut. Une telle réaction était plutôt inhabituelle, de la part d'un journaliste envoyé sur le terrain.

— Ça va, Audrey ?

— Très bien. Pourquoi ?

— Je ne sais pas, tu n'as pas l'air dans ton assiette…

— Des problèmes féminins… Ça fatigue un peu et ça exacerbe les réactions.

Le Croate eut un rire silencieux.

— Désolé.

— Pas de souci.

Un périmètre de sécurité avait déjà été délimité. Les deux reporters durent brandir leurs cartes de presse sous le nez des gendarmes. Les flics en civil devaient se trouver à l'intérieur. On les laissa franchir le premier cordon, mais on leur interdit l'entrée du domicile de la vieille. Se rappelant son inspection des lieux soldée par la sinistre découverte et se voyant bloquée devant la maison de Marguerite Segart, Audrey songea qu'elle était en train de vivre une situation complètement schizophrénique.

Elle demanda à voir le lieutenant Lagarde.

— Dites-lui bien que c'est de la part d'Audrey Grimaud. La journaliste du *Quotidien.* Merci.

Les rapports qu'elle avait entretenus avec Frank Tiberge avant leur ultime accrochage n'étaient pas vraiment le reflet des relations qui existaient officiellement entre les journalistes et la police. Le plus souvent, les journalistes de terrain étaient perçus comme une menace pour le secret de l'enquête, voire une entrave au bon déroulement de celle-ci. Trop d'informations divulguées dans un canard pouvaient nuire à l'affaire tant que le coupable n'était pas arrêté. De manière plus officieuse, un journaliste a malgré tout ses entrées dans la police et les informations circulent à coups d'échanges de services.

Mathieu Bilic et Audrey faisaient donc l'objet d'une surveillance discrète et, parfois, de regards ouvertement hostiles.

Elle nota avec quelque agacement que le correspondant du coin se trouvait aussi sur place. Le genre à vouloir se donner des airs de vieux reporter à la retraite, qui en a vu et à qui on ne la fait plus, alors que son terrain de chasse se limite à la mairie du village et au Bar du centre. Un début de calvitie maladroitement dissimulé par des cheveux gras et filasse peignés sur le côté, des verres en cul-de-bouteille, un pantalon beige en tergal tombant sur des bottines marron et une chemise couleur lie-de-vin boutonnée jusqu'au col sous un gilet en cuir noir.

Seul un détail donnait à sa physionomie un air sinistre et tranchait avec son allure outrée. Une balafre à la boursouflure violacée qui paraissait ancienne lui barrait le visage, coupant le nez sur son passage et allant se perdre dans une barbe fournie.

Voyant se pointer des « collègues », il se rengorgea, tout heureux d'appartenir à la même confrérie, et leur donna tour à tour une poignée de main calleuse à décrocher un bénitier.

— Roger Berlini, journaliste.

Une carrure de bûcheron et un parfum bon marché. D'emblée, Audrey n'aima pas sa façon affectée de se présenter.

— Enchantée, mentit-elle. Vous travaillez pour quel titre ?

Sa question parut le dérouter. « Vas-y doucement, sois indulgente, ne l'envoie pas tout de suite au tapis... », semblait lui dire le regard que lui lança Mathieu Bilic à cet instant. « Tu as raison, il peut même nous servir, sait-on jamais », lui répondit-elle en silence, d'un simple clignement de paupières.

— En fait, je travaille pour *La Gazette*, le journal de la commune.

Devant la mine déconfite de ses deux confrères de la ville, Berlini jugea utile de s'expliquer sur sa cicatrice.

— Un coup de corne lors d'un reportage chez un éleveur, proféra-t-il d'une voix de meule. Ce n'est pas à vous que ça arriverait, ce genre d'accident du travail, hein ?

Audrey se mordit la lèvre pour ne pas éclater de rire. Tout lui semblait si dérisoire après l'horreur qu'elle venait de voir. Après le dépeçage de Frank. Après... quoi encore ?

Elle vit Lagarde sortir de chez la vieille et fondit aussitôt sur lui, talonnée par les deux B.

— Lieutenant, qu'est-ce que ça veut dire, cette restriction, là ?

— Ça veut dire que vous avez bénéficié des

faveurs de l'ancien boss. Et que ça, je crains que ce ne soit fini.

Lagarde n'affichait aucune animosité. Il semblait même embarrassé.

— Dites-nous au moins ce qui s'est passé, insista Audrey.

Le lieutenant regarda derrière lui comme s'il avait peur d'être surpris. Audrey comprit de quoi il retournait. La crainte de la hiérarchie.

— Pour l'instant, la scientifique fait son boulot. Prélèvements, indices. Il y a aussi la gendarmerie. Que du beau monde… Elle peut être contente d'attirer tous ces messieurs à son âge, la mère Segart. À ce propos, si on a pu être aussi réactifs, c'est grâce à un coup de fil anonyme. Quelqu'un nous a prévenus, quelqu'un qui se trouvait déjà sur les lieux.

Lagarde riva son regard à celui d'Audrey avec insistance. Elle parvint à le soutenir sans trahir l'émotion qui lui comprimait la poitrine. « Tu ne trouveras pas ce que tu cherches au fond de mes yeux, Lagarde », pensa-t-elle.

Un bruit de pas leur fit tourner la tête dans la même direction. Un homme en imperméable gris et costume ardoise sur chemise blanche, assez grand, cheveux noirs ondulés ramenés en arrière par une bonne dose de gel, peau mate et regard acéré, avançait vers eux, escorté de deux gorilles en cuir, brosses blonde et rousse sur la tête.

« Il est parfois difficile de distinguer un flic d'un voyou, heureusement qu'ils ont ce genre d'insigne au bras », se dit Audrey en voyant les deux types qui arboraient ostensiblement leur brassard.

Lagarde recula d'un pas, laissant la place à celui qui devait sans aucun doute être le remplaçant de Frank Tiberge. Mais l'homme s'adressa à lui, comme si les trois journalistes n'existaient pas.

— On vous attend, à l'intérieur, Lagarde.

Alors qu'il faisait mine de s'éloigner sans prêter attention à Audrey et ses deux confrères, Lagarde fit une timide tentative pour le retenir.

— Je vous présente le commissaire Farouk, lança-t-il à l'intention des journalistes.

Farouk sortit la main de la poche droite de son imper et la tendit tour à tour à Bilic, qu'il gratifia d'un regard un peu plus appuyé et presque avenant, puis à Berlini. Continua d'ignorer parfaitement Audrey. Puis fit mine de s'éloigner.

— Et moi, je pue ? lâcha-t-elle dans son dos.

Ils virent Farouk s'arrêter, faire demi-tour et s'approcher d'eux. D'un air mauvais, il s'adressa cette fois tout particulièrement à elle. Son haleine était parfumée, mais Audrey n'arriva pas à identifier à quoi.

— Vous, je ne vous connais pas. Pas plus que vos confrères ici présents, d'ailleurs. En revanche, j'ai entendu parler de vous. Sans remettre en cause vos qualités professionnelles, ça ne joue pas forcément en votre faveur. Et si le commissaire Tiberge, sur lequel je ne porte aucun jugement de valeur, était tolérant sur certaines choses, pour ma part, je ne le serai pas. Il se trouve que je suis parfaitement au courant de la petite visite rendue à Mme Segart et que je sais aussi que c'est la même personne qui a averti nos services. Étant donné que cet appel nous a permis une bonne réactivité, je ferme les yeux pour cette fois et me considère comme quitte. Mais je le redis aux journalistes réunis, je ne laisserai personne entraver l'enquête au profit de vos foutues publications. Les informations vous parviendront en temps voulu et seulement dans le cadre de conférences de presse.

Notes du 28 juillet 1989

Le remplaçant de Frank m'a fait une très mauvaise impression. Il doit être compétent, mais il a déjà annoncé la couleur. À défaut d'être sympathique, j'espère qu'il sera un bon traqueur.

Berlini, un drôle de type. Une méchante cicatrice au visage. Il dit que c'est un coup de corne, mais je le soupçonne de vouloir se faire mousser. Ça doit faire partie du personnage. Pourtant, il y a quelque chose qui sonne faux. Peut-être ses cheveux. On dirait des implants. Ce ne serait pas étonnant.

La journée a été rude. Du coup, pas de photos de la dernière victime. Je n'aurais pas dû avoir d'états d'âme, seulement shooter quand je me trouvais là avant tout le monde. J'y étais, bon sang ! Elle respirait encore… Si j'avais eu la photo, Josserand ne l'aurait sans doute pas passée dans le canard. Tout comme les clichés du corps de Frank. Mais il aurait vu que j'y étais. Il aurait vu l'horreur. Bilic a juste shooté le corps dans sa housse. Fermée bien sûr.

Lagarde doit m'appeler dans la soirée pour les résultats de l'autopsie des victimes de l'incendie. Le légiste est un ami à lui. Quelles surprises nous attendent encore de ce côté-là ? Nous n'avons toujours pas mis la main sur la liste des enfants cachés au hameau. Souvent, je me demande ce qu'ils sont devenus et quels adultes ils sont aujourd'hui après avoir vécu tant d'horreurs. Une seule personne pourrait peut-être me donner leurs noms. J'ai reculé jusqu'à maintenant pour ne pas le contacter. Il est si loin et je n'ai rien à lui dire. David Jacobson. Le père biologique du mien. Lui, doit savoir.

A. G.

22

Audrey prit l'appel dans sa chambre. Elle était éreintée et, encore une fois, se débattait avec le Visiteur. Cette lutte nécessitait une immersion dans le noir absolu.

— Lagarde. Je vous rappelle pour les résultats d'autopsie. Raoul Bonaventure fait partie des sept victimes. Deux femmes, cinq hommes. Seulement, il y a un hic.

— Lequel ? murmura Audrey, une bouillotte plaquée sur l'œil droit.

— Ils ne sont pas morts par les flammes, ni même intoxiqués par les gaz.

— Je vous en supplie, Lagarde, pas de suspense, je ne suis pas en état.

— Qu'est-ce qui vous arrive ?

— Rien… Encore une de ces fichues migraines… De quoi sont-ils morts, alors ?

— Vous n'allez pas le croire… Ils ont été tués, vidés et recousus eux aussi.

Élancement dans l'œil et la tempe.

— À quoi ça rime, lieutenant ?

— C'est ce que je me demande depuis le début de cette affaire.

— Vous avancez ?

— À reculons.

— Frank Tiberge s'était trompé. Tout le monde s'était trompé. Les corps mis en scène dans l'incendie du hameau et les meurtres appartenaient à la même série. Vous avez les noms ?

— Les noms ?

— Des victimes…

— Vous m'en demandez beaucoup, miss Grimaud. Vous êtes journaliste, pas enquêtrice.

Audrey eut l'impression qu'on lui tranchait la tête en deux, d'un coup de sabre, comme une noix de coco.

— Il y a bien des points communs, pourtant, se défendit-elle.

— C'est bon, vous avez gagné. Je vous fais parvenir les noms demain matin.

— Merci, lieutenant. Merci beaucoup.

— Qu'allez-vous faire avec tout ça ?

— Là, je vais aller vomir et arracher ce pieu que j'ai dans l'œil. Bonne nuit, lieutenant.

Audrey raccrocha et rampa jusqu'au bidet où elle se vida par jets. Lorsqu'elle n'eut plus rien à rendre, elle fit couler de l'eau pour nettoyer les éclaboussures sur l'émail.

Elle revint à son lit et s'y jeta, la tête en feu.

Au bout de quelques minutes à peine, elle entendit un bruit métallique venant du couloir. Elle ralluma péniblement et, jetant un regard halluciné à la porte, vit la poignée se baisser et se soulever lentement. Une montée d'adrénaline dissipa momentanément la douleur lancinante. Elle eut la force de se lever, marcha à tâtons malgré la lumière de la lampe, atteignit son sac, en sortit une bombe anti-agression, rejoignit ensuite la porte en titubant et, doucement, tourna le verrou qu'elle avait mis avant de se coucher.

Armée de sa bombe lacrymogène, vêtue de son t-shirt long, elle ouvrit la porte en grand et se trouva nez à nez avec un homme de haute stature. Les fortes crises qui se doublaient parfois de migraine ophtalmique lui brouillaient la vue. Dans un instinct de survie, son doigt appuya sur la capsule et le gaz neutralisant partit droit dans les yeux de Bilic qui se mit à hurler. Reconnaissant sa voix, Audrey lâcha la bombe et se mordit la lèvre au sang.

— Mathieu ! Qu'est-ce que tu foutais derrière ma porte à actionner la poignée ? T'essayais d'entrer ou quoi ?

Le Croate, se frottant les yeux, lui répondit par un rugissement.

— Arrête, tu vas ameuter tout l'hôtel ! Entre, bon sang, viens te passer les yeux sous l'eau. Je crois que cette nuit, on ne va pas me laisser dormir en paix !

— C'est dingue ! Tu deviens parano, Audrey ! Je voulais juste voir si tu avais bien fermé ta porte à clef…

L'explication que Bilic donna après s'être copieusement rincé le visage à l'eau froide était fumeuse.

— On se demande alors lequel des deux est le plus parano, Bilic. Bien sûr que j'avais fermé ma porte. Surtout après le coup de fil de Lagarde.

— Pourquoi, c'est lui le tueur ?

— Bon, si tu as encore le cœur à plaisanter, c'est que ma bombinette n'a pas trop endommagé tes neurones. Juste tes beaux yeux qui sont un peu injectés de sang.

— Lagarde, qu'est-ce qu'il t'a dit ?

— Tu as raison, restons professionnels.

Audrey s'était assise sur le lit en tailleur à côté de Bilic qui se tamponnait les paupières avec un linge de bain.

La migraine s'était momentanément dissipée sous le coup de la frayeur. Audrey lui rapporta les propos de Lagarde.

— Putain…

— Mais encore ?

— Désolé, mais c'est l'un des premiers mots que j'ai appris en français, avec « voulez-vous coucher avec moi, ce soir » et « va te faire foutre ».

— Tiens, je croyais que tu avais appris le français universitaire.

— Justement. C'est Josserand qui va être content.

— Ouais, je l'entends jouir d'ici.

Bilic fit mine de se lever.

— Pardon si je t'ai fait peur. Je retourne dans ma chambre et…

Audrey posa la main sur son bras.

— Reste, si tu veux.

Le Croate hésita.

— Ça te rassure ?

Audrey lui lança un regard gourmand.

— On peut dire ça comme ça.

Rendu vulnérable par les effets de la bombe anti-agression, cette fois, Bilic l'attirait. Et puis, l'initiative venait d'elle seule.

Elle se jeta sur lui, arracha sa chemise et déboutonna son jean qu'elle fit glisser. Pour commencer, à cheval sur son torse, elle ne le laissa pas la toucher. Ses hanches effectuaient des mouvements circulaires appuyés, tout d'abord lents, puis de plus en plus rapides, tandis qu'elle lui caressait les cuisses. Se déroba lorsqu'il fit mine de l'embrasser. Elle n'avait pas envie de ça. Juste son corps. Le lécher, le sucer, le mordre. Le sentir gonfler et se raidir en elle. Le choc des peaux, les doigts crispés sur les plis de la chair, ses seins dressés, luisants de sueur. Des flashes brefs, précis. Des images se superposaient par strates dans son esprit. Les corps ouverts comme des fruits, les viscères, le sang. Son excitation crût. La peau de Bilic, un goût métallique. Celui du sang. Un vertige délicieux. Elle se sentit traversée. Plantée sur Bilic jusqu'à la douleur, elle se cambra, ouvrit la bouche. Il lui plaqua aussitôt la main sur les lèvres. Ne pas crier. Pourrait-elle tuer ? Le désir, parfois si proche de la mort… Entre ses mains, le cou de Bilic. Sa pomme d'Adam qui saillait de plaisir. Il lui suffirait de… « Il » lui avait appris ça. Lui avait révélé cette… cette chose en elle. Un mauvais germe. Mais il y avait les barrières. La colonne vertébrale. L'éducation, les valeurs, toute cette civilisation qui avait étouffé la sauvagerie.

Il aurait suffi de si peu de choses pour qu'elle « lui » ressemble. Mais elle ne pouvait pas…

Ses mots à l'oreille de Bilic, ses lèvres humides. Sous ses paumes claquait le cuir souple et mouillé de l'homme.

— Je ne peux pas… Je ne peux pas… Tire-toi.

— Qu'est-ce que tu dis ?

Le regard ahuri du Croate. Il se dressa sur un coude. Audrey s'était assise sur le lit, la tête dans les mains.

— Va-t'en, retourne dans ta chambre.

— Tu es sûre que ça va ?

Audrey releva la tête. Son regard le figea.

— T'as pas compris, Bilic ? Je veux que tu t'en ailles.

— Je peux savoir pourquoi ? Comme ça, là, une envie de pisser ? Après t'être jetée sur moi. Je n'ai pas été à la hauteur, c'est ça ?

— Écoute, je prends des cachets pour la migraine, ils doivent déclencher des trucs bizarres. Ça me fout le vertige. J'ai besoin d'être seule et ça n'a rien à voir avec toi. Oublie ce qui s'est passé. Ça n'aurait pas dû arriver. Désolée. Et, encore une fois, dors tranquille, ta virilité n'est pas en question. Si ça, ça peut te rassurer…

D'un geste d'humeur, les cheveux en bataille, le Croate enfila son pantalon, sa chemise sans la reboutonner et sortit de la chambre.

Une fois seule, Audrey éclata d'un rire sinistre qui finit par un infâme gargouillis. Mélange de larmes et de glaires. Toutes ces cigarettes dans ses bronches.

Elle éteignit la lumière et se roula en boule sous la couverture râpeuse. Au fond d'elle, elle espérait qu'« il » viendrait cette nuit. Elle n'avait pas tiré le verrou. S'endormit seule au fond d'un lac profond et froid.

23

La cabine téléphonique de la Poste était imprégnée d'une odeur de vieux bois et de sueur âcre. Ça faisait vingt minutes qu'Audrey était coincée là-dedans, à essayer d'avoir le numéro de l'international.

— Désolée, il n'y a pas de David Jacobson à Jérusalem, lui avait répondu la fille des renseignements.

— Vous êtes certaine de ça ? Je dois le joindre, c'est une urgence absolue. Vitale.

— Je viens de vous dire qu'il n'y a personne à ce nom. Je ne vais pas l'inventer !

— Dites-moi comment je peux faire, alors ! C'est votre boulot, non ? lui avait crié Audrey, d'une voix excédée.

— Quittez pas…

Après cinq bonnes minutes d'attente, la fille était revenue vers elle et lui avait annoncé sur un ton plein d'importance qu'il y avait bien quelqu'un de ce nom à Tel-Aviv.

— Pouvez-vous me mettre en relation ?

— Je demande un PCV ?

— Non !

— Alors voici le numéro, c'est à vous de le composer après avoir raccroché.

« Après avoir raccroché. Elle me prend pour une débile ? » pensa Audrey en notant le numéro sur son calepin.

Cela avait tout d'abord sonné occupé. Ce qui était signe qu'il y avait quelqu'un. Entre chaque tentative, Audrey s'interrogeait. David Jacobson était-il toujours vivant ? Si oui, il devait avoir… dans les soixante-dix ou soixante-quinze ans bien sonnés. Était-il marié ? Sans doute. Des enfants ? Petits-enfants ? Audrey sentit un pincement dans sa poitrine. Elle ne le considérerait jamais comme son grand-père. Au bout du compte, il était pour elle un parfait étranger.

Cette fois, ça sonnait. La main d'Audrey se crispa sur le combiné.

On décrocha.

— Allô ?

Une voix lointaine, saccadée. Mais une voix de femme.

— Parlez-vous français ? demanda Audrey, de plus en plus troublée par la situation.

La femme lui répondit dans une langue étrangère. Sans doute en hébreu.

— J'appelle de France, vous comprenez ? J'aimerais parler à M. Jacobson, David Jacobson.

Audrey détacha bien les syllabes.

— Ah ! David Jacobson ? Yes, David, Daviiiid !

Ouf, il était toujours de ce monde. Audrey

entendit un pas traînant, un bruit dans l'écouteur, des chuchotements, puis une voix masculine. Sa voix. Un peu trop aiguë pour un homme, trouva-t-elle.

— David Jacobson ?

— Oui. Lui-même. Qui est à l'appareil ?

Il s'exprimait en français mais avec un fort accent.

— Mon nom ne vous dira peut-être rien. Audrey Grimaud.

Silence.

— Monsieur Jacobson ?

— Grimaud ? De la famille Grimaud ? Audrey, la fille de Faldonis ?

— Oui.

Nouveau silence. Audrey se surprit à espérer qu'il ne raccrocherait pas.

— Audrey, ma petite-fille ?

— Je… je suis désolée, monsieur Jacobson, mais je ne le vois pas comme ça. J'avais un grand-père paternel, Abel Grimaud. Par ailleurs, je ne vous appelle pas pour d'hypothétiques retrouvailles.

— Bien sûr, bien sûr. Je comprends.

— Je connais l'histoire, par ma grand-mère. Gabrielle Grimaud, que vous avez bien connue…. Mais je vous appelle pour une chose précise.

Sans oublier de lui dire au passage qu'elle était journaliste, Audrey raconta à David Jacobson l'incendie du hameau et n'entra pas dans les détails sur les vraies circonstances de la mort des sept Purs. Il en parut très affecté. Sa voix s'altéra sensiblement.

— Le nombre de victimes, identique à celui des enfants cachés au hameau dans la maison du frère Hippolyte, me porte à établir un lien avec les petits réfugiés de 1942. Sept. Une coïncidence troublante, non ?

La ligne palpitait. Faible grésillement. Puis la voix hésitante de Jacobson. Une voix sans visage. Seulement celui de la photo noir et blanc qu'Audrey avait sortie de son portefeuille.

— Attendez… vous dites sept ?

— Oui, comme sur la photo où vous êtes avec eux.

— Ah oui. C'est la seule trace de notre passage au hameau, d'ailleurs.

« Entre autres », se dit Audrey en se rappelant la pièce au sous-sol de la maison d'Hippolyte. David Jacobson allait-il apporter plus de lumière à cette histoire ?

— Seulement, je n'avais que cinq enfants sous ma responsabilité, ajouta David Jacobson. Les jeunes orphelins juifs étaient cinq.

Il fit une pause. Respirait fort.

— Les autres, une dizaine… ils ne sont jamais arrivés au hameau, ni nulle part ailleurs. « Ils » ont fait irruption en plein milieu d'un cours. En entendant le martèlement des bottes et en voyant les manteaux de cuir noir, nous avons tout de suite compris. « Ils » nous ont tous arrêtés. Ont fait sortir les enfants un par un, en file indienne. Puis moi-même. Avec l'aide de Yahvé et de quelques résistants, j'ai réussi à m'échapper avec cinq enfants. Deux filles et trois garçons.

— Mais sur la photo, vous étiez bien avec sept enfants ?

— Oui, je me souviens. Deux enfants n'étaient pas de mon groupe. Un petit Noir, je crois, et un autre garçon. Ah. Comment s'appelait-il déjà. Son prénom m'échappe. Son nom, c'est Wenger, ça, je ne l'ai pas oublié.

Audrey sentit une aiguille lui transpercer les tempes.

— Léon, peut-être ? Léon Wenger ?

— Oui, c'est cela même ! Léon Wenger. Un garçon très taciturne. Un petit protégé de cet homme, un des membres de la communauté, nommé Hippolyte.

Maintenant, on lui versait un liquide bouillant dans la boîte crânienne. La sensation était pourtant différente de ce qu'elle pouvait ressentir à l'approche du Visiteur. Ce n'étaient pas les prémices d'une migraine. Mais ceux de la vérité.

— Il y avait donc Léon Wenger, Raoul Bonaventure et… que sont devenus les cinq enfants, ceux avec lesquels vous étiez arrivé au hameau ?

Un silence succéda à la question.

— Monsieur Jacobson. C'est le moment de me dire ce qui s'est passé. Je pense que vous ne voulez plus vivre avec ce poids, n'est-ce pas ?

— J'ai toujours pensé qu'un jour viendrait le moment de rendre des comptes. Vous ne vous imaginez pas comme je l'ai attendu. Je ne savais pas que ce serait à ma petite-fille. Je suis reparti seul.

— Que leur est-il arrivé ? s'écria Audrey, adossée à la paroi de la cabine.

Elle avait l'impression que ses jambes ne la soutiendraient plus longtemps.

— Rien. Ils sont restés au hameau.

— Mais vous n'aviez pas l'obligation de les ramener à leur famille ?

Jacobson émit une sorte de gloussement. Un sanglot étouffé, pensa Audrey.

— Ils… ils n'avaient plus de famille. Ce furent les seuls rescapés. La rafle avait eu lieu chez eux aussi, parents, oncles, tantes, grands-parents. Tous emmenés pour ne plus revenir. J'ai fait ce qui me semblait le mieux pour eux. En restant vivre au hameau, dans cette communauté certes marginale mais avec ses règles propres et des valeurs solides, ils auront connu une vie plus heureuse que dans un foyer pour orphelins. Pourtant, le remords et la culpabilité de les avoir abandonnés ne m'ont jamais quitté.

— Dans un sous-sol, vous pensez qu'ils étaient plus heureux ?

— Qu'est-ce que vous racontez ?

— Ils ont vécu séquestrés dans le sous-sol de la maison d'Hippolyte.

— Il les cachait là quand il y avait des alertes, je suppose.

— Alors pourquoi y avait-il sept lits dans ce sous-sol ? Pourquoi cachait-il aussi les deux enfants, Léon et Raoul, qui ne faisaient pas partie des réfugiés ? Et les alertes, dans ce trou paumé, il ne devait pas y en avoir à la pelle…

— Ce que vous me dites est inimaginable, Audrey. Impensable ! J'ai vécu un temps dans cette communauté. Ils n'étaient pas tous très ouverts, mais il y avait des gens comme Abel et

Gabrielle Grimaud, vos… vos grands-parents. Et aucun d'eux n'aurait permis une telle ignominie !

— Il suffisait que les enfants aient en tête de s'éloigner un jour de la communauté. C'était une sorte de conditionnement. Moi non plus, je n'aurais pas cru un instant que le frère Hippolyte fût en réalité un des membres les plus radicaux de la secte ! Il leur lavait le cerveau, les confinait en leur faisant croire que le danger venait en permanence de l'extérieur, il s'est servi de leur crédulité pour mieux les manipuler. Il n'a donc pas eu besoin de les attacher, dans ce sous-sol. Il les tenait avec la peur.

— Et les deux autres, alors ? Ils n'étaient pas juifs, de quoi pouvaient-ils avoir peur ?

— Des étrangers, de ceux du village, de la ville, de tout ce qui n'appartenait pas au groupe. Raoul Bonaventure, un enfant sans doute trouvé et recueilli par le clan, était l'un des plus durs. Il fait d'ailleurs partie des victimes de l'incendie.

Audrey entendit Jacobson tousser.

— Vous voulez dire que…

— C'est pourquoi je voulais avoir les noms des enfants de la photo. J'attends aussi ceux des autres victimes. Aidez-moi, monsieur Jacobson.

D'une voix larmoyante, David Jacobson, rattrapé par l'atrocité d'un passé qu'il était parti oublier aussi loin que possible, sur la terre de ses ancêtres, déclina l'identité des cinq petits réfugiés. Le combiné coincé entre l'épaule et le menton, Audrey nota. Samuel Gisbert, Édith Lansen, Rachel Enaf, Alain Lobbé et Simon Astruck.

Il n'y aurait plus qu'à faire le rapprochement avec l'identité des victimes de l'Empailleur dont les corps avaient servi à cette mise en scène macabre de l'incendie. Mais pour quelle raison ? Si les noms correspondaient, pourquoi ce monstre, dérogeant à son mode opératoire, s'en serait-il pris aux protégés d'Hippolyte ? Quel lien existait entre eux et lui ? Hippolyte était-il le trait d'union entre ses protégés et le tueur ? Avait-il appris quelque chose qui l'avait poussé au suicide à l'âge de cent onze ans ? À toutes ces questions, Jacobson ne pouvait pas répondre. Audrey regarda sa montre. Elle était au téléphone avec Jacobson depuis un quart d'heure. Cet entretien allait lui coûter une fortune.

— Merci de votre aide. Et… désolée d'avoir ravivé tous ces souvenirs.

— Je vis avec tous les jours, depuis tant d'années, vous savez. Notre conversation m'a soulagé, d'une certaine façon. Audrey, puis-je vous dire quelque chose avant que vous ne raccrochiez ?

— Si je peux y répondre.

— Pourquoi n'êtes-vous jamais venue avec vos parents en Israël, lorsqu'ils me rendaient visite ? Étiez-vous fâchée contre moi après ce que vous aviez appris par Gabrielle ?

Audrey avait un peu prévu cette question.

— Non. Mes parents ne me disaient pas qu'ils allaient vous rendre visite si loin. Ils profitaient de mes séjours au hameau. Et, lorsque je l'ai appris plus tard, faire ce voyage, me rendre chez vous aurait été comme une sorte de reconnaissance du lien biologique, vous comprenez ? Je n'en ressentais ni le besoin, ni l'envie. Vous m'étiez totalement étranger.

— Je comprends et je ne vous en veux pas, Audrey. J'aurais pourtant tellement aimé vous connaître. Bien après avoir conçu Faldonis, j'ai eu deux filles, qui vivent ici. Leurs enfants sont sur le point d'achever leurs études. Je les aime, bien sûr, mais je pense souvent à cette jeune femme qui vit en France, qui est aussi ma petite-fille, que je n'ai jamais connue et ne connaîtrai apparemment jamais. Je sais que maintenant les années me sont comptées.

— Il y a beaucoup d'histoires de ce genre, monsieur Jacobson. Des enfants qui n'auront jamais connu, ou bien trop tard, leurs parents biologiques, des frères, des sœurs qui s'ignorent, des grands-parents qui n'ont jamais vu leurs petits-enfants. Faire parler les liens du sang n'est pas une fin en soi. Maintenant, excusez-moi, mais il faut vraiment que je raccroche. Il y a du monde qui attend, pour la cabine.

— Oh oui, oui, et moi qui vous accapare. En plus, ça va vous coûter une somme folle. Alors je n'ose pas vous dire de m'appeler une autre fois, mais si vous avez le temps d'écrire, je me ferai une joie de vous lire.

Audrey raccrocha sans lui promettre qu'elle exaucerait son souhait, mais sans écarter cette possibilité.

Dans son programme de la matinée, Audrey avait prévu de faire un crochet par les archives municipales. Elle n'avait pas vraiment eu l'esprit, ces derniers temps, à s'intéresser de plus près à la communauté du hameau. Elle espérait trouver des documents ou témoignages qui l'éclaireraient davantage sur les liens de parenté, cousinage et autres, entre les différents membres. Grand-ma lui en avait très peu dit sur cet aspect-là.

En route dans la fraîcheur matinale, elle ressassa la conversation qu'elle venait d'avoir avec David Jacobson. Chercha dans le souvenir de sa voix une vibration familière, quelque chose qui pût la rapprocher de lui.

Seul un nom résonnait dans sa tête endolorie : Léon Wenger. Le taxidermiste. Un des protégés d'Hippolyte. Pourtant, selon la vieille Segart, le petit Léon Wenger avait vécu un moment avec Coline Wenger, la Crochue, la grand-mère de Léman. Peut-être l'avait-elle confié quelque temps à Hippolyte ? Il y avait une faille. La Wenger aimait son fils plus que tout, l'adulait. Elle se serait séparée de lui aussi facilement ?

Audrey se rappela certains détails. Ils remontaient peu à peu comme des bouteilles à la surface de l'eau. L'intérêt du vieil Hippolyte pour la Crochue. Le visage du vieillard. Ses petits yeux perçants. Ceux de la Crochue. Hippolyte et Coline Wenger seraient de la même famille ? Dans ce cas, Léon Wenger et Hippolyte auraient, eux aussi, un lien de parenté, ce qui expliquerait que le garçon ait vécu chez le Pur. Ou bien cette ressemblance était-elle une pure coïncidence ?

Hippolyte ne s'était jamais marié. Il avait

également été très proche de Gauvin, le jeune autiste. Qu'était-il devenu, lui aussi ? Se pouvait-il qu'Hippolyte… Audrey voulut s'arrêter de réfléchir. Mais les hypothèses, plus vives que sa volonté, affluaient, d'une terrible limpidité.

Aux archives, elle entra comme dans du beurre. N'eut même pas à montrer patte blanche ni sa carte de presse, dont la bande tricolore avait en général autant d'effet qu'une carte de police à laquelle, vite présentée, elle pouvait ressembler.

Elle commença par consulter le fichier communal, l'index pointé sur le nom des lieux-dits. Le nom du hameau n'y apparaissait pas. Elle sortit d'autres registres, les feuilleta, sans résultat. Se croyant seule, elle manifesta bruyamment sa déception.

— Vous ne cherchez pas au bon endroit.

Audrey se retourna vivement. Son regard rencontra le sourire amusé de Berlini. Elle n'avait pas reconnu sa voix. « Toujours sapé comme l'as de pique », se dit-elle, agacée par son intrusion. Il fit quelques pas dans sa direction.

— Comment savez-vous ce que je cherche ? fit-elle, sur la défensive.

C'était un de ses défauts majeurs qui pouvait parfois lui nuire dans son métier et dans ses relations avec les autres.

— Même si c'est pour une simple gazette municipale, je suis comme vous, journaliste et je fourre mon nez partout. J'imagine que nous avons les mêmes réflexes, vous et moi. Je me mets à votre place. Alors, forcément, avec toute cette affaire, arrive un moment où je vais lorgner du côté du hameau, pour en savoir un peu plus sur cette communauté isolée du monde. Pas vrai ?

Audrey ne répondit rien et attendit la suite. Dans la salle des archives flottait une odeur de renfermé qui allait tout à fait bien à Berlini, se dit-elle. Cette observation *in petto* la mit de bonne humeur. D'un autre côté, pour obtenir de Berlini les renseignements qu'elle voulait, il lui fallait jouer fin, le mettre en avant, s'extasier devant ses compétences journalistiques et, pourquoi pas, lui faire valoir qu'il aurait mérité un poste dans un canard de plus grande envergure.

— Je me suis déjà intéressé au hameau pour un reportage. Malgré la faible distance qui le sépare d'ici, il n'entre pas dans cette circonscription. Il dépend d'une autre commune, à quinze kilomètres. Ce n'est qu'un détail, mais il est utile de le savoir lorsqu'on fait des recherches. Il y a quelque chose que vous vouliez connaître en particulier ?

Il était aussi sur le coup. Elle allait devoir marcher avec lui et récolter de l'info, ou bien sans lui et ça lui prendrait beaucoup plus de temps. Elle aurait aimé que Bilic soit là. Mais, depuis l'épisode de la chambre, elle ne l'avait plus revu.

À contrecœur, comme si on la forçait à goûter un plat qu'elle n'aimait pas, elle décida de collaborer avec Berlini. Celui-ci disparut entre deux rangées de registres et revint au bout de quelques secondes avec un dossier aussi épais que l'Ancien et le Nouveau Testament réunis. Il s'en délesta sur une des tables dans un nuage de poussière.

— Mesdames et messieurs, voici l'histoire du hameau, alimentée en articles et photocopies de documents par les soins de Roger Berlini. Là-dedans, vous avez tout. Les affaires juridiques, l'histoire du hameau, un peu de généalogie. Maintenant, je vous laisse éplucher tout ça, j'ai un papier à rédiger et je dois faire un peu de terrain aussi. Mais je vous propose de nous retrouver demain, j'aimerais vous montrer quelque chose. Si je passe vous prendre devant l'hôtel, à huit heures, ça vous va ?

Berlini était, comme les gens de la campagne, un lève-tôt, constata-t-elle, légèrement surprise par l'horaire. Ça ne lui allait pas du tout, mais la curiosité l'emporta.

— Mon collègue pourra venir ?

Un léger voile passa dans le regard de Berlini, mais il reprit aussitôt contenance.

— Hmmm, pourquoi pas. On fera une belle équipée ! À demain, alors, et bonne lecture. Ah oui, si, une fois l'épluchage terminé, vous vouliez bien tout remettre en place, ce serait très aimable, merci.

Elle le suivit du regard tandis qu'il s'éloignait vers la sortie. Encore cinq minutes après le départ de Berlini, elle avait l'impression que les murs résonnaient du claquement sec de ses bottes sur la pierre du sol.

24

La cornée irritée par des heures de lecture, Audrey en avait perdu la notion du temps. Des crampes d'estomac lancinantes lui signalèrent que l'heure du déjeuner était largement dépassée. Elle avait oublié sa montre à l'hôtel. Bien qu'elle n'eût pas ingurgité le dossier dans sa totalité, elle l'avait suffisamment décortiqué pour en ponctionner les éléments essentiels. Et avait découvert des choses qui lui glaçaient le sang. Dans tout cela subsistait une interrogation. Comment diable Roger Berlini avait-il pu réunir autant d'éléments précis sur une communauté aussi fermée et aussi secrète que celle du hameau des Purs ? Il disposait forcément d'un informateur au sein du clan. À moins qu'il ne s'y fût lui-même infiltré à une époque. Essayer d'avoir la réponse serait sans doute peine perdue, un journaliste ne cite jamais ses sources.

Berlini avait pondu assez d'articles sur le hameau pour en faire une encyclopédie. Il y parlait le plus souvent du fonctionnement, de la vie quotidienne du groupe, rien qu'Audrey ne sût déjà. Mais il y avait ces autres documents, des copies d'états civils à partir desquels sont établies les filiations. Audrey avait sorti celles qui l'intéressaient et en avait fait des photocopies. Le dossier semblait à disposition du visiteur, encore fallait-il connaître son emplacement dans les rayons. Si Berlini le lui avait remis en mains propres, était-ce à dessein ? Connaissait-il son passé à elle ?

Se frottant les yeux, elle plia soigneusement, une à une, les photocopies des fiches d'état civil avant de les glisser dans son sac. Pendant qu'elle exécutait ces quelques gestes, elle eut la sensation d'être observée. Se dit que tout ça la rendait parano. Elle devait voir Mathieu Bilic au plus vite. Se leva, replaça le dossier, prit son cuir et se dépêcha de sortir de la salle des archives.

Elle avisa une cabine téléphonique à proximité, entra, composa le numéro de l'hôtel, demanda à l'accueil si Bilic avait laissé un contact. Le Bar du centre. « Il passe sa vie là-bas, ma parole ! » se dit Audrey en raccrochant. Elle prit le chemin du bar, convaincue d'être suivie de loin. Un instinct cultivé par ses séjours au hameau, en compagnie de Léman. Leurs sorties en forêt, dans la pénombre des conifères, à l'affût du gibier. Le Gars avait attiré son attention là-dessus. En pleine nature, des milliers d'yeux les observaient, les jaugeaient. Quand ce n'étaient pas des animaux sauvages, c'étaient des humains. Des rôdeurs. Des types qui vivaient seuls, en marge de la civilisation. Léman percevait leur présence rien qu'en humant l'air. Les narines ouvertes au vent. Comme un loup.

Elle aperçut l'heure au clocher, plus de seize heures. Passa devant la vitrine du bar. Il n'y avait pas encore trop de monde. Les travailleurs agricoles s'y presseraient plus tard, en fin de journée, pour tenter leur chance aux courses. Bilic était assis seul à une table, vers le fond, aspirant la dernière bouffée d'une cigarette qu'il s'apprêtait à écraser dans le cendrier débordant de mégots.

— Ne me dis pas que ce sont tous les tiens ! lança Audrey, le souffle court.

Le Croate leva sur elle un regard sombre.

— Oh, Bilic, on n'en est plus là. On a du pain sur la planche !

Puis, s'approchant de son oreille, lui souffla :

— Encore dé-so-lée pour hier soir, ça te va ?

— Du nouveau ? enchaîna Bilic sans transition en allumant une nouvelle clope.

— Hmm, c'étaient bien les tiens, ces mégots. Là, tu me bats. Tu m'en offres une ?

— Elles sont croates, tu es sûre d'aimer ?

Audrey leva les yeux au ciel.

— Oh, vous, les mecs. Facilement blessés dans votre virilité, hein ? Ça vous arrive d'avoir autre chose qu'une bite à la place du cerveau ? Combien de fois va-t-il falloir que je m'excuse et que je te dise que ça n'a rien à voir avec toi, ta queue ou tes origines. Mais peut-être que celles-ci ont à voir avec ta susceptibilité, en revanche.

Elle tira une cigarette du paquet de Drina que lui tendait Bilic.

— Des Drina ? Elles sont serbes, pas croates ! Monténégrines, même.

Bilic grimaça d'un air dédaigneux.

— Je fume pas du tabac serbe, mais je n'avais que ça.

— Oups, je crois que j'ai fait une boulette. Bon, en attendant, j'ai aussi fait une sacrée découverte. Dire que je n'en ai jamais rien su avant !

Sans mentionner l'aide de Berlini, elle sortit de son sac les photocopies qu'elle déplia devant le Croate. Au fur et à mesure de la lecture, ses prunelles s'agrandissaient comme s'il avait à déchiffrer des hiéroglyphes. Audrey avait surligné les noms qui l'intéressaient.

> Première fiche d'état civil (en date du 17 janvier 1952) :
>
> Fille : **Coline Wenger**, née le 3 décembre 1897 au hameau.
> Père : **Hippolyte Wenger**, né le 12 juin 1866 au hameau.
> Mère : Solange Tiberge, épouse Wenger, née le 1er mai 1868 au hameau, décédée le 4 décembre 1897.
>
> Deuxième fiche d'état civil (en date du 5 avril 1950) :
>
> Enfants : Charles Tarot, né le 27 mars 1914 à I, décédé le 4 avril 1918.
> Yvette Tarot, née le 19 juillet 1919 à I, décédée le 19 juillet 1919.
> Père : Jules Tarot, né le 2 juillet 1894 au hameau.
> Mère : **Coline Wenger**, épouse Tarot, née le 3 décembre 1897 au hameau.

Troisième fiche d'état civil (en date du 29 janvier 1960) :

Fils : **Léon Wenger**, né le 10 octobre 1929 au hameau. Père : inconnu.
Mère : **Coline Wenger**, veuve Tarot, née le 3 décembre 1897 au hameau.

Quatrième fiche d'état civil (date effacée) :

Filiation de Léon Wenger (rétablie) :
Léon Wenger, né le 10 octobre 1929 au hameau, fils de **Hippolyte Wenger** (entouré à l'encre rouge), né le 12 juin 1866 au hameau, et de **Coline Wenger**, veuve Tarot, née le 3 décembre 1897.

Cinquième fiche d'état civil (date invisible) :

Enfants : Jules Tarot, né le 2 juillet 1894 à I.
Géraldine Tarot, née le 21 mai 1912 à I.
Père : Marius Tarot, né le 24 novembre 1876 à I.
Mère : Gloriette Wenger, née le 16 novembre 1864 au hameau.

Sixième fiche d'état civil (en date du 25 octobre 1960) :

Enfants : Maurice Tarot, né le 18 février 1932 à M sur L.
Hélène Tarot, née le 14 juillet 1935 à M sur L.
Henri Tarot, né le 4 mars 1937 à M sur L.
Père : Jules Tarot, né le 2 juillet 1894 à I.
Mère : Géraldine Tarot, épouse Tarot, née le 21 mai 1912 à I.

Septième fiche d'état civil (en date du 30 juillet 1978) :

Enfants : **Léman Wenger**, né le 7 avril 1959 à C sur L.
Isobel Wenger, née le 13 septembre 1962 à C sur L, décédée le 22 juillet 1978.
Père : **Léon Wenger**, né le 10 octobre 1929 au hameau.
Mère : **Hélène Tarot**, née le 14 juillet 1935 à M sur L.

À la fin de sa lecture, Bilic transpirait par tous les pores.

— C'est censé apporter quoi à notre moulin ? finit-il par dire en levant la tête.

— Mais ça saute aux yeux ! Sans compter toutes les fiches dont je n'ai pas fait de copie et qui montrent clairement une chose essentielle : la consanguinité, Bilic ! Une consanguinité présente en filigrane depuis… depuis plus d'un siècle. Parfois, il y a des vides, puis ça ressurgit. Mariages entre cousins, cousines, frères et sœurs, mais il est maintenant surtout très clair que Léon Wenger est le fils d'Hippolyte et de la propre fille d'Hippolyte, Coline Wenger ! Voilà pourquoi je leur ai toujours trouvé un air de famille, à ces deux-là. Mais de là à me douter qu'ils étaient père et fille et qu'ils avaient eu un fils ensemble… La mère de Léman Wenger est issue d'une union entre un frère et une sœur Tarot, Bilic ! Léman, le garçon avec qui j'ai passé les meilleurs moments de mon enfance, réunit à lui seul une double consanguinité ! Un double inceste ! Du côté de son père, lui-même né de l'union entre père et fille, et du côté de sa mère.

— Grands dieux ! C'est pire que chez Louis XIV ! s'exclama Mathieu Bilic en secouant la tête. Vous êtes complètement fous, vous, les Français.

— Parce que tu crois que s'accoupler entre membres d'une même famille est une exclusivité française ? Va donc dans n'importe quel pays au monde et prends un bled paumé. Il y aura de la consanguinité, donc de l'inceste. Parfois, ça fait même partie des pratiques culturelles.

— Les Purs ne sont pas aussi purs qu'ils le prétendent, plaisanta Bilic. Et… qu'est-ce que cette consanguinité peut entraîner ? Des tares génétiques ? Des dégénérescences ?

— Hmmm. Ça me fait penser à Gauvin. Ça expliquerait peut-être son handicap. Sur les fiches, tu n'as rien remarqué d'autre ?

Le Croate écarquilla les yeux.

— Non.

— La première fiche mentionne une certaine Solange Tiberge, mère de Coline Wenger, dite la Crochue, fille d'Hippolyte, mère de Léon Wenger et grand-mère de Léman et d'Isobel. Tiberge est un nom très connu dans le coin. Une grosse famille d'exploitants agricoles, dont l'un des fils était Frank Tiberge, le commissaire.

Audrey avala sa salive. Une boule grossissait dans sa gorge.

— Solange Tiberge est née au hameau. Je n'ai pas trouvé les fiches des membres de sa famille, mais ça voudrait dire que les aïeuls du père Tiberge étaient des Purs. En fait, depuis l'existence de la communauté, il y a eu des croisements avec ceux des villages alentour, puis essentiellement au sein de la communauté, dans le hameau même. On pouvait donc sauter une génération avant de retrouver des unions entre cousins éloignés. Ce qui atténuerait donc les effets de la consanguinité.

— Et là aussi, tu vas me dire que c'est culturel ?

— D'une certaine façon, oui. C'était un phénomène autrefois assez répandu dans les sociétés rurales. Il fallait bien se marier et on ne pouvait pas toujours aller chercher une femme d'ailleurs. Alors, on se repliait sur les sœurs, les cousines, les filles.

— L'être humain n'est finalement qu'un animal…

— Grande découverte !

Audrey et Bilic tournèrent de concert la tête en direction de la voix.

Le commissaire Farouk, enveloppé dans son imper gris malgré les températures estivales, s'approcha d'eux. « Qu'a-t-il donc à cacher, ce type ? » pensa Audrey.

Gratifiant Bilic d'un regard adouci, il toisa Audrey d'une tout autre manière. Elle ne comprenait décidément pas les raisons de cette agressivité à peine contenue à son encontre.

— À force de mettre son nez partout, on finit par trouver des pistes. Je parie que c'est votre cas, n'est-ce pas ?

Audrey ne se laissa pas intimider.

— Nous faisons notre job, tout comme vous.

Là-dessus, Farouk sortit les mains des poches de son imper, attira à lui une chaise de la table voisine et s'assit, la tête penchée vers la journaliste, l'air menaçant. Il lorgna les photocopies dépliées sous son nez. Audrey n'avait pas eu le temps de les ranger.

— Sauf si, encore une fois, votre job consiste à marcher sur nos plates-bandes.

— Et… c'est le cas, commissaire ?

— À vous de me le dire. Parler franchement serait dans votre intérêt.

Audrey ficha son regard dans le sien. Bilic continuait à se taire.

— Un journaliste ne cite pas ses sources. Qu'avez-vous à nous reprocher, au juste ?

— De prendre, par exemple, vos sources chez nous.

Audrey tiqua. Farouk endossait donc le rôle du méchant flic. Le gentil était mort. Quant à Lagarde…

— Vous ne dites rien ?

— C'est que je ne vois pas à quoi vous faites allusion, commissaire.

Farouk lança un regard à Bilic, impassible.

— Qui ne dit mot consent. Votre collègue semble plus raisonnable que vous.

— C'est qu'il n'a rien à répondre et moi-même, je ne sais pas pourquoi je perds mon temps.

Devant l'insolence de sa consœur, Bilic se raidit. Elle allait les mettre dans le pétrin. Farouk ressemblait à un doberman. À l'affût de la faille, prêt à bondir à la moindre intrusion sur son territoire.

— Alors, je vais le dire à votre place. Le lieutenant Lagarde, vous connaissez, je crois ? Il a eu une mise à pied. Pour une raison que vous ne devez pas ignorer. Il vous a donné des infos. Sauf que celles que vous récoltez de votre côté, on n'en voit pas la couleur.

« C'est donc ça, mon gars, c'est ton ego ! Dépassé dans sa propre investigation par des journalistes, c'est intolérable ! » se dit Audrey. Rien n'allait plus. Elle sentit qu'il était temps de changer de tactique et de faire profil bas.

— Commissaire, avec votre expérience, vous savez bien que ça fait partie du jeu, les échanges de bons procédés.

— Mademoiselle Grimaud, une enquête, surtout de cette nature, sur un individu dangereux, n'est pas un jeu. Et justement, parlons-en, des échanges de bons procédés. Tous ces papiers, c'est lui aussi, sans doute.

— Non ! Je ne nie pas que le lieutenant Lagarde m'ait donné quelques informations, concernant surtout l'autopsie des victimes de l'incendie, mais...

— Vous cherchez à le couvrir là encore.

Audrey perdit contenance.

— Ce sont des photocopies de documents d'état civil classés dans un dossier aux archives ! Pourquoi voulez-vous à tout prix qu'un flic nous ait dit où chercher ? Vous n'avez pas le monopole de l'investigation ! Elle est un des éléments essentiels de notre métier ! Roger Berlini m'a juste…

Audrey se mordit la lèvre, mais il était trop tard. Farouk émit un sourire carnassier.

— Je vous crois, mademoiselle. Mais à votre avis, qui informe Berlini ?

— Il est d'ici et travaille pour la gazette locale. Il n'a pas de mal à se rencarder.

Nouveau regard à l'adresse de Bilic. Audrey se demandait si son collègue l'avait remarqué. L'attitude de Farouk devenait de plus en plus opaque. Que cherchait-il ? Il n'était pas seulement venu pour leur faire des remontrances comme à une bande de collégiens surpris en train de fumer un joint.

Il fit mine de se lever et s'adressa à Audrey.

— Il y a eu un nouveau meurtre. Même mode opératoire, même tueur. Le corps… enfin, la chose a été retrouvée ce matin, par un promeneur, en bordure de forêt.

— Vous avez identifié la victime ?

— Un certain Léman Wenger. Un marginal, à ce qu'on dit. Il faisait même figure de suspect sérieux. Seules les preuves manquaient. Vous le connaissiez, n'est-ce pas ?

Audrey ferma les yeux. Il lui sembla qu'une faille s'ouvrait sous elle et qu'elle y était aspirée tout entière.

25

Audrey avait eu besoin de prendre l'air et Bilic l'avait rejointe dehors. Au fond d'elle, la jeune femme avait toujours douté de la culpabilité du Gars. Et puis, sa personnalité secrète, taciturne, son penchant pour la chasse, son goût du sang, toute cette prédation qui émanait de lui s'étaient peu à peu insinués dans son esprit, y semant un germe. Cette nuit, aussi, durant laquelle il lui avait rendu visite dans sa chambre.

Elle avait fini par se convaincre des pulsions meurtrières de Léman, qui puisaient sans doute leur source dans son passé. Son enfance tourmentée. Le drame au virage de la Femme Morte, sa famille massacrée dans les bois. Jusqu'à ce qu'il apprenne que la jeune Pure dont il était secrètement épris, Isobel, était en réalité sa petite sœur sauvée de la tuerie. Et puis, tout ce que la Crochue avait pu lui mettre dans la tête. Son venin. Sa haine des autres.

Farouk lui avait demandé d'écrire un court témoignage sur Léman Wenger. Ce qu'elle connaissait de lui, son profil psychologique, sa personnalité. Audrey avait rétorqué que ce n'était pas son job, mais elle était prise en tenaille. Si elle ne l'aidait pas un peu, Farouk lui mettrait des bâtons dans les roues pour la moindre info à venir. Même ainsi, de toute façon, ce serait selon son bon vouloir. Après sa mise à pied, il ne faudrait plus compter sur Lagarde. Et elle ne serait pas près non plus d'obtenir les noms des victimes du hameau promis par le lieutenant.

Elle décida de prendre les devants. Rentra dans le bar, suivie de Bilic qui jetait un dernier mégot devant la porte. Se dirigea vers le téléphone. Deux mots au barman.

— J'ai un coup de fil à passer.

Le barman, qui n'avait pas perdu ses teintes aubergine, lui lança un clin d'œil en lui tendant le combiné.

— Pas en Australie, j'espère.

— Même pas à New York. Merci.

Elle composa le numéro du standard du commissariat. Voix d'homme un peu lasse et enrouée.

— Je souhaiterais parler au lieutenant Lagarde.

Silence embarrassé.

— Désolé, mais le lieutenant Lagarde est momentanément absent.

— Ah, et où je pourrais le trouver ? C'est urgent.

— Je crains qu'il ne soit pas trop joignable en ce moment.

— Écoutez, il m'avait demandé un renseignement, assez pressé, je crois. Auriez-vous son téléphone personnel ?

Nouveau silence. Froissement de papiers.

— Désolé, je n'ai pas à vous communiquer ce genre d'information. Au revoir, madame.

Il raccrocha. Furieuse, Audrey reposa le combiné et alla rejoindre Bilic à leur table.

Elle n'avait rien de vraiment concret qui lui permît d'étoffer son papier. Si elle ne lui envoyait rien d'ici le lendemain, Josserand péterait un câble.

La journaliste raconta au Croate sa conversation avec David Jacobson. Ce qu'il lui avait appris sur les enfants. Les noms qui en émergeaient, Raoul Bonaventure et Léon Wenger. L'œil terne, Bilic demeurait sombre et lointain.

Audrey s'interrompit brusquement.

— Ça va, Bilic ? Tu m'écoutes ? Toujours pas refait surface ?

Bilic souffla la fumée de sa Drina par le nez. Un léger rictus au coin des lèvres.

— Tu t'imagines que je suis resté fixé sur ce qui s'est passé cette nuit, dit-il en caressant les r. Tu penses vraiment que ta réaction m'a laissé une empreinte indélébile ? Alors tu peux parler de mon ego ! Non… c'est autre chose. C'est ta façon de faire dans le boulot.

Audrey se tendit.

— Attends, avant de bondir. J'ai juste l'impression de ne servir à rien. Tu es comme dans ton élément, ici. C'est vrai, tu as séjourné au hameau, tu en as une certaine connaissance. Mais ce n'est pas une raison pour monopoliser les infos et me les dispenser au compte-gouttes en fonction de ce qui t'arrange.

La jeune femme afficha une mine déconcertée. Elle écarta les mains en signe d'impuissance.

— Tu en es là, Bilic ? Tu veux entrer là-dedans ? Je te croyais au-dessus de ce genre de mesquinerie. On dirait un gamin à qui on n'a pas donné le choix de l'exposé à faire. Mais, je vais te dire. Moi non plus, je n'ai pas vraiment le choix. Si je l'avais, je ne serais pas ici.

Une lueur d'incrédulité passa dans les yeux de Bilic.

— Tu plaisantes ? Ambitieuse comme tu es et vu la taille de l'affaire à couvrir.

— Et alors, c'est une tare, l'ambition ? Si tu n'en as pas un minimum, change de métier, Bilic. Ou alors tu pourriras en locale comme Berlini. En attendant, j'avais bien dit à Josserand qu'on serait trop de deux. Et à propos de Berlini, il m'a donné rendez-vous demain matin. Ce serait bien que tu viennes aussi.

— Qu'est-ce qu'il veut ?

— Nous montrer quelque chose en relation avec l'affaire, j'imagine.

— C'est tout ce qu'il t'a dit ?

— Bah, ça lui fait plaisir de laisser planer un peu le mystère. Ça le fait mousser… Tu imagines, pour lui, des reporters qui débarquent de la ville, une vraie poisse, mais d'un autre côté, de l'animation ! Il veut nous en mettre plein la vue, laissons-le faire !

Bilic sembla se dérider.

— Une autre bière ?

— Allez. Soyons fous !

Il était un peu plus de vingt heures lorsqu'ils sortirent du Bar du centre, tenant à peine sur leurs jambes. Audrey hurlait de rire à chaque pas en se pliant en deux.

Bilic, une bouteille à la main où s'agitait un reste de bière, la reprit, imitant la voix nasillarde de Farouk :

— Un peu de décencccccccce, sssssssss'il vous plaît, madame la journalisssssssste !

Audrey lui répondit par deux hoquets sonores. Ils prirent le chemin de l'hôtel. Que faire d'autre, dans ce bled, le soir, à part boire des bières avant d'aller écrire ? Bien que toute tentative d'écriture fût assez compromise.

Ce n'est qu'une fois dans la chambre, après avoir souhaité une bonne nuit à Bilic et s'être passé la tête sous l'eau froide, qu'Audrey se retrouva seule face à la réalité. Léman était mort. Les paroles du commissaire Farouk lui revinrent. Le corps du Gars avait été découvert dans le même état que toutes les autres victimes. Vidé de ses organes, désossé puis rempli de végétaux ou de poils d'animaux et recousu. Même mode opératoire, même tueur.

Soudain, alors qu'elle se déshabillait, Audrey comprit une chose. Léman n'était pas venu dans cette chambre, l'autre nuit, pour la menacer. « La vérité, tu la connais, elle est au fond de toi. Fais attention. » Ce n'était pas une menace mais un avertissement. Léman était venu jusque-là, en dépit du danger qu'il courait, pour la prévenir. Il devait déjà se sentir lui-même menacé.

Audrey sauta sur son bloc-notes et prit un stylo. Si elle devait traduire par un dessin ou un graphe le processus des crimes, ce serait une spirale. Le monstre la provoquait, ou bien lui signifiait par là qu'il arriverait jusqu'à elle, au bout de cette spirale. Lentement. Inexorablement. Il serait son destin, déciderait du moment.

Serait-elle sa dernière victime ? Ou bien seulement la dernière de la série avant un changement de mode opératoire ?

Une évidence la saisit. L'Empailleur était là. Il rôdait certainement dans les parages. Sous les fenêtres de l'hôtel. Il l'observait, à découvert ou bien caché dans l'ombre d'une des maisons voisines. À cette heure où tout le village dormait, elle se dit avec certitude que si elle apercevait quelqu'un dans la rue, ce serait forcément lui. Elle s'approcha instinctivement de la fenêtre. Écarta légèrement le rideau poussiéreux, colla son front à la vitre et resta immobile quelques instants, le regard rivé au dehors. Mais elle ne vit personne d'autre que le type au chapeau attendant son tour à la cabine téléphonique l'autre jour. L'homme habillé en Pur, dont le visage lui était inconnu. Il sembla surgir de l'obscurité, fit quelques pas devant l'hôtel, s'arrêta, leva la tête. Leurs regards se croisèrent une fraction de seconde. Il s'inclina légèrement dans sa direction. Puis son visage disparut sous son chapeau, comme avalé.

Audrey se demanda un instant si elle n'avait pas eu une hallucination et sourit, désormais certaine de la raison de cette présence au village. Il avait bien été envoyé pour enquêter. C'était un de leurs détectives. Et sans doute savait-il aussi beaucoup de choses sur elle. Leur précédente rencontre à la cabine n'était pas vraiment un hasard.

Un calme étrange l'envahit. Elle pensa à Léman. Sa force obscure. Tout ce qu'il lui avait appris sur les puissances de la nature, sur elle-même. Sur l'âme humaine. Un lac insondable. Ses eaux troubles. Son épaisseur. Sa noirceur.

Elle allait sombrer lorsque retentit la sonnerie du téléphone. « Si c'est toi, Bilic, je te tue », dit-elle à voix haute en décrochant.

— Si vous me tuez, je ne pourrai plus vous donner l'information qui vous intéresse.

— Lieutenant Lagarde ?

— Lui-même. On m'a dit que vous avez cherché à me joindre.

— J'ai appris… pour…

— Ah oui, Farouk a dû se faire un plaisir de vous le dire.

— Lieutenant, je suis vraiment confuse et atterrée par cette décision. Je me sens vraiment responsable.

— Ce n'est pas pour vous que je l'ai fait. Mais pour Frank Tiberge, mon seul boss.

— Merci quand même. Et… votre nouveau chef, on dirait qu'il a un problème avec moi.

Audrey sentit Lagarde sourire à l'autre bout du fil.

— Son problème, c'est avec les femmes. Je crois qu'il en pince pour votre collègue et il vous voit comme une rivale potentielle.

— Mais il n'y a rien entre Bilic et moi ! s'écria Audrey, oscillant entre la surprise et la colère de se voir imputer une attirance qu'elle ne ressentait pas.

— Vous n'avez pas besoin de vous justifier. Je ne suis pas Farouk.

— Vous êtes sûr, pour lui ? Je veux dire…

— Cent pour cent, mais c'est pas mon problème. C'était juste pour répondre à votre interrogation. Je vous appelle pour autre chose. Ce sera la dernière info que je vous donnerai. Normalement, je ne devrais pas. Mais je m'y étais engagé. Vous avez de quoi noter ?

Audrey reprit son bloc-notes et son stylo et écrivit, frissonnante, ce que lui dictait Lagarde. Les noms des sept victimes du hameau. Après le dernier, il la salua et raccrocha.

Les noms s'étaient succédé comme des coups de fusil. Samuel Gisbert, Édith Lansen, Rachel Enaf, Alain Lobbé et Simon Astruck, Gauvin Tarot, Raoul Bonaventure. Gauvin Tarot, l'autiste du hameau, sans doute issu lui aussi d'une branche consanguine des Tarot. Les victimes avaient toutes été les jeunes protégés du frère Hippolyte. Un autre aurait sans doute fait partie de cette liste noire, s'il n'avait pas été tué dans la forêt alors que Léman n'avait que cinq ans. Son père, Léon Wenger.

26

Audrey avait juste eu le temps de terminer son article et de le faxer à Josserand avant de rejoindre Bilic et Berlini à l'accueil de l'hôtel, dans sa tenue préférée : Levi's 501, Converse, polo Lacoste blanc et blouson de cuir marron. Elle avait titré : « *Mise en scène macabre dans l'incendie du hameau* ». Avait hésité avec : « *L'identité révélée des sept nouvelles victimes de l'Empailleur* », mais y avait renoncé à cause du caractère un peu trop sensationnaliste. Elle n'écrivait pas pour *Paris Match.*

— J'ai quand même le temps d'avaler un café ?

— Mais je vous en prie…, lui répondit Berlini, comme à contrecœur. On vous attend dehors avec votre collègue.

Mathieu Bilic, qui semblait dans de meilleures dispositions à l'égard d'Audrey malgré une sévère gueule de bois, suivit Berlini dans la rue où ils grillèrent chacun une cigarette.

Audrey avait à peine terminé son café avec un croissant sec au goût de carton que le réceptionniste lui signala un appel téléphonique. Josserand. Il tombait mal. Elle se leva dans un mouvement d'humeur, se dirigea vers le téléphone à disposition dans le hall et attendit que le réceptionniste fasse le transfert.

Pour que Josserand prît la peine de l'appeler après la réception de son article, c'est qu'il trouvait quelque chose à redire. Car comme la plupart des boss, quand tout allait bien, il ne voyait pas de raison d'exprimer une quelconque satisfaction. Audrey inspira longuement et décrocha à la deuxième sonnerie.

— Audrey ? fit Josserand d'une voix rêche.

— C'est moi.

— Je sais que lorsque j'appelle, c'est le plus souvent pour râler. Sauf aujourd'hui. J'ai bien reçu ton papier et je voulais te le dire de vive voix : bravo. C'est de l'excellent boulot, de l'info de qualité. Avec juste ce qu'il faut de sobriété dans le propos. Je ne te demande pas où tu es allée fourrer ton nez, mais je t'ai trouvé un surnom : la Fouine. Et tu peux le prendre comme un compliment.

Si Audrey n'exulta pas à ce qualificatif inédit, en revanche, elle jubilait intérieurement des félicitations de son chef, inédites elles aussi. Mais ne voulant pas trop manifester son enchantement, elle se contenta d'un bref : « Merci. »

— C'est moi qui te remercie, Audrey. Et… il faudrait quand même qu'on trouve le temps d'aller déjeuner ensemble à ton retour. Pour parler de tout ça.

Josserand n'avait pas la réputation d'un chaud lapin. Aussi Audrey prit-elle son invitation comme une gratification et non comme un appel de phares.

— Et comment ça se passe avec Bilic ? demanda Josserand avant de raccrocher.

— Ça va.

— Tu sais, je continue à penser que vous n'êtes pas trop de deux, sur le terrain. Il est très bon photographe.

Ça, elle l'avait remarqué, même si elle se disait qu'elle ne s'en sortait pas si mal avec son Nikon.

— Fais attention à toi.

Audrey quitta Josserand, un lourd pressentiment au ventre. Pourquoi avait-il terminé l'entretien par : « Fais attention à toi » ? Ce ton paternaliste, cette mise en garde n'étaient pas dans ses habitudes.

Elle alla rejoindre avec une certaine réticence Bilic et Berlini en pleine discussion devant l'hôtel.

Le Croate lui lança un drôle de regard, comme si elle venait de faire irruption dans un de ces endroits réservés aux hommes où l'on consomme cigares et whisky sur fond de conversation virile.

— Je dérange ?

— Pas du tout, on est partis ! répondit Berlini avec un petit rire qui sonnait faux.

Elle regarda Bilic d'un air interrogateur. Il lui fit comprendre qu'il n'en savait pas plus qu'elle.

Ils gagnèrent en cinq minutes le pick-up de Berlini garé sur la place du village. Un énorme engin noir rutilant digne des séries américaines, un marchepied à chacune des deux portières avant et les pneus presque aussi larges que ceux d'un tracteur.

— Montez, montez devant, il y a de la place pour trois !

On aurait dit que Berlini recevait des convives à un dîner de gala. Ce monstre devait constituer son seul patrimoine, dont il s'enorgueillissait chaque fois qu'il y entrait.

L'intérieur sentait le cuir et le tabac froid. Audrey reconnut l'odeur âcre des brunes. Gitanes ou Gauloises. Elle eut un haut-le-cœur. Berlini s'installa au volant, Audrey prit place au milieu. Elle se sentait passablement agacée, mais sa curiosité naturelle était piquée au vif.

— On peut savoir où vous nous emmenez ?

Berlini mit le contact et passa une vitesse.

— Pas bien loin, ne vous inquiétez pas. J'ai récemment découvert quelque chose d'intéressant qui pourrait être en rapport avec notre affaire. Je vous en parle en route.

Une fois sorti du village, le pick-up, prenant de la vitesse, se lança sur la départementale qui menait au hameau. Audrey fut presque déçue. Ce que Roger Berlini pensait être une découverte majeure n'en était peut-être pas une pour elle et Bilic. Et puis zut, après tout, c'était l'occasion d'une petite virée dans cette campagne qu'elle aimait tant, se dit-elle, regrettant de ne pas être vraiment d'un tempérament à lâcher prise de temps en temps.

La route s'ouvrait devant eux, à travers une

végétation dense qui filait de part et d'autre du bitume meurtri. Il sembla à Audrey qu'ils pénétraient dans un tunnel de lumière. Elle chaussa ses Wayfarer. Au souvenir de ses escapades au Chambon, en carriole, accoutrée comme une bonne du début du siècle, sur cette même route étroite et gondolée, elle se mit à rire toute seule. Bilic la regarda en silence et Berlini tourna la tête vers elle.

— Qu'est-ce qui vous fait rire ?

— Oh, rien.

Ce passé, elle ne voulait pas le partager. Surtout pas avec ce type suffisant et content de lui.

— Peut-être cet itinéraire réactive-t-il des souvenirs de vos séjours au hameau, chez les Purs ?

Ce fut au tour d'Audrey de le dévisager avec stupeur.

— Comment êtes-vous au courant ?

— Tout se sait si vite, à la campagne. Je suis d'ici, n'oubliez pas. Une jeune fille de la ville chez ses grands-parents au hameau, ça ne passe pas inaperçu.

— Mais c'était il y a plus de dix ans ! Vous écriviez déjà pour la gazette, à l'époque ?

— Bingo ! Nous avons aussi une connaissance commune.

Il fit une pause. Sans doute pour ménager son effet. Puis reprit d'une voix altérée :

— Léman Wenger. Ça vous dit quelque chose, non ?

Audrey plongea le nez dans son sac, faisant semblant de chercher le paquet de chewing-gums qu'elle n'avait plus.

— On dirait bien que l'Empailleur s'en est pris à lui aussi. Un trophée de plus. Ce Léman, vous le connaissiez bien, pas vrai ? Plus jeunes, vous vous fréquentiez, même.

Audrey releva la tête brusquement. De quel droit ce connard s'insinuait-il dans sa vie, son passé ?

— Que laissez-vous entendre, Berlini ?

— Ne le prenez pas mal, mais vous aviez une certaine réputation qui dépassait les petites frontières du hameau. Il n'était pas si hermétique. La boîte de Pandore s'est ouverte, laissant filer dans la nature ses mystères, ses secrets.

Audrey soupçonna le bonhomme et ses tendances nettement misogynes de vouloir humilier une journaliste de la ville. Ce qu'il ne serait jamais. Et de surcroît, humilier une femme qu'il ne mettrait jamais dans son lit. Elle décida de se taire. Son silence, visiblement, excita Berlini.

— Vous ne dites rien ? Alors c'est vrai, ce qu'on raconte sur vous. Une fille plutôt légère. Vous lui avez un peu tourné la tête, à Léman Wenger. Vous pensez, un rustre qui voit arriver la souris des villes, prête à rouler avec lui dans les herbes hautes.

La jeune femme grinça des dents. La situation devenait malsaine. Elle se demandait pourquoi son collègue restait muet. Qu'aurait-il pu dire pour sa défense ? Elle ne lui avait pas vraiment parlé en détail de son passé au hameau, ni de sa relation avec le Gars.

— Vous nous détestez, hein, Berlini ?

Cette riposte sembla le désarçonner un instant. Serrant les mains sur le volant, il retrouva son sourire mielleux.

— Je vous avoue que lorsque j'ai vu arriver deux journaleux sortis tout droit de la civilisation, j'ai eu un peu peur qu'ils ne viennent marcher sur mes plates-bandes.

— Et alors, selon vous c'est ce qu'on fait, on marche sur vos plates-bandes ?

Depuis le début de cette salve, c'était la première fois que le Croate intervenait.

— On le saura bientôt.

Audrey s'aperçut qu'ils avaient dépassé l'embranchement qui menait au hameau. La découverte de Berlini se trouvait donc ailleurs. Ils avaient également laissé derrière eux le fameux virage de la Femme Morte où Audrey et Léman avaient fait leur embardée dans les champs et le brouillard. C'était à peine si elle s'était rendu compte que le pick-up l'avait franchi. En plein jour, le virage à la sombre réputation devenait banal et sans dimension particulière.

— En fait, si vous m'avez aidée sur le dossier du hameau et si vous voulez nous faire partager votre trouvaille, c'est uniquement pour nous en mettre plein la vue. Pour nous montrer que vous aussi, vous êtes un bon investigateur. C'est ça, le fond de l'histoire, Berlini ?

— Je me disais juste qu'au lieu de se faire la guerre on pourrait collaborer.

— Et vous pensez que c'est nous qui l'avons

déclenchée, la guerre ? Un peu drôle, de la part de quelqu'un qui me traite de pute à demi-mot.

— Je ne me permettrais pas. Je me contentais de vous informer sur ce qui se dit sur votre compte ici. Mais peut-être ai-je eu tort.

— J'ai la conscience tranquille, vous savez.

— Ça veut dire que vous avez couché avec Léman Wenger et que vous l'assumez ?

— Vous êtes malsain, Berlini. Malsain et lourd. Qu'est-ce que ça peut vous foutre ?

Les mains de Berlini, rivées au volant, furent secouées d'un léger tremblement. Pour la première fois, Audrey remarqua que la gauche paraissait plus petite, comme atteinte de légère atrophie. Elle observa son profil bosselé, le nez défoncé, comme s'il s'était pris un obus. Elle doutait de plus en plus que ce fût le résultat d'un coup de corne de bovidé.

— C'est que, si c'était le cas, vous seriez un témoin précieux dans l'enquête.

— Ne vous inquiétez pas, le commissaire Farouk m'a déjà briefée à ce sujet, m'enjoignant de lui faire un petit rapport sur Léman Wenger.

Berlini parut troublé.

— Vous l'avez fait ?

— Non, pas encore.

S'ensuivit un silence épais dans l'habitacle du pick-up. Le temps s'était arrêté. L'engin ralentit, emprunta une petite route à peine visible sur la droite, continua sur encore un kilomètre, tourna à gauche sur un chemin forestier et s'enfonça dans un passage au milieu d'un enchevêtrement de troncs et de branches. On ne voyait plus le ciel.

Ils roulèrent peut-être une dizaine de minutes dans la pénombre de la forêt avant d'atteindre une clairière d'où émergeait le toit défoncé d'une vieille baraque en bois et en pierres. Tout semblait à l'abandon. Ils se garèrent à quelque distance de la bicoque.

— Bon sang, où vous nous conduisez, Berlini ?

Il leur fit signe de ne pas bouger et descendit du pick-up le premier. Alla à l'arrière du véhicule. Audrey et Bilic se regardèrent avec étonnement. Ce type leur paraissait de plus en plus bizarre. Et s'il n'avait pas toute sa tête ? Ils semblaient d'accord sur ce point, mais restèrent à leur place et jetèrent un coup d'œil dehors. Berlini avait disparu.

Au bout de cinq minutes, le Croate décida de descendre voir ce qui se passait.

— Ne bouge pas, fit-il à Audrey, je reviens te dire.

— Fais attention, Mathieu. Cet endroit, je ne le sens pas.

Pendant que Bilic partait en reconnaissance, Audrey, depuis son siège, détailla la maison. On aurait dit une ancienne demeure de garde forestier. Accolée au corps de bâtiment en vieilles pierres, une petite dépendance de bric et de broc, fabriquée à l'arraché à l'aide de planches. Il n'y avait pas âme qui vive, pourtant, quelque chose dans l'air lui disait que l'endroit était habité. Servait peut-être de refuge. En tout cas, la maison abritait une existence marginale.

Soudain, le visage de Berlini s'encadra dans la vitre du pick-up. Audrey sursauta.

— Vous m'avez fichu la trouille !

— Vous pouvez descendre, j'ai fait le tour. Mais il faut se dépêcher, on ne sait jamais, il peut revenir.

Les propos de Berlini devenaient de plus en plus opaques.

— Vous avez vu mon collègue ? Il est parti à votre recherche, s'enquit Audrey en descendant du pick-up.

— Je l'ai croisé, il est parti un peu plus loin, derrière les arbres. Une envie pressante.

Audrey trouva cela pour le moins étrange mais lui emboîta le pas, encore un peu plus sur ses gardes.

Elle sentait, dans son sac à bandoulière, le poids de son Nikon contre sa cuisse. Ce seul contact la rassurait. Lui rappelait les raisons de sa présence en pleine forêt, avec un type aussi sinistre que Berlini. Des raisons qui valaient mille fois ce sentiment grandissant d'insécurité. Son job de reporter. Sa passion pour les situations extrêmes, l'investigation, l'exploration de ses propres limites. Tout sauf étouffer dans l'inaction.

— Maintenant, vous me dites ce que vous vouliez nous montrer, Berlini, sinon je remonte dans votre pick-up.

Berlini lui rendit son regard, les lèvres déformées par un rictus. Cet air lui était singulièrement familier. Audrey sentit les semelles de ses Converse s'enfoncer dans un tapis de feuilles et de mousse. La forêt, ici, était belle et menaçante.

— Il habite dans cette maison.

— Qui ça ?

— Celui que vous connaissez depuis toujours. Léman Wenger.

La jeune femme se sentit blêmir.

— Pourquoi nous conduire chez lui ? Que cherchez-vous ici ? Il est la dernière victime de l'Empailleur, je ne vois pas le rapport avec les crimes. Léman a été retrouvé mort, comme les autres victimes !

— Retrouvé mort, hein ? Quelles preuves a-t-on que c'est bien lui ?

— Je suppose que Farouk et son équipe ont fait leur travail correctement. Ils ont pu identifier la dépouille de Léman Wenger assez rapidement. Sinon, Farouk ne m'aurait pas annoncé sa mort.

Nouveau rictus.

— Et si ce n'était qu'une ruse ? Et si Léman Wenger et celui qu'on nomme l'Empailleur ne formaient qu'un ? Il aurait fait croire à sa mort en s'arrangeant pour que le corps soit identifié comme le sien.

Oubliant ses premiers doutes, Audrey s'écria :

— Vous déraillez, Berlini !

— Pourquoi ne m'écoute-t-on jamais ? Vous me méprisez, hein ?

Berlini s'avança vers elle, les poings serrés.

— Vous pensez que je ne suis qu'un péquenaud qui perd la tête.

Voyant combien Berlini semblait susceptible, Audrey se dit qu'elle était peut-être allée trop loin dans ses propos. D'un geste de la main, elle l'arrêta.

— Vous n'y êtes pas du tout ! Ce n'est pas ce que je pense de vous, loin de là. Seulement, vous me surprenez avec vos hypothèses assez tordues, reconnaissez-le.

— Alors, je n'ai pas fini de vous surprendre, je crois. Je n'ai jamais pensé comme tout le monde, voyez-vous. Ne voir que par le petit bout de la lorgnette et me satisfaire d'une seule vérité, certainement pas. Et ça m'étonne de vous, Audrey, que vous vous soyez contentée de ce que vous a servi ce flic pressé d'en découdre avec l'Empailleur et de résoudre cette affaire avec les honneurs.

Audrey eut l'impression que l'atmosphère s'assombrissait progressivement. Et si Berlini avait raison ? Elle en avait des frissons. Se rappela ses sorties dans la nature avec Léman. Leurs escapades en forêt et aux abords des habitations. Attirés par la lumière, comme deux animaux errants, sauvages.

Oui, Léman pouvait être l'Empailleur. Il en réunissait pas mal de caractéristiques. Cette supposition coûtait à Audrey, mais il lui fallait bien reconnaître qu'elle-même s'était posé la question. Avait fini par en être persuadée. S'était alors intéressée à Léman avec la fascination que peuvent inspirer les tueurs en série, ces monstres humains qui n'ont plus grand-chose d'humain, hormis l'apparence.

La voix râpeuse de Berlini l'arracha à ses pensées.

— Votre Farouk, faut pas croire, il ne s'y trompe pas. C'est pour ça qu'il vous a demandé un rapport sur Léman Wenger. Il veut en savoir un peu plus sur lui. Il vous en a demandé une description physique, n'est-ce pas ?

Audrey acquiesça à contrecœur et jeta un coup d'œil aux alentours. Il en mettait un temps, Bilic.

— Tiens donc…, fit Berlini qui ne lâchait pas le fil de sa réflexion.

— Ça fait un peu trop longtemps que mon collègue s'est absenté, je vais voir.

Ces mots ramenèrent Berlini sur terre. Il coupa la route à Audrey.

— Non ! Vous avez raison, c'est bizarre. Mais il a tout aussi bien pu entrer inspecter les lieux. Je viens avec vous. Attendez-moi, juste le temps de récupérer quelque chose dans le pick-up.

Quelques secondes après, Audrey le vit revenir un revolver à la main.

— Ben ça rigole pas chez vous ! Si on avait ça, à la rédaction, il y aurait des morts…

— Ça vous éviterait d'être totalement démunis dans des situations délicates comme celle-ci. Venez, suivez-moi, et pas de bruit.

Se recroquevillant comme s'ils allaient être moins visibles, ils firent quelques pas en direction de la maison. Audrey se disait qu'il fallait être fou ou inconscient pour s'introduire seul dans une bicoque aussi lugubre et que ce genre d'audace ne ressemblait pas à Bilic.

Arrivé le premier au seuil de la baraque, Berlini poussa la porte qui s'ébranla dans un grincement sinistre. Audrey en eut froid dans le dos. Et toujours ce silence de mauvais augure. Ils firent quelques pas à l'intérieur. Les volets fermés plongeaient la maison dans le noir. Berlini sortit alors une torche et éclaira devant lui. Il y avait, tout de suite en entrant, un escalier qui menait à un étage aménagé ou bien directement aux combles. Un peu plus loin, elle distingua une trappe. Certainement la cave.

Berlini se retourna et lui fit un petit signe de la tête. Audrey comprit qu'elle ne devait plus avancer et l'attendre là où elle se trouvait. Elle entendit s'éloigner le discret claquement des bottes sur le sol en pierre et se retrouva seule dans l'obscurité.

Autrefois, en compagnie de Léman, elle avait fait ce qu'ils appelaient des expéditions « chair de poule », histoire de se provoquer des montées d'adrénaline. Ils avaient même escaladé de nuit le mur du cimetière et s'étaient laissés glisser de l'autre côté, parmi les tombes. Ils avaient attendu de voir les feux follets. En avaient aperçu quelques-uns au ras du sol, à moins que ce ne fût leur imagination. Mais alors, elle n'avait pas eu aussi peur que là, coincée dans le refuge d'un tueur avec ce type un peu fêlé, à la recherche de son coéquipier disparu.

En même temps qu'un froid humide s'insinuait lentement dans tous ses membres, elle crut sentir un courant d'air glacé. Entendit un bruit à sa droite. Se retenant de respirer, elle essaya de contrôler le tremblement qui la gagnait.

— Berlini, c'est vous ? chuchota-t-elle.

À cet instant, cette fois à sa gauche, un autre son, tout proche, lui fit tourner la tête. Ses yeux s'étant adaptés à l'obscurité, elle n'eut que le temps de discerner une forme qui se déplaçait. Puis ce fut l'éblouissement avec une douleur aiguë, comme si son crâne venait d'imploser, sensation suivie d'une insensibilité totale. Inerte, son corps s'affaissa et sa tête résonna sur la pierre du sol.

LE LAC

27

Une sensation de brûlure derrière les yeux les lui fit ouvrir, puis aussitôt refermer. Une fraction de seconde, Audrey crut à un de ces tours que lui jouait encore le Visiteur. Une migraine fulgurante qui se terminait la plupart du temps au-dessus de la cuvette des W.-C. Mais lorsqu'elle put enfin garder les paupières ouvertes et regarder autour d'elle, elle comprit dans quelle situation elle se trouvait.

Tout d'abord, ce fut une succession de perceptions désagréables, plus ou moins douloureuses, ressenties dans tout le corps. C'était comme si elle avait reçu des coups partout. Elle voulut bouger, mais s'aperçut rapidement qu'elle était attachée, allongée, les bras le long du corps et les jambes légèrement écartées. Des bracelets métalliques lui enserraient les chevilles. Ses extrémités, sa nuque étaient endolories, mais une douleur sourde se concentrait dans le crâne. Tout d'abord confrontée à une lumière blanche, sa vue s'adapta peu à peu à ce qui l'environnait.

Elle distingua des objets qui lui semblèrent appartenir à un équipement médical, des néons au plafond, puis perçut un mouvement tout près d'elle. Sursauta lorsque surgit dans son champ de vision le visage de Berlini.

Il lui susurra d'une voix étrangement douce :

— Content de vous revoir parmi nous, Audrey.

Il lui avait posé une main sur le front. Elle aurait voulu la saisir pour la mordre, mais il lui était impossible de bouger un petit doigt.

— Berlini, qu'est-ce que vous foutez là ? murmura-t-elle d'une voix pâteuse.

— Votre mémoire est encore un peu troublée. C'est normal, après l'opération.

Audrey se raidit.

— Qu'est-ce que vous me racontez, bon sang, Berlini ? Quelle opération ? Et pourquoi vous m'avez attachée ?

— Alors, je vois qu'il faut reprendre depuis le début. Je ne suis pas Berlini, Audrey. Mais le docteur Léon Wenger, psychiatre. Vous venez de subir une grosse intervention. Une première du genre. Après avoir été plongée dans un coma artificiel pendant quelque temps, vous avez été opérée au cerveau avec des techniques de pointe par une équipe composée des meilleurs chirurgiens à l'hôpital de Zurich. Sans anesthésie et sans ouverture de la boîte crânienne.

— C'est à cause du Visiteur ?

Le psychiatre regarda son assistant.

— Entre autres.

Audrey tourna la tête et vit Mathieu Bilic. Le

Croate portait lui aussi une blouse blanche et se tenait debout à côté de la table.

— Vous étiez de mèche tous les deux, alors, hein ?

— Il vaut mieux être de mèche avec son assistant face à un cas comme le vôtre, Audrey, sourit le docteur Wenger.

Sa patiente voulut se dégager de ses liens, mais rencontra une résistance telle qu'elle ne put retenir un cri de rage.

— Pourquoi je suis attachée ? On n'en a pas fini avec l'Empailleur…

— Après l'intervention, nous n'étions sûrs de rien. Et encore moins du résultat. En revenant ici, vous avez été… un peu agitée. Pour votre sécurité et celle des infirmiers, on a été obligés de vous entraver et de vous administrer des sédatifs assez puissants.

— Pourquoi on m'a opérée à la tête ? À cause des migraines ?

Wenger chercha de nouveau une réponse dans les yeux de son assistant. Il voulait donner l'explication la plus simple à sa patiente.

— Je vous l'ai dit, en partie, oui. Mais il n'y a pas que cette raison. Il semblerait que votre lobe temporal et votre cerveau limbique aient été lésés. Ce seraient les conséquences de l'accident de voiture auquel vous avez survécu, à l'âge de deux ans. Ces lésions pourraient expliquer certains de vos comportements dangereux. Encore une fois, on avance lentement dans ce domaine, tout est à prendre avec d'extrêmes précautions.

Si l'opération réussit, ce sera sans précédent. Pour l'instant, seuls dix patients ont été opérés avec cette technique. Ce furent autant d'échecs.

Berlini se fichait de sa tête. Il voulait juste se donner du temps. Elle l'avait compris dès qu'elle s'était retrouvée seule dans le pick-up, au milieu de cette forêt sinistre. L'Empailleur, c'était lui. Léon Wenger et Berlini ne formaient qu'un. Et maintenant, il voulait lui faire croire qu'il allait la soigner. Mais Bilic, que faisait-il là ? Il était donc son complice ?

Audrey eut un sourire mauvais.

— C'est vous l'Empailleur, hein, Berlini ? Et votre cicatrice, là, sur le visage, c'est pas un coup de corne, pas vrai ?

Wenger soupira. Ce n'était pas gagné.

— Audrey, cette ancienne blessure, c'est vous. C'est quand vous m'avez agressé, la seule fois où j'ai commis l'imprudence de rentrer dans votre cellule d'isolement sans vous faire entraver auparavant. Vous vous êtes précipitée sur moi et, avec vos dents et vos ongles, vous m'avez déchiqueté le visage et arraché une partie du nez.

Audrey ricana. Elle avait froid à la tête, comme un courant d'air glacé. On lui avait rasé le crâne avant l'opération.

— Vous l'aviez bien mérité, non ?

Le cœur du psychiatre fit un bond.

— Vous vous souvenez, alors ?

Audrey décida de jouer le jeu de Berlini. C'était encore ce qu'elle avait de mieux à faire si elle voulait sauver sa peau. Astucieux, de la part de

Berlini alias Léon Wenger l'Empailleur, autrefois taxidermiste, de se faire passer pour un psychiatre. Mais elle serait encore plus rusée que lui.

— Ouais, même que vous m'avez bien punie. Alors, je sors quand ?

— Pour l'instant, je ne peux pas me prononcer.

— Mais vous savez, docteur, on m'attend, dehors. Un gros reportage. Josserand ne sera pas content s'il sait que vous m'empêchez de partir.

Wenger se rapprocha de son assistant.

— Elle recommence son délire journalistique, je le crains, lui glissa-t-il à l'oreille.

— Qu'est-ce que vous complotez dans mon dos, Ber… docteur ?

Wenger poursuivit son aparté sans quitter sa patiente des yeux.

— Vous voyez, Bilic, elle allait dire « Berlini », mais s'est reprise pour dire « docteur ». Elle nous manipule, Bilic. Elle veut nous faire croire qu'elle sait vraiment qui je suis, qui vous êtes et pourquoi elle est ici. Son délire abolit la notion de réalité et elle continue à nous prendre pour d'autres. Pour elle, je suis encore ce Berlini et vous, vous avez gardé votre nom, mais, dans son esprit, vous n'êtes pas mon assistant. Elle est toujours persuadée qu'elle est journaliste et qu'elle enquête sur cette affaire de tueur en série avec vous. Mais attendons de voir l'évolution. Nous ne sommes qu'au lendemain de l'opération.

Nouveau rugissement.

— Avez-vous mal, Audrey ?

— Terriblement, partout, surtout à la tête.

Le Visiteur, il me lâchera pas, vous savez, malgré tous vos bistouris et techniques de pointe de couteau, ahahahah ! Vous allez me détacher, hein, docteur, et je serai douce comme un agneau de Pâques. Vous avez ma parole.

— Nous vous détacherons, Audrey, vous avez ma parole aussi. Quand vous serez un peu plus calme.

Soudain, Audrey éclata en sanglots.

— Elle n'est pas vraiment stabilisée, fit remarquer Bilic.

— Que se passe-t-il, Audrey ? demanda doucement Wenger.

— Il les a tous tués, n'est-ce pas ? Tous les sept ?

— Qui ça ? L'Empailleur ?

— Oui ! J'ai pas pu l'en empêcher, vous savez… Personne ne pouvait l'en empêcher. Mais il a fait pire.

Elle s'interrompit. Elle trouvait que ça sonnait plutôt juste. Le psychiatre était au bord de l'abattement. Malgré l'opération, sa patiente était victime d'une nouvelle crise.

— Qu'est-ce qu'il a fait de pire, Audrey ?

— Il m'a demandé de l'aider. C'est pourquoi je suis ici, pas vrai ? Dites-moi, docteur, depuis quand je suis ici ?

— Depuis quarante-deux ans, Audrey. Dans trois jours, cela fera exactement quarante-deux ans.

— Quarante-deux ans ! On va fêter ça, docteur ? Et moi qui avais l'impression que notre petite virée en pick-up c'était hier. Vous me laisserez inviter qui je veux, hein ?

Wenger se passa une main dans les cheveux.

— Qui voulez-vous inviter ?

— Pour commencer, votre fils, Léman Wenger, le Gars. Dire que j'ai longtemps cru que l'Empailleur c'était lui ! Alors, pour me faire pardonner, je vais l'inviter. Et puis, et puis le flic séduisant, Frank Tiberge, son copain Lagarde et… et mes parents, faut bien, et vous. Avec votre assistant, bien sûr, n'est-ce pas, beau brun ? Comment tu t'appelles ?

— Bilic. Mathieu Bilic, répliqua l'assistant, imperturbable, qui répondait à cette question pour la centième fois, peut-être.

— Ah oui, Bilic, c'est vrai. Oh, tu m'en veux pas pour l'autre soir, à l'hôtel, hein ? Je suis pas une marie-couche-toi-là, pourtant. D'ailleurs, tu sais pourquoi on dit « Marie » ? Marie, c'est la Vierge ! Ça m'étonnerait que la Vierge ait couché comme ça, avec n'importe qui… Mais Léman, j'y tiens, docteur, vous l'inviterez, promis ?

« Oui, ma fille, c'est très bien, continue comme ça, sur ce registre, tu gagnes du temps », s'encourageait Audrey, un peu moins agitée, la voix pâteuse.

— Léman n'existe que dans votre tête, Audrey. Vous l'aviez pourtant accepté au cours d'une de nos séances. À moins que ce n'ait été encore une tentative de manipulation de votre part. Avez-vous vraiment conscience que je suis le docteur Léon Wenger, que Léman est le pur fruit de votre imagination, seulement l'un de vos personnages ? Vous faites d'incessants allers et retours entre la réalité et le monde que vous vous êtes mentalement construit.

— Ah ouais, alors pourquoi je l'aurais appelé Léman ?

— Sans doute parce que nous sommes dans un centre psychiatrique de haute sécurité au bord du lac Léman. « Un lac profond et froid », avez-vous écrit un jour, peu de temps avant votre arrivée ici.

Audrey Grimaud se mit à trembler de tout son corps. Une onde glacée la traversait à partir de la nuque. Sa mémoire luttait contre elle-même. Se souvenir ou ne pas se souvenir. La première solution la détruirait, la deuxième solution la condamnait à rester à jamais dans cet endroit qui sentait la pisse et l'oubli. Berlini-Wenger était sans doute en train de la tester. Avant de la tuer elle aussi, comme les autres.

— Vous allez m'achever moi aussi, m'ouvrir vivante, hein ? dit-elle sombrement.

— Non, Audrey, je suis là, près de vous, chaque jour depuis presque trente ans pour vous sortir de là. De votre tête. Car c'est elle votre prison. C'est elle qui vous a poussée à faire ce que vous avez fait.

— Mais qu'est-ce que j'ai fait ? hurla Audrey en soufflant bruyamment par le nez.

Sans se départir de sa voix douce et de sa patience, Léon Wenger poursuivit :

— Vous étiez quelqu'un de dangereux. De très dangereux. Peut-être l'êtes-vous encore, l'avenir nous le dira. Par la force des choses, votre isolement a sans doute mis votre dangerosité en veille. Vous ne pouviez plus tuer. Mais à plusieurs reprises, vous avez essayé d'agresser le personnel, les aides-soignantes, les infirmiers, vos médecins, dont je fais partie, et vous avez parfois réussi, d'ailleurs. Je ne vous en veux pas, Audrey. Sinon, je devrais tout de suite changer de métier. Simplement, j'aimerais que vous réalisiez un jour, que vous intégriez complètement vos crimes. Vous n'êtes pas une simple sociopathe. Vous êtes une psychopathe doublée d'une personnalité délirante à tendance schizophrène. Et cela n'a rien de péjoratif dans ma bouche. Ce n'est pas vous, Audrey. Vous êtes malade. Mais pour que je réussisse à vous soigner, vous devez m'aider.

Décidément, Berlini était très fort. Voilà qu'il rejetait ses propres meurtres sur son dos. Il l'accusait de tous ses crimes ! Et voilà que ce serait lui son sauveur ! Elle devait continuer à bluffer.

— Qu'allez-vous faire de moi, docteur ? M'ouvrir pour enlever la pourriture et me recoudre ?

Le psychiatre déglutit.

— Non, Audrey. Ça, c'est votre... votre père qui avait ce genre de pratiques.

— Mon père ? Mais il est mort dans l'accident, dans le virage de la Femme Morte ! Ils sont morts tous les deux, mon père et ma mère !

— Le déni dans lequel vous replongez parfois est tout à fait compréhensible. Mais lorsqu'il vous arrive de revenir à la réalité grâce aux traitements, vous savez que votre père a survécu, comme vous. Seulement, voyant sa femme morte, il vous a récupérée, a brûlé la voiture avec votre mère dedans et vous a confiée au couple Grimaud, du hameau, dans cette communauté de Purs. Ça tombait bien, ils n'avaient pas d'enfant. Et ensuite, il a disparu, passant pour mort pendant quelque temps.

Comme si elle redevenait soudain une petite fille, Audrey pleurnicha.

— Grand-ma, elle m'a toujours dit que son fils était un avocat.

— C'est ce qu'ils avaient décidé de vous faire croire. En réalité, votre père n'appartenait pas à la secte, mais il était l'un des rares étrangers à avoir travaillé pour les membres.

— Qu'est-ce qu'il faisait ?

— Taxidermiste. Il avait installé son atelier dans un village voisin. Les Grimaud vous emmenaient le voir de temps en temps. Vous alliez le retrouver, parfois, dans sa maison, à l'écart du hameau, sans savoir qu'il était votre père. Vous ne pouviez pas vous souvenir de lui. Vous étiez très jeune. Vous avez grandi au sein de cette communauté. Était-ce un bien, ou plutôt un mal, je l'ignore. Ce genre de rupture avec le monde extérieur n'engendre pas systématiquement des problèmes psychiques ou des conflits internes. Mais il arrive que des gens veuillent en partir et là, c'est une autre paire de manches. On fait peser sur eux une lourde culpabilité, doublée d'un bannissement pour trahison. En tout cas, vous y avez passé les treize premières années de votre vie, ponctuées par ce qui fut un drame pour vous, la mort d'Abel Grimaud que vous considériez comme votre grand-père.

De mieux en mieux. Curieuse, Audrey voulut savoir ce que Berlini allait encore pouvoir inventer.

— Et qu'est-ce que vous vouliez dire par « qui avait ce genre de pratiques » ? Vous faisiez allusion à son métier ?

— Son métier cachait sa vraie nature. Ses pulsions qui l'ont amené à commettre des crimes innommables. Et…

Wenger s'adressa à Bilic en baissant la voix :

— À votre avis, je continue ?

— Ça ne fera que la vingtième fois qu'elle l'entendra, sans l'assimiler comme une réalité. Mais vous n'avez pas non plus à l'épargner, Léon.

Le psychiatre se retourna vers sa patiente.

— Votre père vous rendait des visites nocturnes pour assouvir ses pulsions sexuelles.

— Mon père aurait fait ce genre de saloperies ? Vous allez trop loin, là !

— Malheureusement, je vais aussi loin que le permet notre connaissance actuelle du cerveau humain. C'est elle qui m'oblige à le faire, qui m'entraîne dans ses méandres et ses mystères. Qui ne cesse de m'envoyer des messages à décrypter au travers d'actes tous plus horribles les uns que les autres. Comme ce que faisait votre père qui s'est ensuite pendu dans sa cellule. Il vous violait, Audrey. Et il revenait régulièrement dans vos nuits. Ça a été le départ de vos migraines. Ce n'est pas pour rien que vous leur donniez ce nom : le Visiteur. Vous avez fait une superposition entre ces douleurs organiques et celui qui vous infligeait des douleurs morales, votre père.

Wenger fut interrompu par les cris de sa patiente. Elle secouait la tête dans tous les sens, crachait, bavait, comme possédée. Bilic se dirigea vers un interphone et appela l'infirmier qui arriva aussitôt.

— Faites-lui une injection de benzodiazépine. C'est incroyable, une vraie force de la nature ! Ce qu'on lui a déjà donné assommerait un bœuf !

— Très bien, Bilic. La séance est close, donc. C'est tout ce qu'on peut faire pour aujourd'hui.

Aux deux aides-soignants qui se présentèrent cinq minutes après l'injection, Léon Wenger demanda d'emmener la patiente dans sa cellule.

Le centre psychiatrique de haute sécurité situé sur les rives françaises du lac Léman était réputé pour ses méthodes d'avant-garde qui se démarquaient des autres centres dédiés aux criminels excessivement dangereux, sociopathes et psychopathes.

L'édifice se dressait sur une butte qui s'avançait dans le lac, bénéficiant ainsi d'une vue somptueuse sur l'eau, dont les patients ne profitaient guère. L'administration du centre était installée dans un corps de bâtiment principal qui était un ancien château. Il avait fallu construire une succession de cinq petits bunkers élégamment appelés pavillons, dans lesquels avaient été aménagées les cellules.

Contrairement à un centre traditionnel, les éléments les plus dangereux n'étaient pas concentrés en un même endroit. Ils étaient répartis entre les cinq pavillons, à raison de trois par pavillon.

Le nouveau directeur, appuyé par les médecins, avait pris cette décision, convaincu que si on rassemblait les éléments très dangereux en un seul lieu, une dynamique malsaine pouvait à la longue s'instaurer et qu'il suffirait de peu de choses pour que cet équilibre fragile se rompît sous la poussée de toutes ces pulsions meurtrières réunies. Il espérait aussi que cette intégration parmi des sujets plus inoffensifs favoriserait l'amélioration de l'état mental des premiers.

Le directeur avait tenu à la mixité, et les hommes comme les femmes étaient traités de la même façon.

Léon Wenger avait écrit dans son rapport qu'Audrey Grimaud était arrivée au Centre du lac Léman le 9 janvier 1964. À bientôt soixante ans, elle était la patiente criminelle la plus ancienne de l'institution. Elle était aussi considérée comme particulièrement violente et redoutable en raison d'un esprit affûté, en plus de ses antécédents paternels.

Toujours selon Léon Wenger, Audrey avait été internée au centre dès sa majorité, après avoir passé cinq ans dans l'unité psychiatrique d'un institut pour enfants. Tout au long de ces années d'internement, elle avait beaucoup lu, s'était intéressée au phénomène de consanguinité qui touchait le hameau où elle avait grandi, avait écrit et s'était peu à peu bâti une nouvelle personnalité.

À partir de 1989, elle était devenue « Audrey Grimaud, jeune journaliste reporter envoyée au hameau sur l'affaire d'un incendie et d'une série de meurtres ».

Impuissants devant ce cas si différent de ce qu'ils avaient pu rencontrer, les psychiatres avaient établi un profil de psychopathe associé à une personnalité à tendance schizophrénique.

Audrey n'était pas victime d'hallucinations, n'entendait pas de voix, mais, dans ses jeunes années, avait présenté des troubles sous forme de visions ou de flashes médiumniques. Elle les décrivait assez précisément dans ses écrits autobiographiques sur son enfance au hameau et lors de ses entretiens avec les psychiatres. Pourtant, ces visions demeuraient enveloppées de mystère. Jusqu'à ce que Léon Wenger découvrît qu'il ne s'agissait pas de prémonitions, mais bien de rappels de scènes qui s'étaient passées.

Ainsi, elle avait rapporté de façon confuse comme appartenant à l'un de ces flashes récurrents la scène de l'accident dans le virage de la Femme Morte. Avec la supposée mort violente de ses parents. Puis, un peu plus tard, lorsqu'elle avait parlé à Léon Wenger des sept enfants juifs dont elle avait « vu » les regards terrifiés, son esprit malade s'était en réalité servi de ce qui s'était produit au hameau pendant la Deuxième Guerre mondiale. Ce récit poignant que lui avait raconté Gabrielle Grimaud, photo à l'appui. Nouvelle superposition mentale chez Audrey entre cette réalité qui appartenait au passé et celle qu'elle niait. Cet acte qui l'avait conduite dans une unité psychiatrique pour enfants, à treize ans à peine.

La violence d'Audrey Grimaud avait été contenue au fil du temps par divers traitements et camisoles chimiques. Elle avait fait l'objet d'expériences, joué les cobayes pour de nouveaux protocoles. Avait également tenté de se suicider à trois reprises, puis avait sauvagement agressé son psychiatre, le docteur Wenger, et plusieurs membres du personnel soignant.

Elle alternait entre des périodes de pleine conscience de ses actes et de sa personnalité et des moments où elle semblait devenir une bête. Une bête sauvage, carnassière, prête à bondir, déchiqueter, tuer. Une bête dont le nom était Léman.

28

Très certainement condamnée à passer le reste de sa vie au centre, après des années à l'isolement dans une pièce capitonnée sans fenêtres, Audrey Grimaud avait eu enfin droit à une cellule avec vue sur le lac.

Il n'était pas question de baies vitrées. Une seule fenêtre au format carré, trop étroite pour laisser passer un corps d'adulte, protégée par des barreaux et une grille. C'était dire si la belle vue devenait une véritable mosaïque. Mais cela lui suffisait. Elle pouvait voir au-dehors, le lac, la masse sombre des montagnes, jusqu'à la ligne d'horizon, c'était ce qui lui importait.

Les psychiatres et même le directeur avaient longtemps hésité avant de céder aux arguments de Léon Wenger en faveur de ce changement de décor. Une garde renforcée avait été maintenue devant sa cellule. À la demande du directeur, les cellules des sujets les plus dangereux avaient été équipées d'un système de vidéosurveillance.

Parfois, Audrey s'installait face à la caméra,

plutôt juste en dessous, et parlait « à plusieurs », « en mode conférence », disait-elle, ou bien se taisait des heures durant.

Depuis que les deux aides-soignants l'avaient ramenée à sa cellule, elle s'était collée contre la fenêtre qui lui arrivait à hauteur du menton et regardait au loin. Le ciel et le lac, quadrillés.

Aux teintes des arbres du parc, on devait être en automne. Berlini et son complice Bilic l'avaient bien eue. Sans doute le lieutenant Lagarde était-il parti à sa recherche. Elle l'espérait de toutes ses forces. Parce qu'elle ne pourrait pas tenir très longtemps, avec ce que Berlini alias Léon Wenger l'Empailleur lui avait fait subir. Toutes ces tortures, puis cette opération à la tête. Mais, chose incompréhensible, il la laissait en vie. Peut-être pour son propre plaisir, oui, pour la regarder souffrir, provoquer de terribles douleurs, et ensuite la calmer en la droguant. Et, étrangement, ses maux de tête s'étaient estompés. Le Visiteur n'était pas venu depuis un moment déjà.

Elle avait bien sûr songé à fuir. S'évader de cette cave sordide qui puait le rat et l'humidité où l'Empailleur la tenait enfermée. Mais il la rattraperait certainement, dans cette forêt dont il connaissait toutes les cachettes, les moindres refuges. Et Josserand, il devait s'arracher les cheveux à rester sans nouvelles de ses journalistes.

Un bruit métallique la fit se retourner brusquement. La porte s'ouvrit. Deux gorilles en blouse bleue entrèrent, se rangèrent de chaque côté. Berlini-Wenger apparut… suivi de lui, de Josserand !

Réprimant sa stupéfaction, Audrey le salua, comme si la situation était tout à fait normale.

— Audrey, notre directeur, M. Josserand, que vous avez déjà rencontré quelques fois, vous rend une petite visite de courtoisie, dit le docteur Wenger d'une voix claire en laissant passer le directeur du centre.

Audrey remarqua aussitôt l'attitude des gorilles. Sur leurs gardes, des liens de cuir à la main.

— Comment vous sentez-vous, Audrey ? demanda Josserand.

C'était un homme de taille moyenne, au physique passe-partout, les cheveux mi-longs coiffés en arrière, traversés de fils d'argent. Il était vêtu d'un pantalon en toile d'un gris anthracite et d'un pull à col roulé noir. Sa voix était chaleureuse.

Il s'agissait donc d'un complot contre elle, cette fois elle en était sûre. Un piège tendu par Josserand lui-même. Bilic et l'Empailleur étaient ses complices. Que n'y avait-elle pas pensé plus tôt ? Un seul homme ne pouvait pas matériellement commettre tous ces meurtres en série, ouvrir, dépecer, rembourrer, recoudre ces corps avec autant de soin.

Elle regarda Josserand d'un air mauvais.

— Comment voulez-vous que je me sente, dans ce pétrin ?

C'est ça, elle serait plus maligne qu'eux.

— Dans quel pétrin êtes-vous donc, Audrey ?

fit Josserand en lançant au psychiatre un coup d'œil qui n'échappa pas à sa patiente.

— Pourquoi vous faites semblant de pas savoir, hein ?

Le directeur ouvrit les mains en signe d'interrogation.

— Ne pas savoir quoi ?

— Ce qui m'arrive.

— Au contraire, je sais ce qui vous arrive. C'est pourquoi je suis là. Vous avez été opérée. Je tenais à vous féliciter pour votre courage. J'espère que ce sera une réussite.

— Moi aussi, je l'espère, grinça Audrey en se passant la langue sur les lèvres.

Léon Wenger fit discrètement signe à Josserand de reculer. Il connaissait le moindre indice avant-coureur d'une agression chez sa patiente. Il pouvait interpréter toutes ses mimiques, comme un dresseur averti les détecte chez ses fauves. Les deux gorilles s'avancèrent légèrement.

— Bien, nous sommes donc sur la bonne voie, répondit le directeur sans se départir du ton chaleureux qu'il avait adopté depuis le début.

— Alors, c'est tout ? demanda Audrey, visiblement dépitée.

Elle qui s'était tellement décarcassée sur ce reportage. Voilà comment elle était remerciée !

Josserand parut un peu troublé.

— Elle veut certainement parler de son reportage, lui précisa Wenger en aparté.

— Son reportage ? Ah oui. Je vois. Elle croit toujours que…

— Par phases, oui.

— Bravo pour tout le reste, Audrey. C'est bien, ce que vous avez écrit.

Le visage grisâtre d'Audrey s'illumina.

— Vous... vous l'avez lu ?

Josserand acquiesça, un peu gêné. Il détestait avoir à jouer un rôle auprès de certains des patients.

— Bien sûr, j'ai tout lu. C'est très bien. Au revoir, Audrey.

— C'est terminé ?

— Je... je dois retourner au bureau. Des affaires urgentes. Je vous laisse avec le docteur Wenger. Je crois que vous avez des choses à vous dire.

Ben voyons. C'était si commode ! Josserand s'en allait après avoir fait bonne figure et elle se retrouvait avec... Berlini l'Empailleur ! Cette fois, elle ne donnait pas cher de sa peau.

— Le directeur prend votre cas très à cœur, vous savez, Audrey, fit Wenger une fois que Josserand eut quitté la cellule.

— Quel est mon cas, docteur ?

Elle tenait son rôle à la perfection. C'était l'unique solution pour endormir les soupçons de Berlini et, peut-être, parvenir à s'enfuir de là. Des griffes de ce cinglé.

— J'espère de tout cœur qu'il connaîtra une amélioration, Audrey. Vous dire que vous sortirez un jour d'ici serait vous mentir et me mentir à moi-même. Mais, au moins, arriver à un bon résultat. Peut-être parviendrez-vous à participer à la vie du centre, à des ateliers.

— Et puis quoi encore ? ricana Audrey. Des ateliers de couture, hein, docteur ? Ou de taxidermie ?

Wenger sentit un frisson glacé dans la nuque.

— Il n'y a pas ce genre d'atelier, ici, répliqua-t-il plus sèchement qu'il ne l'aurait voulu. Je veux vous aider à intégrer votre acte. Depuis quarante-deux ans que vous êtes là, Audrey, nous nous devons d'avancer cette fois-ci. Avancer d'un grand pas. Je sais très bien que vous jouez encore la comédie. Ce qui me fait douter du succès de l'opération. Vous continuez à croire et faire croire que vous êtes la victime. Avec, dans le rôle de votre père, de celui que vous appelez l'Empailleur, nul autre que moi-même. Si je partais un jour d'ici, Audrey ? Je veux dire, si je devais partir ? Cette seule idée m'angoisse. Je suis votre allié. J'ignore quelle serait l'attitude d'un confrère nouveau ici à votre égard.

Audrey sembla l'écouter avec la plus grande attention.

— Vous partiriez où ça ? demanda-t-elle brusquement.

Léon Wenger préféra rester vague. Il voulait la tester.

— Vous savez, nous sommes en poste à un endroit, si nous avons de la chance, nous y restons des années, puis, un jour, on est muté ailleurs. Pour ne pas créer un lien affectif et durable avec certains patients.

— Comme moi ?

— Par exemple.

— Vous m'emmèneriez avec vous ?

— Je suis en train de vous dire le contraire. Ce n'est pas l'objectif recherché.

Audrey fit claquer sa langue. Pointa son index sur Wenger.

— Pourtant, c'est vous qui m'avez enfermée ici.

— Non, Audrey, c'est vous-même. À cause de ce que vous avez fait.

Ils ne l'auraient pas comme ça. Ils cherchaient à lui faire endosser leurs crimes et ensuite, ils disparaîtraient dans la nature. Berlini-Wenger, Bilic et maintenant, Josserand.

Elle se referma sur elle-même.

— Audrey, chaque fois qu'on aborde le sujet, vous vous déconnectez. Vous passez en position de repli, là. Alors, une autre fois, si vous préférez, mais il faudra bien qu'on en reparle.

Les paupières de la patiente se mirent à cligner très vite. Nouveau signe d'une attaque imminente.

Sans lui tourner le dos, Wenger se dirigea lentement vers la sortie, à reculons. Les deux mastodontes étaient sur le qui-vive.

— Je vous laisse vous reposer.

Ces mots eurent sur Audrey l'effet d'une piqûre.

— Non ! Attendez, docteur. Ma douche ?

— Votre douche ?

— Oui, j'aimerais prendre ma douche.

— Ce n'était pas prévu. Mais je vais voir.

— Ma douche. Tout de suite.

Elle commençait à devenir très agitée. Pour la douche, qui avait lieu deux fois par semaine, il fallait suivre un protocole spécifique. Remplir un petit formulaire daté et signé par le psychiatre et les infirmiers chargés de conduire le patient à la douche. C'était un moment délicat. La moindre faute d'inattention de la part du personnel soignant et la situation pouvait tourner au drame.

Pour éviter que le pommeau de douche et le tuyau puissent servir d'outils quelconques ou même d'armes, tout le système de robinetterie était scellé au plafond, d'où l'eau jaillissait, tout d'abord glacée, avec la violence d'un Kärcher.

— Je vais chercher le formulaire.

Audrey lui fit les yeux doux.

— Pour une fois, docteur, on peut s'en passer, non ?

Exposé au regard pénétrant d'Audrey, Wenger se sentit mal à l'aise. À l'approche de la soixantaine, sa patiente aurait pu avoir conservé les vestiges d'une beauté passée. Or, de cette femme marquée par des années d'isolement et de traitements lourds, on ne pouvait pas dire qu'elle fût belle. Enfermée alors qu'elle n'était pas encore entrée dans la pleine adolescence, elle n'avait pas pu éclore réellement. Sa maladie psychique lui avait façonné une expression dure, voire effrayante. Son visage pouvait se transformer au gré de ses pulsions, de ses états d'âme et de ses personnalités multiples.

Pourtant, à peine plus jeune qu'elle, Léon Wenger redoutait ce trouble qu'il pouvait ressentir au contact d'Audrey Grimaud et de ses yeux d'une couleur indéfinissable où perçaient la violence meurtrière, mais aussi, plus rarement, une émouvante gravité.

— Désolé, Audrey, le règlement est incontournable. Je veux bien vous faire conduire à la douche, si ça peut vous détendre, bien que ce ne soit pas votre jour de douche. Mais à condition de ne pas déroger aux règles.

— OK, OK, monsieur Règlement. Je vous attends.

Wenger fut heureux de se soustraire quelques instants au sourire féroce de sa patiente.

Il revint avec un peignoir, une serviette propre et le papier qu'elle signa avec lui avant de suivre ses gardiens jusqu'aux douches. Ils consentirent quand même à se retourner pour qu'elle puisse enlever ses vêtements au vestiaire.

Elle se déshabilla lentement, presque amoureusement. Il n'y avait de miroir nulle part. Elle devait formuler une demande expresse pour qu'on lui en apportât un dans lequel elle pouvait se regarder cinq minutes. Le temps de se recoiffer un peu. Lorsqu'elle avait encore tous ses cheveux. Mais elle laissa tomber cette fois et entra dans la douche en grelottant.

Au contact de l'eau tiède, puis chaude, ses frissons redoublèrent d'intensité et finirent par s'atténuer, laissant place à une curieuse torpeur. Elle avait eu droit à une dosette de gel douche parfumé aux pins. Pas de savon, rien qui puisse se transformer en arme ou servir un plan d'évasion.

Elle commença à se masser doucement le corps, les mollets, les cuisses, le ventre, chaque bras, la nuque. Le dos poserait un problème. Personne ne pouvait donc lui masser le dos ? Quelqu'un lui avait-il déjà massé le dos une seule fois dans sa vie ? Pas qu'il lui en souvienne. Elle n'était pas restée assez longtemps au hameau, chez les grands-parents. Se souvenir, oui, c'était exactement ce qu'on attendait d'elle, ici. Qu'elle se souvienne.

Alors se produisit une chose extraordinaire. Ce fut comme si une fenêtre s'ouvrait quelque part dans son cerveau. Une fenêtre qui donnerait sur un endroit pur, lumineux, aérien. Plus rien de lourd, plus d'entraves. Seule la lumière.

Elle ne voulait plus être sa propre prisonnière, comme disait Léon Wenger. Bien sûr, il était son psychiatre et il serait fier d'elle. Elle aimait qu'on soit fier d'elle. Même qu'il le lui répétait : « Je suis fier de toi, Audrey, tu es une bonne fille », chaque fois qu'il l'avait pénétrée.

Au début, elle avait crié : « Sale porc, je te tuerai », cherché à se débattre, mais elle était attachée. Elle était plus jeune, bien plus jeune et désirable, alors. Pour l'empêcher de crier, il lui avait plaqué la main sur la bouche et le nez. Elle avait cru étouffer. Était devenue une petite fille docile. Il valait mieux. Wenger était sacrément fort. Une force de bûcheron. Presque étonnante pour un psychiatre. Il remuait en elle de plus en plus vite. Elle s'était sentie déchirée, la première fois. Avait fini par s'ouvrir de plus en plus.

Elle ne pouvait pas avoir complètement oublié son visage au-dessus d'elle, rempli de bestialité. Le visage de… Pourquoi les traits s'estompaient-ils ? Était-ce l'effet de la douche ? Pourquoi voyait-elle un autre visage ? Familier, terriblement familier, qu'elle voulait détruire, effacer à tout jamais. Celui du Gars, mais pourquoi ? Celui qui venait la voir la nuit. Qui l'emmenait pêcher le silure, braconner dans la forêt, le dresseur de corbeaux. Pourquoi ? Léon Wenger lui avait pourtant dit que le Visiteur était son père. Qu'elle avait été violée à plusieurs reprises par son père. Pourquoi le Gars n'était-il jamais venu la défendre ? Parce que c'était lui. Son père et le Gars, une seule et même personne. Il avait dû avoir Audrey très jeune, à dix-sept ans. Cette vieille sorcière avec laquelle il vivait était donc sa vraie grand-mère. Coline. Mais pas Coline Wenger, puisque Wenger, c'était son psy, celui qui la suivait au centre. Pourquoi, pourquoi avoir tout superposé ?

Berlini l'Empailleur et son pick-up s'étaient volatilisés. Et ses bébés, qu'était-il arrivé à ses bébés ? Il avait fallu qu'elle le fasse. Et elle le ferait encore. Pour abréger leurs souffrances. Pour leur éviter la même chose, cette chose brutale et visqueuse, raide et dure qui déchire à l'intérieur. Parce que c'était certain, ils allaient subir le même sort. Ses bébés et d'autres, les enfants du hameau. Comment avait-elle pu tout confondre et vivre dans son propre mensonge ? Se construire sa vérité ?

— Parce que la réalité était trop dure pour que vous l'acceptiez, Audrey.

La voix apaisante de Wenger qui, alerté par les

aides-soignants de l'état dans lequel se trouvait sa patiente, avait aussitôt accouru. Il l'avait découverte sous la douche, en position fœtale, secouée de sanglots déchirants. La détresse humaine poussée à son paroxysme.

Le pouls rapide, il avança une main à quelques centimètres de son épaule, sans l'effleurer. Elle sursauta et se recroquevilla davantage. Elle ne permettrait plus qu'un homme la touche.

Il se ravisa et lui tendit la serviette de bain. Plus que jamais, c'était le moment de parler. Tout mettre à plat. Elle se souvenait enfin. Cela durerait-il ? L'opération avait-elle réussi ? Ou bien n'était-ce que l'un de ses rares retours à cette horreur que fut son parcours ?

— Tenez, séchez-vous, Audrey, ordonna-t-il d'une voix plus ferme.

— Mes bébés, où ils sont mes bébés ? Qu'est-ce que je leur ai fait ? Mais c'était pour leur bien, docteur. Je vous jure que c'était pour leur bien. Ne m'enfermez pas de nouveau, je suis tellement bien sous la douche.

— Audrey, si vous ne le faites pas vous-même, je serai obligé de le faire, et vous n'aimez pas qu'on vous touche, n'est-ce pas ? Levez-vous.

En apparence docile, elle s'exécuta lentement. Par gestes saccadés.

— Tournez-vous, fit-elle d'une voix rocailleuse.

Prit la serviette, se frotta la peau jusqu'à ce qu'elle devienne rouge vif et enfila le peignoir bleu et rêche avec le logo du centre brodé sur la poitrine.

Accompagnée de Wenger et des deux colosses en blouse, elle retourna à sa cellule. Tout la ramenait ici. De la douche à la cellule, des toilettes à la cellule, du parc à… Non, jamais de parc… Trop instable, trop dangereuse et rusée. Elle n'était pas sortie depuis son jugement, le 25 mai 1967, alors qu'elle venait d'atteindre sa majorité. Condamnée à la réclusion criminelle à perpétuité après avoir échappé à la peine de mort. Mais avec un passif qui expliquait ses actes et quelques circonstances atténuantes, Audrey Grimaud fut finalement internée. À perpétuité aussi, sans doute. Ici, au moins, bénéficiait-elle de soins permanents et de toute l'attention de spécialistes chevronnés.

Malgré l'excellente réputation du centre du Léman en matière de criminels hautement dangereux, de fous ou de psychopathes incurables, Wenger s'était toujours demandé si l'internement de sa patiente dans ce contexte était une bonne idée. À proximité d'un lac. L'histoire terrible d'Audrey était tellement reliée à la présence d'un point d'eau. Cela risquait de lui rappeler constamment l'horreur de son geste.

L'innommable.

Et puis, réflexion faite, il avait décidé de la placer précisément dans une cellule avec vue sur le lac. Cela finirait peut-être par agir comme un rappel salvateur qui la ferait progressivement sortir de son amnésie, qui ferait tomber ce voile noir, refuge trop facile pour ne pas reconnaître son acte.

Audrey fit quelques pas dans sa cellule, se plaça délibérément sous la caméra et se retourna vers son interlocuteur. Léon Wenger. Oui, c'était bien lui. Le seul homme en qui elle pouvait avoir confiance.

29

— Mes bébés, quand je pourrai les revoir ?

Wenger se frotta le menton, visiblement embarrassé.

— Quand vous vous souviendrez de tout, Audrey. De tout ce qui s'est passé.

— Mais vous savez bien que je devais le faire, n'est-ce pas ?

— Qui vous a persuadée de cela ? Vous-même ?

— Je devais le faire, c'est tout, répliqua-t-elle sèchement.

— Vous parlez de vos bébés, ou des autres ?

— Ils sont tous mes bébés.

— Vous savez bien que non.

Elle se mit à se balancer d'avant en arrière.

— Vous n'en savez rien, docteur.

— Je vais vous aider, Audrey. Vos bébés, les jumeaux que vous avez eus à l'âge de treize ans, de votre propre père, mais vous ignoriez alors qui il était vraiment, sont mort-nés. Après avoir accouché sous un arbre, dans la forêt, vous… vous les avez portés jusqu'au petit lac voisin. Et là…

Le psychiatre s'interrompit sans quitter Audrey des yeux et attendit sa réaction.

— Qu'est-ce que vous voulez me faire dire, docteur ?

— Qu'avez-vous fait de vos bébés une fois au lac ? Vous vous rappelez ?

Tout en se balançant, Audrey se mordillait la lèvre inférieure dans un geste obsessionnel. Elle se mit brusquement le visage dans les mains comme pour se cacher.

— Vous n'allez pas me punir, hein, docteur ? Vous me le jurez ?

— Je ne vous ferai aucun mal, je suis là pour vous aider. Je vous le promets.

— Je les ai ouverts comme deux petits poissons, un coup de couteau dans la longueur, il m'avait appris à le faire, le Gars, et... ensuite, je les ai vidés avant de les bourrer de terre et de pierres pour qu'ils descendent plus vite au fond.

Bien qu'il fût déjà au courant de la scène, Léon Wenger ne put réprimer un frisson glacé. C'était la vérité, un vrai cauchemar, elle avait fait ça aux deux petits cadavres. À treize ans à peine. Deux petits poissons morts. Une fois recousus, elle les avait jetés dans les eaux sombres où ils avaient disparu, comme avalés.

— Je devais le faire, docteur. Je ne pouvais pas les garder.

Wenger acquiesça tristement. De toutes les horreurs qu'il avait rencontrées sur son parcours professionnel, celle-ci était sans doute la pire. Pourtant, il sentait cette fois qu'il pouvait y avoir un miracle. C'était la première fois que sa patiente semblait intégrer la réalité à ce degré-là. Qu'elle acceptait de descendre dans ses souvenirs. Comme dans un lac profond et froid.

— Je sais, Audrey. Je sais.

— Alors. Alors pourquoi je suis ici ? Pourquoi on m'a enfermée ?

— Ce n'est pas à cause de ça… de ce qui est arrivé à vos bébés. Même si, pour votre âge, vous avez eu une idée un peu singulière. Vous pouviez plutôt les enterrer. J'aimerais vous poser une question, Audrey. N'y répondez que si vous le voulez. Qu'avez-vous fait de leurs organes ? Leurs viscères ? Les avez-vous jetés dans l'étang, avec les corps ?

Le balancement s'accéléra. Audrey demeura silencieuse. Craignant que son mutisme obstiné ne fût de mauvais augure, Wenger insista.

— Vous souvenez-vous ?

Il lui sembla que sa patiente s'était mise à mastiquer dans le vide avec un bruit de succion. Pour lui, la scène s'arrêtait là. Il n'en connaissait pas la suite et aurait aimé qu'Audrey la lui raconte. Pour confirmer ce qu'il redoutait et soupçonnait depuis qu'il avait eu connaissance des événements.

Il avait la bouche tellement sèche qu'il eut du mal à avaler sa salive.

— Leurs viscères, vous les avez gardés, c'est ça ? Les cœurs. Ils étaient à vous.

— Vous me comprenez bien, docteur. C'est vrai, ils étaient à moi. Vous êtes le seul à comprendre.

— Qu'en avez-vous fait, de ces cœurs ?

Dans un état de prostration, Audrey poursuivit d'une voix mécanique, le regard vide :

— Ils étaient si tendres, si chauds. Alors, dites-moi, docteur, qu'ai-je pu en faire ? Qu'en auriez-vous fait, à ma place ?

— Je l'ignore. Sincèrement, je l'ignore, mentit Wenger, au comble de l'angoisse.

— Vous ne les auriez pas mangés, vous ? Allez, dites-le-moi, docteur. Rien qu'à moi, je vous jure, je le répéterai pas.

— Je ne suis pas vous, Audrey. Je ne peux pas me mettre à votre place. Vous devez assumer vos actes. Seule. Sans chercher un complice. Ce que j'aurais fait n'est pas important ici. Mais sachez que, quelle que soit votre réponse, je ne vous jugerai pas.

— Je les ai mangés, docteur, je les ai mangés. Ils sont en moi. La chair de ma chair, vous comprenez ?

Elle parla très vite avant d'éclater en sanglots.

Léon Wenger se demanda à cet instant de quel bois devait être fait un psychiatre pour entendre de pareilles atrocités tout en parvenant à garder la tête froide et un esprit d'analyse. Non, il ne pouvait pas comprendre, mais son travail consistait à écouter et soulager ses patients le plus possible de leurs troubles et de leurs souffrances.

Il fit un pas vers elle.

— Quelle conscience avez-vous de vos actes, Audrey ? Vous pleurez, à cette évocation. Pensez-vous que c'est mal ?

— Non ! Je ne sais pas. Ils me manquent, c'est tout. Je n'aurais pas pu supporter qu'ils souffrent eux aussi.

— Vous parlez de vos bébés ou des autres ?

— Oui, eux aussi. Mais ils ne souffrent plus. Depuis longtemps.

Wenger se sentait près du but. Ce sentiment l'encouragea.

— Que leur avez-vous fait pour leur éviter de souffrir ?

Nouveau silence.

— Allons, Audrey, faites-moi confiance. Si vous pensez vraiment que c'était pour leur bien, vous ne devez plus hésiter à parler.

Elle hésitait, pourtant. Ce serait la première fois qu'elle le dirait comme ça. *Un petit effort, ma fille, dis tout à tonton Berlini… Ah, assez de Berlini, tu sais bien que c'est Léon Wenger, ton psychiatre ! Celui qui a remplacé David Jacobson en… attends voir, en quelle année était-ce, bon sang ? Ah, peu importe. Jacobson est parti à la retraite. Il est retourné dans son pays. En Israël, c'est ça. Tel-Aviv. C'était une figure, au centre. Mais le docteur Wenger n'est pas mal non plus. Il est fort, très fort. Alors, on va tout lui dire pour qu'il soit fier de la petite Audrey. Et puis, parce qu'il le mérite.*

— Oui, c'était pour leur bien, cria-t-elle dans une sorte de beuglement déchirant. Les autres aussi, je les ai emmenés au lac. Ils étaient si fragiles. Il ne fallait pas que le Visiteur les trouve, eux aussi. Déjà moi, ça suffisait. J'ai bien fait, n'est-ce pas, docteur ?

— Vous l'avez fait selon votre conscience, Audrey.

— Mais vous pensez que c'était mal ?

Wenger secoua la tête.

— Je ne suis pas juge, Audrey. Disons que du point de vue de nos critères moraux et légaux, c'est un acte répréhensible. Vous avez commis plusieurs crimes, Audrey. Je ne peux pas vous dire le contraire. Après, ce n'est pas mon rôle de juger ces crimes, mais plutôt d'essayer, avec vous, de les comprendre. De les expliquer, pas de les excuser.

Un filet de salive d'un blanc mousseux s'échappa de la bouche d'Audrey. Elle cracha par terre.

— Mais je vous l'ai expliqué, docteur ! Je vous ai dit pourquoi j'ai fait ça. Pour les sauver. Comme mes bébés.

— À la différence que vos bébés, Audrey, étaient déjà… morts. Alors que ces enfants, non. Vous leur avez enlevé la vie, vous les avez tués. Ensuite, vous expliquez cet acte avec vos propres arguments, votre propre conscience de ce qui est bien ou mal. Mais cela ne justifie pas vos crimes. Aux yeux de la loi et de la morale.

Audrey renifla. Les extrémités de ses doigts étaient rouges. Le sang affluait avec violence.

— Mais je les aimais, vous savez. Ils me faisaient confiance.

— Et pourquoi avoir mis le feu au hameau ?

Audrey leva la tête en direction de la caméra de surveillance. Elle savait qu'« ils » la regardaient. Tiberge, le flic en chef, Lagarde et le sombre Farouk.

Elle se retourna vers le psychiatre.

— Ils sont là, n'est-ce pas ?

— Qui ?

— Tssss. Allons, docteur, vous le savez très bien, siffla-t-elle.

— Je ne peux pas deviner tout ce qui se passe dans votre esprit, Audrey.

— Mais c'est pas dans mon esprit, bordel ! Les flics ! Ils sont peut-être dans mon esprit ? Ils m'écoutent, là, c'est sûr, vous me faites parler pour eux, pour qu'ils entendent mes aveux. Et après, hop, en taule, perpète l'andouillette ! Vous me prenez pour qui ?

Wenger parut désarçonné. Il n'avait pas prévu ce revirement.

— Il n'y a personne, Audrey. Vous ne subissez pas un interrogatoire, je ne vous tends pas un piège. Les enquêteurs vous ont déjà entendue. Les faits sont établis. Ils vous ont interrogée tout de suite après. Vous aviez à peine treize ans. Vous n'êtes pas une criminelle ordinaire, Audrey. Sinon, vous seriez effectivement en prison et vous auriez certainement pris perpétuité. Mais, visiblement, vous n'avez pas la même conscience de vos actes qu'une personne mentalement saine. Vous êtes sincère dans votre certitude d'avoir tué pour le bien de vos petites victimes. Cette certitude ne vous a jamais quittée, même entrée dans l'âge adulte. Je vous demande ce que signifie pour vous d'avoir mis le feu au hameau. Parce que ça ne cadre pas avec le reste.

Audrey sembla se refermer sur elle-même.

— Hmmm. Il fallait qu'elles brûlent, toutes ces maisons vides, bourdonna-t-elle. Ils étaient partis, ils nous avaient laissés. Si jeunes. Je devais les garder, les pauvres petits. Ils m'avaient chargée de la garde du troupeau. Quand j'ai emmené les petits au lac, Gauvin et les autres, et que je suis revenue sans eux, les maisons me regardaient avec leurs orbites noires. Il fallait qu'elles brûlent.

— Vous dites souvent « il fallait », quelqu'un vous disait de le faire, des voix, peut-être ?

Ricanement sinistre.

— Nonnonnonnon, docteur ! Pas de ça avec moi ! Des voix. Et puis quoi encore ? Vous voulez me faire croire que je suis cinglée ? Personne ne m'a jamais dicté quoi que ce soit. Pas de voix !

— Alors, rien ne vous obligeait à le faire.

Audrey lança un regard ahuri à Wenger. Que voulait-il lui faire dire ? Bien sûr qu'elle avait été obligée de le faire. Sinon, ils auraient souffert comme elle. Ils auraient été les proies du Visiteur. Ses innocentes victimes.

Elle décida qu'elle ne dirait plus rien. Tourna le dos au psychiatre et s'approcha de la fenêtre.

Au même moment, une femme élégamment vêtue, veste en cuir et pantalon ample sur des escarpins fins, les mains gantées, sortait d'une Saab marron, tenant dans les bras un nourrisson enveloppé dans une layette rose pâle. Audrey ne les quitta pas des yeux, soudain très intéressée par la scène.

Wenger comprit que l'entretien touchait à sa fin. Il connaissait assez bien sa patiente pour déchiffrer les messages qu'elle pouvait lui envoyer avec son corps, ses déplacements, ses silences plus ou moins prolongés. Dans ce cas précis, il ne tirerait plus rien d'elle. Elle était déjà ailleurs. Absorbée par ce que lui renvoyait la vue de cette jeune femme et de son nourrisson.

Quand elle aperçut ensuite le directeur du centre se précipiter au-devant de la femme et du bébé, Audrey comprit qu'il s'agissait probablement de l'épouse de Josserand. Sa tête commença à devenir lourde, ses oreilles bourdonnaient. Déjà, elle entendait les pas du Visiteur au loin.

Wenger était fin, il la percerait à jour. Elle saurait ne rien lui montrer de ses intentions. Au-delà du parking, juste derrière le rideau d'arbres, les eaux sombres du lac. Là où elle les avait tous cachés pour les soustraire à l'horreur. Le Visiteur ne les trouverait jamais. JAMAIS.

30

La sirène du centre hurlait depuis cinq bonnes minutes. La première fois depuis six ans. Quand Audrey Grimaud avait déjà failli s'échapper.

Les aides-soignants et les vigiles couraient dans les couloirs, suivis du psychiatre, de son assistant Mathieu Bilic et de Josserand, échevelé, braillant des ordres à l'intention du personnel de surveillance. Dans leurs cellules, les patients commençaient à s'agiter.

— Il faut la retrouver à tout prix ! Bon sang, Wenger, qu'est-ce qui s'est passé ? Comment a-t-elle pu sortir de sa cellule ? On n'est pas dans un moulin tout de même !

— Je vous l'ai dit, monsieur, elle est allée à la douche, nous l'avons ramenée, j'ai eu un entretien avec elle, à la fin duquel elle m'a demandé d'aller lui chercher ses carnets de notes et…

— Avec un stylo, donc ? Je croyais que les consignes étaient claires, docteur Wenger, pas de stylo ni de crayon dans les cellules sans une étroite surveillance !

— Non, monsieur. Il ne s'agit pas de cela. À mon retour, elle avait déjà pris le large.

Josserand tourna son visage décomposé par la colère vers le psychiatre.

— Et les aides-soignants ? Ils dormaient, peut-être ?

— C'est ce que nous devons éclaircir.

— Le jour où j'ai la visite de mon épouse avec notre petite dernière.

Le psychiatre regarda Josserand d'un drôle d'air. L'évasion de sa patiente lui apparut aussitôt d'une terrible évidence.

— Vous pensez qu'il est prudent de laisser votre femme venir ici avec un nourrisson ?

Cette fois, c'était Wenger qui était furieux. Son regard brillait d'une rage contenue. Autant d'inconscience. Étonnant, de la part du directeur. Mais les connaissances d'un administrateur se limitaient finalement à la gestion, aux formalités ou à la représentation. Que savait-il, au fond, de chacun des patients ? De leur histoire, de leur véritable personnalité, des méandres de la psyché ? Faire venir son épouse avec leur bébé. Avait-il seulement jeté un coup d'œil au dossier d'Audrey Grimaud ? Savait-il de quoi cette femme avait été capable dès l'âge de treize ans ? Et peut-être avant aussi. Seulement, rien n'avait pu être prouvé.

Quand bien même était-ce techniquement inconcevable, Wenger savait que l'intelligence hors norme de sa patiente lui avait permis de déjouer la surveillance. De se glisser dans une faille, profiter d'une faiblesse. Qu'il lui suffirait d'un trombone ou d'une aiguille pour s'échapper et poursuivre son but. Elle n'irait pas bien loin, ça non. Son idée n'était pas celle d'une grande évasion. Si seulement… Mais c'était pire encore. À tel point que Wenger n'osait même pas y penser.

Les couloirs interminables du centre résonnaient de bruits de semelles, de pas précipités. Josserand avait lancé les chiens. Une dizaine de vigiles armés de matraques et de Tasers. Wenger doutait que ce fût la meilleure solution. Se voyant ainsi acculée, sa patiente pourrait avoir une réaction extrême, imprévisible et pourtant connue de lui et de son assistant.

Il appuya les doigts sur ses paupières fermées, fort, comme pour rentrer en lui-même, dans la nuit intime où certaines choses apparaissent plus limpides. Et puis, par un violent effort de concentration, s'introduire dans l'esprit d'Audrey Grimaud. Devenir elle.

Une épingle à cheveux. Audrey l'avait ramassée dans la douche. Une véritable négligence de la part du personnel d'entretien. Sûrement une des employées qui l'avait perdue là. Audrey l'avait cachée dans sa bouche, sur le côté, contre la joue.

Elle était retournée à sa cellule, accompagnée des deux gorilles et du docteur Wenger. À la demande de sa patiente, celui-ci était ensuite allé chercher son carnet de notes. Elle ne pouvait écrire que sous haute surveillance. Quand elle avait fini, elle se relisait une fois et le psychiatre ou son assistant Bilic lui retirait le carnet avec le stylo à bille.

Quand Wenger revint, elle n'était plus dans sa cellule. À sa place était enfermé l'un des deux mastodontes et l'autre gisait par terre, devant la porte, se tenant l'entrejambe en poussant des cris de goret.

Son esprit s'était concentré tout entier sur la jeune femme au bébé. Plus précisément sur le petit être vulnérable qu'elle serrait contre elle. Elle avait réussi à pénétrer dans la buanderie et à subtiliser un uniforme d'aide-soignante qu'elle enfila rapidement.

Tout en se changeant, Audrey souriait. Ç'avait été un jeu d'enfant de glisser l'épingle à cheveux dans la serrure de la cellule juste avant d'entrer, empêchant ainsi le blocage complet de la porte, équipée d'une serrure classique. Elle n'aurait assurément pas pu venir à bout du système de verrouillage de la porte de son ancienne cellule, lorsqu'elle était à l'isolement, avec une épingle à cheveux.

À peine Wenger fut-il reparti qu'Audrey neutralisait les gorilles en jouant sur l'effet de surprise.

Elle avait ouvert la porte d'un coup et, pendant qu'elle envoyait son pied dans les parties du premier gardien, elle avait poussé le deuxième à l'intérieur de la cellule avec assez de violence pour qu'il perdît l'équilibre et allât s'étaler sur le sol. Elle avait aussitôt refermé la porte et s'était dirigée en courant dans un des couloirs qui menaient à la lingerie. Sa jeunesse passée à jouer dans la forêt, à couper du bois et à chasser lui avait conféré une force souterraine. De ces forces obscures de la nature, celles qui appartiennent aux pulsions, à cette animalité dont l'humain civilisé et urbain est dépourvu et qui ressurgit seulement dans des cas très rares. Et pour une femme, cette force tapie prête à se déchaîner était surprenante.

Elle devait faire très vite, l'alarme ne tarderait pas à se mettre en route. Comme lors de sa première tentative. Mais elle manquait alors de repères. S'était rattrapée depuis qu'elle n'était plus en section d'isolement pour bonne conduite. Elle avait tout retenu. Les heures de ronde, les points de surveillance, les faiblesses du système, le nombre de femmes et d'hommes employés au centre, puis dans son pavillon, les allées et venues dans le parc, qu'elle observait chaque jour derrière sa fenêtre en mosaïque. Puisqu'elle ne pouvait rien noter de ses observations sur son carnet, elle consignait chaque élément dans sa tête et avait développé au fil du temps une mémoire infaillible. Elle était journaliste, après tout ! Journaliste retenue en otage dans cet endroit pourri.

Il lui faudrait agir à la vitesse de la lumière. Et, de fait, elle était devenue la lumière, l'éclair, invincible, invisible, magnétique, se fondant dans l'espace grouillant, se mêlant à l'agitation extrême qui s'était soudain emparée du centre.

Des cris de détresse percèrent le brouhaha des couloirs, des cris atroces, aigus, insupportables. Ceux d'une femme à qui on avait arraché son bien le plus précieux, son trésor, son enfant.

— Mon bébé ! Au secours ! Mon bébé a disparu !

Aidez-moi ! Appelez mon mari ! hurlait la femme de Josserand, décomposée devant la poussette vide.

Lorsque Wenger entendit ces appels déchirants, il se liquéfia. Alors c'était bien ça. Ce qu'il craignait… Bon sang, à quoi pensait Josserand ! Il dirigeait une institution psychiatrique fermée pour individus hautement dangereux et pas un centre de remise en forme ! Sa femme n'avait rien à foutre ici avec un gniard ! Non, il n'avait pas lu le dossier Grimaud, sinon il n'aurait jamais permis une chose pareille. Exposer un bébé à la vue de la patiente la plus nuisible, ayant commis des actes épouvantables, le crime d'infanticide, doublé de pulsions cannibales.

Entre-temps, Wenger avait visionné les vidéos de surveillance sur lesquelles il avait repéré le manège de sa patiente qui remontait le couloir principal conduisant à la sortie en tenue d'aide-soignante et poussait un chariot à linge. Il était presque sûr que c'était elle. Son visage fermé et rusé. Mais elle s'était déjà fondue dans les allées et venues du personnel.

La fausse aide-soignante, une fois seule, avait relevé la tête, jetant un regard sur son précieux chargement. Enfoui dans le tas de draps sales, le bébé, déjà tout froid, prêt pour rejoindre les autres dans le lac. Il ne crierait plus, n'aurait plus jamais mal.

Elle accéléra le pas, les mains serrées sur le chariot. À l'endroit des phalanges, là où apparaissait le cartilage à travers la peau, un petit rond blanc.

Sur le chemin, on ne verrait qu'une employée parmi d'autres faisant son travail.

Audrey reproduisit à la perfection et avec naturel les gestes qu'elle avait vu faire tant de fois par les aides-soignantes lorsqu'elles ramassaient le linge sale. Se mit hors de portée des caméras, abandonna le chariot le long d'un mur, déposa le bébé enveloppé d'une serviette de bain dans un sac-poubelle qu'elle avait récupéré et lui demanda pardon d'avoir à le traiter de la sorte. Lui jura que ce serait mieux une fois à l'air libre et qu'il serait bientôt à l'abri, au fond du lac.

Audrey n'avait pas pu se procurer de couteau et en était très contrariée. Elle détestait faire les choses à moitié. Le Gars, il lui avait appris à faire ça proprement. Elle s'était d'abord entraînée sur des animaux. Mais la chair des bébés et celle des enfants étaient bien plus tendres à travailler.

Ce bébé méritait d'être traité comme les autres. De descendre au fond du lac lesté de tous les dons de la nature. Les pierres, la mousse, les châtaignes, les glands. Pourtant, elle dut y renoncer cette fois. Elle devait sortir au plus vite, avant qu'ils ne se mettent tous après elle et le bébé. Elle ne supporterait pas qu'on le lui prenne.

Après l'avoir vue sur la vidéosurveillance puis perdue, Wenger bouillait. Audrey Grimaud, sa patiente, sous une casquette, dans un uniforme d'aide-soignante. Le chariot qu'elle poussait, rempli de draps sales… Il s'arrêta instantanément de penser. Il valait mieux ne pas imaginer le reste. Agir. Elle avait dû se diriger vers la sortie. Forcément.

Hors de lui, il sortit en trombe de la pièce, se mit à courir vers la sortie en heurtant du personnel sur son passage. Les vigiles, qui ne connaissaient pas la tête de tous les médecins du centre, le suivirent d'un regard soupçonneux, la main sur leur Taser. Mais les consignes étaient claires : on cherchait une femme. La soixantaine, les traits marqués, plutôt grande, maigre, cheveux ras, teint pâle. « Très dangereuse. N'hésiterait pas à mordre et à déchiqueter l'adversaire. Vise le nez et la bouche. Peut crever les yeux d'un coup d'ongles. Un fauve. »

Arrivé à l'accueil, en prenant à peine le temps de s'arrêter, il cria à l'intention de la réceptionniste :

— Vous n'avez pas vu sortir une femme habillée en aide-soignante qui poussait un chariot ?

La blonde lui lança d'une voix aigrelette :

— J'en ai vu une sortir il y a cinq minutes, mais sans chariot. Elle tenait juste un grand sac plastique gris.

Il fit signe à deux surveillants de l'accompagner dans le parc. Elle ne pouvait se diriger que vers un seul lieu. Le lac. Arriverait-il trop tard ?

L'air du lac décupla les forces d'Audrey. Elle avait traversé le parking d'un pas rapide, le sac-poubelle à la main. Passa à côté d'un pick-up noir qui ressemblait étrangement à celui de… Berlini.

Quand elle entendit des cris provenant de l'entrée du centre, Audrey se mit à courir après s'être débarrassée de ses sabots blancs d'aide-soignante. On court mieux pieds nus que dans des sabots. Surtout Audrey Grimaud. Sa voûte plantaire au contact de la terre, de l'herbe du parc. Elle avait toujours couru pieds nus, là-bas, dans sa forêt. Ses pieds étaient faits pour ça. Personne n'avait pu la rattraper. Elle y avait même semé le Visiteur. C'était le Gars qui lui avait appris à courir comme ça. Sans se blesser ni s'écorcher un orteil. « Par tes pieds nus, la terre t'envoie sa force. » C'étaient ses mots, sa façon de lui apprendre.

Là non plus, personne ne la rattraperait. Personne. Elle arriverait au lac avant eux. Elle avait l'habitude.

Elle accéléra. Sentit ses muscles se tendre. Elle n'avait jamais cessé de courir. S'entraînait dans sa cellule ou dans sa tête. Elle pourrait courir le marathon. En avait le physique et l'endurance. Le sac se balançait au bout de sa main et venait heurter sa cuisse. Le bébé. Elle l'avait sauvé des souffrances du monde. Il vivrait caché au fond du lac. Avec elle.

Elle disparut entre les arbres, aspirée par la forêt de son enfance.

Wenger déboula sur le parking, suivi des vigiles. Il s'arrêta. Son regard se porta au loin, en direction du lac. Il était sûr qu'elle irait là. Mais par quel chemin ? Le parc était vaste et offrait de multiples possibilités de refuge. Il avait été aménagé dans une forêt originelle et en avait conservé quelques aspects sauvages. Des rangs serrés de conifères aux reflets bleutés, dressés en pointe vers le ciel, peu de feuillus, des broussailles et de hautes fougères par endroits.

Pour le bébé, il savait qu'à ce stade il n'y avait plus grand espoir. Mais il craignait aussi pour sa patiente. Ne voulait surtout pas la sacrifier. Elle n'avait plus rien à perdre et il redoutait le pire. Il l'avait assez observée et écoutée toutes ces années pour deviner ses véritables intentions. Qu'elle fût dans le déni de ses actes prouvait sa volonté de lutter contre cette horreur. Elle devait donc être habitée d'une certaine forme de conscience morale. Malgré la gravité de ses actes.

La vue de ce bébé avait fait remonter en elle de terribles pulsions. Mais son opération n'était pas un échec total. Wenger se disait qu'il pourrait peut-être la ramener à la raison. Foi du praticien dans les progrès de la médecine et de la psychiatrie. Encore fallait-il la retrouver. Vite.

Il indiqua à chaque vigile un chemin à suivre et s'engagea dans une troisième direction qu'il pensait être la bonne. Il pourrait toujours communiquer par talkie-walkie avec les vigiles. Avait eu la présence d'esprit d'en prendre un à la réception.

La piste qu'il avait empruntée menait à une sorte de jetée qui s'avançait dans le lac. Un amoncellement de rochers et de cailloux. Si elle voulait mettre son dessein à exécution, elle irait à la jetée. L'eau y était profonde. Assez pour qu'un adulte s'y noyât. Outre la profondeur du lac à cet endroit, les tourbillons représentaient un plus grand danger encore.

La jetée apparaissait et disparaissait par intermittence, en fonction du relief et de là où Wenger se trouvait. Il essayait de ne pas la perdre de vue tout en avançant entre les arbres.

Par moments, le chemin descendait et Wenger ne pouvait plus voir le lac. Il redoutait de se trouver dans ces creux où tout s'assombrissait de façon inquiétante. Avait refusé de se munir du Taser que lui avait proposé un des gardiens. Il était psychiatre et pas flic ou agent de sécurité. Seulement, là, dans ce silence de terre et dans la pénombre qui s'épaississait au fur et à mesure qu'il avançait au milieu des conifères, il se dit qu'il aurait peut-être dû accepter. S'il avait été contraint de s'en servir contre sa patiente, ça ne l'aurait pas tuée. En revanche, ça l'aurait protégé lui d'une agression violente. Uniquement dans le cas où il se serait retrouvé face à elle. Mais si elle l'avait surpris, bondissant sur lui comme un prédateur, il n'aurait pas donné cher de sa peau et n'aurait sans doute pas eu le temps de se servir du Taser.

Il remontait un petit talus où les arbres se faisaient plus rares quand il l'aperçut. Droite et immobile à la pointe de la jetée, sinistre figure de proue d'un vaisseau de pierres. Son crâne nu luisait au soleil.

À ses pieds, une dépouille grisâtre qu'il reconnut comme étant le sac-poubelle. Visiblement vidé de son contenu. Il reporta son regard sur Audrey.

Elle tenait dans ses bras quelque chose qui ressemblait à un paquet oblong. Le bébé. Enveloppé dans un linge blanc. Wenger accéléra le pas. Les aspérités du sol compromettaient la course. Il se contenta de marcher le plus vite possible en prenant soin de ne pas mettre le pied dans un trou ou de trébucher sur une racine.

Le talkie-walkie se mit à grésiller. Le psychiatre porta la main à l'appareil et l'éteignit. Il n'avait pas envoyé pour rien les vigiles à l'opposé de ce qu'il supposait être la vraie piste. Ne voulait pas de leur présence. Ils risquaient de tout gâcher. De tout compromettre avec leurs méthodes musclées. Maintenant qu'il tenait sa patiente en ligne de mire, il n'avait plus rien à craindre d'une attaque surprise.

— Mon petit, ma toute douce, je vais te soustraire au Visiteur. Il ne pourra jamais t'avoir comme il m'a eue. Nous allons descendre au fond du lac, rien que toi et moi. Tu verras comme c'est bien. Un monde de silence. Il y a plein de belles choses, en bas, tout au fond. Tu entends, trésor ?

Wenger était assez près pour saisir au vol les mots d'Audrey, portés par le vent du lac. Il avait réussi à s'approcher doucement, sans qu'elle l'entende, et à se cacher derrière un rocher.

— Ils ne nous retrouveront jamais, tu n'as pas à t'inquiéter.

— Elle a raison, trésor, jamais ils ne pourront vous retrouver, ni toi, ni elle.

Audrey se retourna brusquement vers la voix et poussa un hurlement. À quelques mètres d'elle, le rocher sembla s'animer, puis prit une forme humaine.

— Berlini !

— Non, Audrey, tu fais erreur encore une fois. Je suis Léon Wenger. Alors comme ça, tu croyais vraiment m'échapper ? Tu es restée bien naïve.

Il s'avança, le canon d'un fusil pointé sur elle.

— Fini de jouer, maintenant. Je commence à en avoir vraiment assez que tu me prennes pour un con. Ça va être ta fête, sale garce ! Approche !

Serrant contre elle son trésor, Audrey regarda avec un mélange d'effroi et de fascination les eaux noires du lac à quelques mètres en dessous d'elle. Leurs tourbillons, formant de petits siphons à la surface. L'Empailleur allait la tuer. D'une seconde à l'autre, il serait sur elle. Il aurait pu tirer, mais il la voulait encore vivante. Prolonger ses tortures. Jusqu'au bout, jusqu'à la mort. Et le bébé. Que lui ferait-il, au bébé ?

Elle n'avait plus à réfléchir…

Sauta dans l'eau glacée et sombra, la bouche ouverte, sans chercher à remonter, le bébé contre elle. Il ne la quitterait plus jamais.

31

L'air hébété, Wenger regardait l'endroit où Audrey venait d'être engloutie. Seul un faible bouillonnement à la surface indiquait la chute d'un corps. Des bulles d'air remontèrent pour finir par s'espacer, puis, plus rien. L'eau du lac retrouva son aspect lisse de miroir du ciel.

Elle avait purement et simplement disparu.

Il entendit à peine le bruit de pas qui se rapprochait, suivi de l'apparition de son assistant, Mathieu Bilic, rouge et essoufflé. Wenger leva sur lui un regard ahuri.

— C'est fini. Tout est fini, Bilic. Vous pouvez le concevoir, ça ? Pareille absurdité ! Un non-sens total ! Mais voulez-vous que je vous dise ? Le plus insensé est que je l'ai vue se jeter dans le lac et que je n'ai rien fait pour tenter de la sauver. Je l'ai simplement regardée couler, Bilic. Paralysé, complètement impuissant. Comme si ça devait finir ainsi.

L'assistant s'approcha de Léon Wenger et osa un geste qu'il n'aurait pas pu imaginer. Il lui posa la main sur l'épaule. Une main chaude, réconfortante, solide.

— Vous étiez déjà impuissant face à vous-même, Léon. Bien avant. Depuis le début. Tout le monde l'était. Même la police n'a jamais pu réunir toutes les preuves qui permettraient de dater le premier crime.

— Qu'ai-je donc manqué, Bilic ? Qu'est-ce qui s'est dérobé à ma perspicacité ?

— Vous vous êtes toujours menti, Léon.

Wenger tressaillit. Les deux vigiles venaient d'arriver, le Taser à la main. Il leur jeta un regard méfiant qui n'échappa pas à l'assistant. Celui-ci fit signe aux vigiles de se tenir à distance.

— Tout va bien se passer, Léon, dit-il d'une voix douce, la main tendue, comme s'il tentait d'apprivoiser un animal sauvage. C'est fini. Nous allons rentrer ensemble et tout ira bien.

— Et Audrey ?

— Audrey ne reviendra pas, Léon. Vous le savez. Souvenez-vous. Vous vous êtes fait passer pour Berlini, un correspondant de la gazette locale au village où elle effectuait un reportage sur l'incendie du hameau.

Un autre journaliste, du nom de Mathieu Bilic, l'avait rejointe sur place.

— Mathieu Bilic ? Il avait le même nom que vous, alors ?

Léon Wenger s'était mis à se gratter la tête frénétiquement. Tout s'y bousculait trop vite depuis l'opération. Mais qu'avait donc son assistant à le traiter comme un de leurs patients ? Il tapa du pied par terre.

— Vous êtes mon assistant ! Pourquoi me parlez-vous comme ça ?

— On ne joue plus au docteur, Léon. Je ne suis pas Mathieu Bilic. Il était le collègue d'Audrey Grimaud. Il n'en existe pas d'autre. Vous savez très bien qui je suis. Sous l'identité de Berlini, vous les avez conduits dans un endroit isolé de la forêt, leur faisant croire que vous aviez découvert le repaire du tueur. Mais c'était un piège, Léon. En réalité, vous les emmeniez dans votre maison au milieu des bois où vous viviez depuis tant d'années. Des hommes s'en sont pris à votre jeune épouse. Les fils Tiberge. Et puis, il y a eu cet accident provoqué, cette attaque, qui a détruit votre vie en prenant celle de votre femme. Vous êtes devenu une sorte de bête. Votre fils Léman est resté vivre avec sa grand-mère Coline. Quant à votre fille, miraculée de l'accident, elle a été recueillie par les Purs et a grandi sous le nom d'Isobel. Ensuite, tout ce qu'a découvert Audrey Grimaud était vrai. Une forte consanguinité qui dénaturait les comportements des membres du hameau. La piste qu'elle suivait se rapprochait de la vôtre. Trop, à votre goût. Elle aurait fini par tout découvrir. Vous avez anticipé. Vous connaissez la suite.

Léon Wenger recula légèrement sur la jetée.

— Audrey était ma patiente ! J'allais enfin obtenir quelque chose de son cas désespéré avant que vous, Mathieu Bilic, n'interveniez pour tout faire échouer !

— Alors, je vais vous le dire moi-même, Léon. Pour la dixième fois peut-être depuis que vous êtes interné au Centre du lac. Après avoir tué Mathieu Bilic d'une façon plutôt atroce et inattendue par rapport à vos méthodes traditionnelles, par décapitation cette fois-ci, vous avez séquestré Audrey Grimaud dans un sous-sol aménagé en une sorte de laboratoire à tortures où vous aviez encore gardé tous les outils et les produits de taxidermie. Vous l'avez gardée durant un mois, attachée sous le regard vide de son collègue. Sa tête embaumée, posée à côté d'elle. Vous vous êtes acharné sur cette pauvre fille avec tout ce qui vous tombait sous la main. Vous lui avez fait des injections de substances hallucinogènes. Au départ, tout le monde a cru que les deux journalistes de la ville étaient repartis sans crier gare. Au bout de quelques jours, le lieutenant Lagarde, qui était en relation avec Audrey Grimaud pour quelques échanges de services, a fini par s'inquiéter de cette disparition aussi soudaine qu'étrange. Il a donné l'alerte. Malgré sa forte antipathie pour la journaliste, son chef, le commissaire Farouk, a consenti à mobiliser ses hommes sur le terrain. Seulement, ils n'ont découvert votre refuge qu'au bout d'un mois de recherches. Ils étaient pourtant passés devant à plusieurs reprises, s'en étaient même approchés, pour conclure qu'il ne s'agissait que de la demeure du garde forestier. C'est bien comme ça que ça s'est passé, Léon ?

Léon Wenger demeura impassible. Son visage portait une affreuse cicatrice. Il recula encore d'un pas vers le lac.

— Mais vous, qui êtes-vous, alors ? pleurnicha-t-il en pointant du doigt l'homme en blouse blanche et au front dégarni qui semblait l'écouter avec une attention toute particulière.

— Je suis le docteur Pierre Arnould, psychiatre au centre depuis une douzaine d'années. Vous êtes interné depuis plus longtemps, 1991. J'ai succédé au docteur Metzger.

— Je ne l'ai pas tuée, elle s'est jetée dans le lac. Vous avez bien vu, comme moi !

— Elle s'est bien jetée dans un lac, Léon, mais pas dans celui-ci. Ce que vous venez de « voir » n'est que pure production de votre esprit, encore une de vos hallucinations. Audrey a voulu vous échapper. Elle en a enfin eu la possibilité, seulement vous vous êtes lancé à ses trousses. Elle était pieds nus. Ne pouvait pas courir aussi vite que vous, mais elle a quand même eu le temps d'atteindre le lac qu'elle a voulu traverser à la nage. Elle a plongé dans l'eau glacée. Ce fut le choc thermique. Hydrocution. C'est ainsi qu'elle est morte.

— Alors, vous voyez bien que je ne l'ai pas tuée ! clama Léon Wenger d'un air victorieux, souriant à travers sa cicatrice.

Il continuait à reculer imperceptiblement. Le psychiatre s'en était aperçu, mais faisait comme si de rien n'était.

— D'une certaine façon, oui.

Léon Wenger se tenait le visage et gémissait dans ses mains.

— Je n'ai pas pu la tuer, non, ce n'est pas vrai ! Audrey était ma patiente. Je venais de l'opérer.

— Comme tous les autres, Léon. Sauf que vous ne l'aviez pas encore achevée. Vous la laissiez vivre. Votre fils Léman a voulu mettre fin à tout cela. Il savait que vous alliez vous en prendre à Audrey. Alors, vous l'avez tué, lui aussi. Bien qu'il ait été votre complice. Pour les meurtres des fils Tiberge.

Léon Wenger n'avait que soixante ans et en paraissait dix de plus. Marqué par toutes ces années d'enfermement, amaigri, il faisait figure de petit vieux. Le docteur Arnould en fut saisi et, peut-être à cet instant, relâchant sa vigilance, commit-il la plus grave erreur de toute sa vie.

32

D'une vivacité surprenante pour son âge, Léon Wenger fut sur le psychiatre avant que celui-ci ait eu le temps de riposter. Une attaque qu'il redoutait, mais qu'il n'avait pu anticiper, son patient ayant plutôt fait mine de reculer sur la jetée. En réalité, c'était pour prendre son élan et déstabiliser l'adversaire. Sous ses yeux atterrés, l'éclair métallique d'une courte lame. Un canif, que Wenger avait trouvé dans la poche de la blouse « empruntée ». Utilisé comme Léon s'apprêtait à faire, le petit outil en apparence inoffensif pouvait se révéler une arme mortelle. Tenant le psychiatre par-derrière, dans une étreinte de laquelle il était impossible de se dégager, Wenger appuya la pointe du canif sur la carotide d'Arnould et l'enfonça légèrement. La pointe métallique entrait dans les plis du cou.

— Les clefs de ta bagnole et ton passe, vite…, grinça Wenger entre ses dents serrées.

Devant le regard affreusement inexpressif et froid de son patient, Pierre Arnould fut envahi par une peur qu'il n'avait encore jamais éprouvée.

Celle de la proie qui, face au chasseur, sait sa dernière heure venue. Toute la détresse du cerf ou du chevreuil acculé concentrée dans ses pupilles dilatées.

Ne voyant pas d'autre issue, il s'exécuta, maudissant son imprudence et son manque de professionnalisme. Il avait voulu croire trop vite en la réussite de l'opération, mais aussi en une relation privilégiée avec son patient en dépit de sa dangerosité. Un lien qu'il avait surestimé. Semblable à celui qui s'établit entre un dresseur et un fauve captif. Quoi qu'il arrive, un animal sauvage le reste et il peut à tout moment se retourner contre son dresseur. Parfois même il n'attend qu'une occasion favorable. Là sont les limites de ce lien. Tout comme pour le psychiatre et son patient. Dans sa foi en l'homme et en la science, Arnould avait oublié que Wenger garderait toujours sa nature profonde de prédateur à caractère psychotique, voire psychopathique. Et il était en train de le payer très cher.

À cet instant, il voulut remonter le temps. Se retrouver en compagnie des deux vigiles armés de leurs Tasers qu'il avait sciemment envoyés dans la direction opposée. Que lui avait-il pris de braver les lois de la psychiatrie ? Il eut une pensée pour Audrey Grimaud, la jeune journaliste qui avait mené cette enquête aux dépens de sa vie.

Il imagina cette pauvre fille perdue dans une nuit opaque, terrifiante, aux relents de chair morte et de sang. Une idée le frappa comme cette vision. Une question qu'il ne s'était encore jamais posée. N'avait-il pas lui-même engendré ce monstre ? À force d'enfermement, d'expérimentations de nouveaux traitements soldées par une intervention chirurgicale au cerveau, n'avait-il pas créé de toutes pièces l'être qu'il avait devant lui ? Léon Wenger avait certes été interné pour sa dangerosité et ses pulsions meurtrières, mais de tout cela n'était-il pas ressorti une autre créature, encore plus insaisissable et féroce, modelée, façonnée avec l'aide des psychiatres, une créature beaucoup moins vulnérable ?

Pierre Arnould savait qu'il n'en réchapperait pas. Wenger ne lui laisserait pas l'ombre d'une chance. Lui parler… gagner du temps…

Mais il n'eut pas le loisir d'aller au bout de son plan… guidée par un geste sec du poignet, la lame affûtée lui trancha net la jugulaire, libérant un jet écarlate sur les mains du meurtrier, tandis que la vie quittait Arnould en quelques convulsions. Plongeant un regard mauvais dans les yeux exorbités et incrédules de sa victime, Wenger traîna le corps à bout de bras vers l'extrémité de la jetée et, après avoir ouvert sa blouse sur le torse nu, il entailla la peau de l'abdomen en commençant par le haut et descendit en ligne droite vers le périnée avec une précision chirurgicale. En quelques gestes, le taxidermiste refaisait surface. Il écarta ensuite les chairs lentement, avec délectation, et enfonça les mains dans la chaleur humide des viscères en grognant de plaisir. Cela faisait si longtemps… Son seul contact depuis toutes ces années avait été le béton de sa cellule et les draps amidonnés et rêches de son lit. À l'intérieur, ça palpitait encore. Il pressa les organes et les tripes d'Arnould entre ses doigts, comme du raisin mûr. D'une main, il agrippa les intestins et tira. L'odeur nauséabonde lui piqua les narines. Mais pour Wenger, c'étaient des effluves familiers. Toutes ces années… Il porta les boyaux luisants à son nez et les huma, les yeux fermés. C'était ça, la vie. Toute sa vie d'empailleur. Comme ça lui avait manqué… Des voix retentirent soudain sans que ceux qui parlaient si fort soient encore visibles.

Vite cette fois, Wenger poussa le corps du psychiatre au bord de la jetée et le balança dans le lac. L'eau sombre bouillonna quelques secondes avant de se refermer sur le cadavre pour l'éternité.

Certain qu'il ne remonterait pas, un sourire triomphant aux lèvres, les doigts serrés sur la clef de l'Audi de sa victime, Wenger s'enfonça dans le bois, là où il serait le plus à l'abri pour attendre la nuit. Alors il irait récupérer la voiture sur le parking de l'hôpital réservé aux praticiens et au personnel, à l'arrière du bâtiment.

Mais lorsqu'il se pointa à la tombée du jour, peu après dix-huit heures, des lumières bleues clignotantes lui signalèrent une présence néfaste devant l'entrée de l'hôpital. L'alerte avait dû être donnée sur la disparition du psychiatre.

— Merde, les flics…, bougonna-t-il sans pouvoir approcher.

Il s'était entre-temps nettoyé les mains de tout ce sang sur de la mousse imprégnée de rosée, mais ses ongles étaient cernés d'un sillon brunâtre.

Il avait le passe d'Arnould si besoin et, au volant de l'Audi, dans la pénombre, il pourrait passer pour Arnould. C'était malgré tout très risqué. Maintenant que, dans sa fuite, il avait tué et éventré le psychiatre, il risquait d'être placé en isolement dans le quartier de haute sécurité jusqu'à la fin de ses jours. Il ne reverrait plus la lumière du soleil ni le ciel. Cette seule pensée le transforma en une ombre se fondant à l'obscurité, glissant sans être vu jusqu'à la voiture dans laquelle il monta en prenant soin de ne pas claquer la portière. C'était une chance qu'elle n'ait pas encore été enlevée pour une perquise. Pendant qu'il réfléchissait au moyen de sortir du parking sans se faire remarquer, sur le point d'y renoncer et de repartir à pied, mais avec la probabilité de tomber sur les équipes cynophiles peut-être déjà lancées à sa recherche, il avisa, dans le rétroviseur extérieur, une voie caillouteuse qui ressemblait à un chemin dérobé. Peut-être un raccourci pour le personnel pressé.

Il tourna la clef et démarra en reculant, tous feux éteints, sur le parking désert. C'était maintenant ou jamais. Tel un squale silencieux fendant les ondes, la sportive de Pierre Arnould s'engagea sur la voie juste assez large pour une voiture et disparut dans une première courbe.

Sur le chemin sans éclairage il faisait nuit noire et, par la fenêtre ouverte de l'Audi, l'air sentait la neige. Une odeur caractéristique de bois et de viande fumée qui grisait Wenger. Au contact de la nature, le prédateur renouait peu à peu avec ses instincts primaires. Les pneus de la sportive adhéraient au chemin cahoteux comme s'ils le connaissaient déjà.

Un peu plus loin, hors de portée de l'hôpital et des voitures de police, Wenger alluma les veilleuses. Il roula encore sur deux ou trois kilomètres avant de déboucher sur une petite route qui filait entre les rangées d'arbres, en bordure du lac. Elle se déroulait devant lui, traversée de paquets de brume qui s'effilochaient dans la lumière des phares. Sentant la fatigue s'abattre sur ses épaules dans la chaleur de l'habitacle, Wenger mit la radio pour rester éveillé. L'écran affichait 21 h 12. À cette heure, dans sa cellule, le fauve d'habitude dormait depuis un moment.

Au fil des kilomètres, croisant de rares voitures, Léon Wenger sentait sa tête s'alourdir. Encore sous l'effet des suites opératoires, il avait dû fournir trop d'efforts et son organisme commençait à s'en ressentir. Il n'était plus habitué à recevoir l'air du dehors comme une claque sur le visage. Il était comme ivre et luttait pour ne pas fermer les yeux.

Un panneau lui signala un virage dangereux. Malgré son état, Wenger eut le réflexe de ralentir, mais trop tard. L'Audi se déporta, entraînée par son poids. Il parvint à rétablir la direction avec un petit coup de volant sans freiner. Il eut un petit rire de soulagement et accéléra.

Elle lui apparut juste à la sortie du virage. Immobile, livide, les bras tendus vers lui. Ses vêtements mouillés lui collaient au corps, laissant transparaître une paire de seins aux tétons dressés. Ses cheveux bruns lui dégoulinaient le long du visage. Elle était couverte d'algues.

Ce fut tout ce que Wenger eut le temps de voir d'Audrey Grimaud avant de sortir de la route dans un terrible froissement de métal. L'Audi se coucha sur le côté, puis rebondit sur le toit pour rouler sur plusieurs mètres en contrebas.

Dans une semi-conscience, Léon Wenger se vit descendre en roue libre droit vers le lac. Là où il n'y avait pas de berge et où, en temps normal, les jeunes allaient plonger.

Après la violence des tonneaux, la voiture rencontra la surface presque en douceur. L'eau remplit vite l'habitacle, tandis que l'Audi sombrait. Léon Wenger eut un petit sourire amer avant de mourir, se disant qu'il n'avait pas eu le temps de goûter à sa liberté retrouvée, mais qu'avec Arnould il s'était au moins octroyé un dernier plaisir.

Quelques bulles s'échappèrent encore de sa bouche ouverte. Au choc final contre le fond, succéda le silence de la nuit. Comme si rien ne s'était passé.

REMERCIEMENTS

Un grand merci à Alfrède pour m'avoir parlé des Purs…

À Rodolphe « de Cuba », à l'origine de cette aventure éditoriale.

Toute ma gratitude à mon éditrice, Caroline Lépée, avec laquelle ce roman a marqué le début d'une belle et riche collaboration.

DU MÊME AUTEUR

Aux Éditions Gallimard

LE HAMEAU DES PURS, 2019, Folio Policier n° 896.

Aux Éditions Denoël

BORÉAL, 2018, Folio Policier n° 881.

RÉCIDIVE, 2017, Folio Policier n° 853.

QUAND LA NEIGE DANSE, 2016, Folio Policier n° 828.

DUST, 2015, Folio Policier n° 796.

Composition Nord Compo
Impression Novoprint
à Barcelone, le 23 septembre 2019
Dépôt légal : septembre 2019

ISBN 978-2-07-286401-8. / Imprimé en Espagne.

357986